Die Brücke von Ambreville

Alain Leblanc

Die Brücke von Ambreville

Roman

Aus dem Französischen von
Anne Büchel

Scherz

Die Originalausgabe erschien unter dem
Titel «Un pont entre deux rives» bei Éditions Anne Carrière, Paris.

Zweite Auflage 1999

Die Frau lebt durch das Gefühl.

Honoré de Balzac

Ich bin vor kurzem vierzig geworden, und seit gut fünfzehn Jahren bemühe ich mich, von Mina in der Vergangenheit zu sprechen, aber es fällt mir immer noch schwer. Vielleicht weil Menschen, die wir lieben, auch nach ihrem Tod in uns weiterleben, einzig durch den Projektor unserer Erinnerung davor bewahrt, ins Nichts zu verschwinden. Manchmal ist es ein Wort, manchmal eine Geste, manchmal ein flüchtig auftauchendes Bild oder die Art, wie das Licht zu einer bestimmten Tageszeit auf die Wände fällt. Manchmal brauche ich nur die Augen zu schließen, und Mina ist wieder da: Ich spüre ihren Atem, den Druck ihres Arms auf meinem Arm, ich rieche das Eau de Cologne, nach dem ihre Sommerkleider dufteten.

Ich weiß nicht, warum ich gerade jetzt das Bedürfnis empfinde, von ihr zu sprechen. Vielleicht liegt es an dem Buch mit dem roten Ledereinband, das mir, nachdem ich es längst verloren glaubte, vor kurzem wieder in die Hände gekommen ist; sie hat es im Jahre 1940 für ein mit Auszeichnung bestandenes Schulexamen erhalten. Ziemlich absurd, unser Brauch, Gedenktage zu feiern – Pfosten, in den Sand gerammt, um die Jahre festzuhalten, die uns unter den Füßen wegrieseln und verschwinden wie Wanderdünen ... Vielleicht liegt es ganz einfach an der neuesten CD von Ray Charles, Minas Lieblingssänger, dessen Hits die Begleitmusik jener Zeit waren, Mitte der sechziger Jahre, als ich mich anschickte, erwachsen zu werden, als bei uns zu Hause noch alles in Ordnung war, als uns die Brücke nur im Hinblick auf mögliche Vor- oder Nachteile beschäftigte, als ich noch nicht wußte, daß eine liebende Mutter auch eine leidenschaftlich Liebende sein kann.

1

In jenem Sommer begann in unserer Gegend ein neuer Wind zu wehen. Die beiden Seineufer sollten durch eine gewaltige Brücke miteinander verbunden werden, und dieses Projekt beherrschte die Gespräche der Leute und die Titelseiten der Zeitungen. Die Brücke würde den Weg zu den Hafenstädten im Norden und Westen erheblich verkürzen und dem Fremdenverkehr Auftrieb geben. Außer der Brücke sollte auch noch eine Autobahn gebaut werden, über die man Paris in weniger als zwei Stunden erreichen konnte. Mutter sah darin einen großen Vorteil, Vater dagegen konnte sich für all diese Neuerungen gar nicht begeistern.

«Was nützt uns eine Autobahn?» brummte er. «Wir fahren ja doch nie nach Paris.»

«Wir nicht, aber andere», meinte sie. «Man muß auch an die anderen denken. Eines Tages wird unser Junge vielleicht in Paris wohnen, und dann können wir froh sein um eine gute Verbindung. Je besser die Verbindung, desto größer die Chance, daß er uns dann öfter mal besucht.»

Sie deutete mit dem Schälmesser auf das Zeugnis, mit dem mir bescheinigt wurde, daß ich nach der Pflichtschule ins Gymnasium übertreten konnte. Es hing eingerahmt an der Wand, zwischen einem alten Stich von unserer Stadt und einem farbigen Porträt meiner Mutter – die Pinselei eines dieser Maler vom Place du Tertre, entstanden anläßlich der einzigen Reise nach Paris, die meine Eltern unternommen hatten.

«Meinst du nicht auch, Tommy?»

Ich war noch zu jung, um konkrete Zukunftspläne zu schmieden, aber darin waren Mutter und ich uns einig: daß ich nicht mein ganzes Leben in einem Provinznest verbringen würde. Eines Tages würde ich meinen Eltern Lebewohl sagen und auf dieser neuen Straße davonfahren, um anderswo mein Glück zu machen, davon war ich fest überzeugt. Und später einmal würde die Straße, die mich von ihnen fortgeführt hatte, immer wieder zu ihnen zurückführen ... Damals ahnte ich noch nicht, daß diese Straße für uns eine ganz andere Rolle spielen sollte.

Wie gesagt, mein Vater hatte nichts für Veränderungen übrig. In seinem Beruf war er nur zu oft mit Veränderungen und Ungewißheiten konfrontiert. In der Baubranche mußte man um jeden Auftrag kämpfen, und wenn er trotz allem etwas Gutes am Bau der Brücke und der Autobahn fand, dann nur deshalb, weil sein Geschäft wieder einmal ziemlich schlecht lief. Die Aussicht, sein Lebtag herumkommandiert zu werden, war ihm so zuwider gewesen, daß er sich selbständig gemacht hatte – mit dem Resultat, daß er jetzt von den Banken abhängig war. Ihm war aber auch die Idee zuwider, daß ich von seiner Plackerei und dem vielen Geld, das für die Kredite draufging, später nicht profitieren könne, denn ich hatte vor zu studieren.

«Straßen, das vergrößert nur die Distanzen», sagte er.

Er beugte sich über die Zeitung und wischte die Kartoffelschalen von der Seite mit dem Artikel, den Mutter uns vorgelesen hatte.

«Jedenfalls bringt es Arbeit», meinte sie. «Du jammerst ja dauernd, daß es zuwenig Aufträge gibt. So ein Großprojekt, das nützt der ganzen Region. Ohne das gibt's keinen Fortschritt.»

Meine Mutter beherrschte die Kunst, Negatives in Positives zu verwandeln. Eigentlich war es mehr als eine Kunst, es war geradezu eine Tugend angesichts von Vaters ewigem Pessimismus. Ich sah ihn fast nie lächeln. Sich ein Lächeln abzuringen kostete ihn so viel Mühe, daß es meistens zu einer Grimasse geriet. Vielleicht wird ein Mensch so, wenn er unentwegt zum trüben Himmel emporstarren muß in der Hoffnung, daß vielleicht doch noch die Sonne hervorkommt. Das ist eine Eigenart vieler Bewohner des Pays de Caux. Freilich gibt es auch solche, die tragen die Sonne in sich. Sie sind meistens blond und haben helle Augen, blaue oder grüne, und in ihren Adern fließt das Blut der Wikinger. Meine Mutter besaß dieses Blut und auch diese Augen, die Augen jener, die aufs weite Meer hinausschauen.

«Ja, wenn man's von dieser Seite her anschaut, hast du recht», sagte Vater. «Der Mensch muß sich bewegen, sonst wird er steif. Vielleicht sollte ich mich mal ein bißchen in Le Havre umsehen. Könnte ja sein, daß es bei dieser Brücke Arbeit für mich gibt.»

Er fuhr schon am folgenden Tag gleich nach dem Frühstück nach Le Havre. Jedesmal wenn Vater auswärts arbeitete, war Mutter wie verwandelt. Als erstes schaltete sie das Radio an und stellte France-Musique ein. Fast bei allem, was sie tat, hörte sie Musik, und fast bei jeder Musik, die sie hörte, bekam sie Lust zu tanzen. Beim Geschirrspülen wiegte sie sich in den Hüften, klopfte mit den Absätzen den Takt, rieb Teller und Tassen mit schwungvollen Handbewegungen und flatterndem Geschirrtuch trocken, und dann verwandelte sich die banalste Hausarbeit auf magische Weise in einen Moment ungetrübter Freude. Noch heute, wenn ich eine Bluesmelodie höre, einen Song von Ray Charles oder den Platters, sind mir diese Momente sofort wieder gegenwärtig.

Vater hatte leider überhaupt kein Verständnis für Mutters Verlangen, Musik zu hören und nicht nur die, welche im Radio gesendet wurde. Damals, in den sechziger Jahren, war ein Plattenspieler in seinen Augen ein Luxus, den wir uns nicht leisten konnten. Bei uns durfte nur Gemüse aus dem eigenen Garten auf den Tisch kommen, für teures Geld welches zu kaufen kam gar nicht in Frage. Er hatte ohnehin immer den Verdacht, man wolle ihn übers Ohr hauen, wie alle Menschen, mit denen es das Schicksal nicht besonders gut gemeint hat; und da er zuwenig verdiente, um diese Ungerechtigkeit zu kompensieren, rächte er sich an seinem Schicksal, indem er möglichst wenig Geld ausgab. Wer arm zur Welt gekommen ist, wird doch nicht obendrein Geld ausgeben, damit andere reich werden! Folglich gab es bei uns eine Lauchsaison – wochenlang nichts als Lauchsuppe, Lauch gedämpft, Lauch überbacken –, so wie es eine Bohnensaison gab und eine Tomatensaison mit Tomatensuppe, Tomatensalat, Tomaten gekocht oder roh oder gefüllt oder als Beilage zu Kartoffeln, welch letztere zu jeder Mahlzeit auf den Tisch kamen, denn Kartoffeln machen so schön satt ...

So war das nun einmal bei Leuten wie uns: Man hatte sich mit dem zu begnügen, was man selbst produzieren konnte, damit man möglichst nicht von anderen abhängig war. Diese Armeleutementalität und sein äußerst bescheidenes Einkommen waren die Gründe dafür, daß mein Vater knauserte und sparte, wo es nur ging.

Was einzig dem Vergnügen diente oder einfach nur schön war, mußte dieser vom Existenzkampf diktierten Notwendigkeit zum Opfer fallen. Unser Haus bezeugte dies auf anschauliche Weise. Es war ein getreues Abbild des Lebens, das mein Vater führte: funktional, schmucklos, nicht nach den Regeln der Ästhetik, sondern nur nach jenen der Statik konzipiert. Das Unverzichtbare war Minimum und Maximum zugleich. Der Raum, die im Hinblick auf ihre Haltbarkeit verwendeten Materialien – nichts war dem Zufall überlassen, nichts verschwendet worden. Gerade soviel wie nötig, lautete Vaters Devise. Damit kann sowohl das untere wie das obere Limit gemeint sein; es entspricht jenem «Genügend», mit dem sich der Durchschnittsschüler zufriedengibt.

Als ich mittags zum Essen nach Hause kam, fand ich Mutter so vor, wie ich sie morgens verlassen hatte – mit einem Buch in der Hand. So war es fast jeden Tag: Sie saß am Küchentisch bei einer Tasse Kaffee, in ein Taschenbuch vertieft. Zuweilen fesselten die Abenteuer dieser papierenen Helden sie dermaßen, daß sie darüber das Essen vergaß und ich in aller Eile, bevor die Geschäfte schlossen, noch etwas einkaufen mußte. Gefangen in der Enge ihrer vier Wände, wo die ewig gleichen und endlos sich wiederholenden häuslichen Pflichten ihren Tagesablauf bestimmten, erlebte sie jedes Buch als das Fleckchen blauen Himmels im vergitterten Fenster, das Stück Horizont, das ihre Sehnsucht nach Freiheit am Leben hielt. Durch die Bücher entfloh sie diesem Gefängnis, in dem ihr Geist zu verkümmern drohte, und ließ sich forttragen in das grüne Paradies ihrer Träume.

«Du bist heute aber früh dran», sagte sie.

Ich war eher spät dran, und die Geschäfte hatten schon geschlossen. Sie sah im Kühlschrank nach, nahm Milch und Eier hervor und verkündete:

«Dann gibt's eben Pfannkuchen zum Mittagessen ... Da, lies mir vor, während ich den Teig mache.»

Ich setzte mich an den Tisch und begann die Passage zu lesen, in welcher der gute Charles Bovary sich erfolglos als Chirurg versucht.

«Ach, der Ärmste», sagte Mutter mitleidig. Und im selben Atemzug: «Wie kann man aber auch nur so dumm sein!» Sie wandte sich lächelnd zu mir um. «Aus dir wird vielleicht einmal ein berühmter Chirurg.» Plötzlich kam ihr in den Sinn, daß ich kein Blut sehen konnte, und sie mußte sich eine andere Möglichkeit einfallen lassen. Nachdenklich musterte sie die Fleißigen Lieschen auf dem Fenstersims, die mit ihren roten Blüten tapfer gegen das Grau der Hofmauer ankämpften. «Oder einer, der Brücken und Straßen baut ... ein Ingenieur, was meinst du?» Aber Mathematik war nicht gerade meine Stärke. «Oder sonst etwas», sagte sie ziemlich ratlos.

Ohne den Blick von dem Buch zu heben, das auf mich dieselbe Faszination ausübte wie auf meine Mutter, erklärte ich im Brustton der Überzeugung: «Aus mir wird einmal ein Schriftsteller.»

Das hatte sie nicht erwartet. Mit einer lebhaften, fast übermütigen Geste schlug sie ein Ei auf und jonglierte flink und geschickt mit den beiden Schalenhälften, um das Gelbe vom Weißen zu trennen. «Glaubst du wirklich, daß du das fertigbringen würdest?»

Aus ihrer Frage war der Wunsch herauszuhören, daß ich im Leben irgend etwas erreichen sollte, auf das sie stolz sein konnte; und ich hätte ihr diesen Wunsch gerne erfüllt.

«Ich weiß nicht», sagte ich, plötzlich unsicher.

Das störte sie offenbar nicht. Sie gehörte nicht zu jenen Menschen, die vor kühnen Plänen zurückschrecken. Sie wußte, daß man im Leben vieles erreichen kann, wenn man nur wirklich will.

«Jedenfalls wäre es einen Versuch wert», meinte sie. Damit wollte sie mir zu verstehen geben, daß ich, auch wenn ich mein Ziel niemals erreichte, auf dem Weg zum Ziel bestimmt irgend etwas erreichen würde. Und im Grunde genommen dachte ich genau wie sie.

Nachdem wir gegessen hatten, fuhr sie wie jeden Nachmittag zu den Dabovals hinaus, bei denen sie den Haushalt besorgte. Ich holte sie jeweils gegen Abend dort ab. Das Anwesen der Dabovals lag einige Kilometer außerhalb der Stadt, in der Nähe von Héricourt. Das Haus, ursprünglich ein Bauernhof, stammte aus dem 17. Jahrhundert; es hatte als Poststation gedient und war im Lauf seiner wechselvollen Geschichte mehrmals umgebaut worden, ehe die Familie Daboval es kurz nach Kriegsende kaufte und restaurieren ließ. Vor gut hundert Jahren hatte ein früherer Besitzer zwei Seitenflügel anbauen lassen, so daß das Gebäude mit seinen strengen Fassaden aus Fachwerk und Schiefer und hohen, holzgetäfelten Räumen im Régence-Stil eher wie ein Landschlößchen wirkte.

Meine Mutter war stolz darauf, hier zu arbeiten. Sie fand nichts Ehrenrühriges an der Tatsache, daß sie bei reichen Leuten putzen mußte. Durch das Bücherlesen hatte sie sich, bescheiden wie sie war, dennoch jene Überlegenheit angeeignet, zu denen romantisch veranlagte Menschen neigen, eine gewisse Distanziertheit, einen verkappten Humor, einen leicht ironischen Ton – etwas Undefinierbares, das ihr half, über den Dingen zu stehen. Für sie war diese Einstellung eine Art Therapie, was meinem Vater, der seine untergeordnete Stellung eher schlecht als recht ertrug, gar nicht behagte. Männer legen viel größeren Wert als Frauen auf das, was man angeblich braucht, um «jemand» zu sein. Sie sind sich ihrer Rolle in der sozialen Hierarchie viel stärker bewußt. Frauen streben nach anderen Dingen. Ein billiges, aber tadellos sitzendes Kleid, ein hübsch gedeckter Tisch, ein paar Blumen auf dem Fensterbrett, ein bißchen Sonne draußen im Garten – es braucht oft nicht mehr, damit sie sich glücklich fühlen.

Meiner Mutter genügten diese kleinen Glücksmomente, die eine Spur von Schönheit in ihren grauen Alltag brachten. Davon nährte sie sich wie eine Honigbiene von Blütenpollen, und darin fand sie die Kraft, ihr Leben ohne Bitterkeit zu ertragen. Was sie freilich nicht daran hinderte, sich ihre eigenen Vorstellungen vom Leben zu machen. Sie wußte, daß sie etwas Besseres verdient hatte, und so grübelte sie oft darüber nach, was sie tun würde, wenn sie nochmals von vorn anfangen könnte, und was ich tun müßte, um es einst besser zu haben als sie. Darauf war jetzt ihr ganzer Ehrgeiz gerichtet: mir die Möglichkeiten zu geben, die sie nie gehabt hatte. Sie wollte unbedingt, daß ich aufs Gymnasium ging und das Abitur machte. Später würde man dann weitersehen, aber das Abitur war in ihren Augen so etwas wie der erste Kilometerstein an der Straße, auf der man aus der Provinz herauskommt, in die Hauptstadt und noch weiter, in jene Fernen, wo es für den menschlichen Geist keine Grenzen gibt.

Aus ihrer Schulzeit hatte sie ein prächtiges Buch mit rotem Ledereinband aufbewahrt; es trug in goldenen Lettern den Titel «Unsere schöne Heimat» und enthielt Beschreibungen der verschiedenen Regionen Frankreichs im 19. Jahrhundert. Auf dem Vorsatzblatt stand in schwungvoller Beamtenhandschrift: *Fräulein Mina Dubreuil als Anerkennung für ihre hervorragenden Leistungen gewidmet vom Bürgermeister der Stadt Y. – Juli 1940.* Elfeinhalb war sie damals gewesen, und ein Jahr später war sie mit der Durchschnittsnote «Sehr gut» von der Schule abgegangen. Mutter bewahrte dieses kostbare Stück in ihrem Kleiderschrank auf, um es von Zeit zu Zeit heimlich hervorzunehmen und voller Wehmut zu betrachten, als handelte es sich um einen verbotenen Genuß, der nur von kurzer Dauer ist und einen bitteren Nachgeschmack hinterläßt.

Mit der Bildung meiner Mutter war es nicht weit her. Aus Vaters Perspektive trieb sie es allerdings zu weit mit ihrer Lektüre von Stendhal und Laclos, Fromentin und Benjamin Constant, Goethe und Colette, nach seinem ärgerlichen Brummen zu urteilen, wenn sie ihm wieder einmal – ohne jede böse Absicht, wie aus obskurem, unerklärlichem Widerstand heraus – eine Mahlzeit vorsetzte, in der sie ihre heimlichen Sehnsüchte hatte anbrennen lassen.

Seit Jahren lagen sie miteinander in einem hartnäckigen Kleinkrieg. Er meinte, ich sollte später in seine Firma eintreten. Sie meinte, ich sollte studieren, wenn es sich irgendwie machen ließ. Auch sie hätte studiert, wäre ihr Vater nicht so jung gestorben und wäre sie nicht von ihrer Mutter – die sich nie um die Ausbildung ihrer Kinder gekümmert hatte, schon gar nicht nach ihrer Wiederverheiratung – gezwungen worden, gleich nach Beendigung der Pflichtschuljahre in Stellung zu gehen. An ihrem ersten Arbeitstag hatte einer ihrer Kollegen spöttisch bemerkt: «Was tust du denn hier? Das ist doch kein Ort für Kinder! Mußt du denn heute nicht zur Schule?»

Der Mann wußte nicht, wie recht er hatte ... Minas Mutter und ihr Stiefvater waren der Ansicht, sie müsse möglichst schnell Geld verdienen, weshalb sie ihr Alter kurzerhand um sechs Monate auf die gesetzlich vorgeschriebenen vierzehn Jahre heraufgesetzt hatten, damit sie eine Stelle in einer Versicherungsgesellschaft in Rouen antreten konnte. Man lobte Minas saubere Handschrift und ließ sie in der Postabteilung Adressen schreiben. Im Bemühen, ihre Sache gut zu machen, malte sie auf jeden Umschlag ein Blümchen – weil es so viel hübscher aussehe, wie sie ihrem Vorgesetzten erklärte. Worauf dieser erst einmal leer schluckte und ihr dann seinerseits erklärte, so etwas sei bei Geschäftsbriefen nicht üblich, und wenn sie ihre Stelle behalten wolle, habe sie solche Kindereien künftig zu unterlassen. Sie behielt ihre Stelle, bis sie zwanzig war, und lieferte ihrer Mutter jeden Monat den ganzen Lohn ab, gegen Kost und Logis. Dann lernte sie meinen Vater kennen, und bald darauf heirateten die beiden. Ich glaube, sie hat es mit dem Hintergedanken getan, endlich frei zu werden. Aber ich bin mir nicht sicher, ob sie in der Ehe fand, was sie suchte, und ob das, was sie fand, nicht einfach ein Gefängnis anderer Art war.

Meine Mutter gehörte zu den Menschen, die oft an sich selbst zweifeln. Das mochte auf die schwierige Beziehung zu ihrer Mutter zurückgehen, die dieses Kind nicht gewollt hatte und ihm die Schuld gab an allem, was danach geschah und was sie ebensowenig gewollt hatte. Minas Mutter war jung und unerfahren, als sie sich zum erstenmal verliebte und schon bald darauf feststellen mußte, daß sie schwanger war. Sie empfand das Kind in ihrem Bauch als ein fremdes Wesen, eine Art Schmarotzer; es ernährte sich nicht nur konkret und unmittelbar durch die Nabelschnur von ihr, sondern machte auch all ihre Zukunftspläne zunichte.

Diese Pläne entsprachen dem, was die meisten jungen Mädchen ihres Standes damals für erstrebenswert hielten: eine Ehe, die einem den sozialen Aufstieg, Ansehen, materielle Sicherheit und eine Reihe anderer Vorteile verschaffte, mit einem Wort: eine «Position», wie man das zu nennen pflegte. Im Gegenzug hatte sie neben ihrem ansprechenden Äußeren auch noch jenes Maß an «Bildung» zu bieten, das man für eine künftige Ehefrau und Stütze der Gesellschaft für notwendig ansah: Sie konnte Klavier spielen, zeichnen, nähen und kochen, sie wußte, wie man eine gepflegte Konversation führt, sich geschmackvoll kleidet, Einladungen und Dankschreiben formuliert, Gäste empfängt und sich bei Tisch benimmt; sie hatte aus Anstandsbüchern all die Regeln gelernt, die es einem erlauben, in den besseren Kreisen zu verkehren, auch wenn man nicht von Haus aus dazugehört.

Und dann war Martin Dubreuil in ihr Leben getreten, ein junger Musiker mit viel Talent und wenig Geld, und hatte ihre schönen Pläne durcheinandergebracht, so wie eine ungeschickte Handbewegung die Blumen in einem komplizierten Gesteck durcheinanderbringt. Aber eine schlechte Partie war weit weniger schlimm als die Schande eines unehelichen Kindes, der Verlust des guten Rufes und die für ein solches Vergehen unweigerlich verhängte Strafe: eine obskure Existenz am Rande der Gesellschaft.

In dieser Situation blieb ihr nichts anderes übrig, als den Schaden gutzumachen und auf ihre Träume zu verzichten. Mina hatte während ihrer ganzen Kindheit und Jugend die Last dieses Verzichts zu schleppen – gemessen an der Schwere des Vergehens, das sie verkörperte, eine erträgliche Last. Ihre Schuld bestand darin, zu existieren. Zuerst als Ungeborenes, das gierig von der Substanz seiner Mutter zehrte, ein zweites Mal, nach dem Tod des Vaters – damals war sie zwölf –, als eine lästige Zugabe, die ein Mann in Kauf nehmen mußte, wenn er Madame Dubreuil haben wollte. Ihrem zwei Jahre jüngeren Bruder war all dies erspart geblieben, wohl deshalb, weil er die Frucht einer von Kirche und Gesellschaft sanktionierten Ehe war; sie dagegen war die Ursache dieser Ehe gewesen, ohne sie wäre alles anders gekommen.

Der erste Mann, der sich bereit zeigte, die Familie en bloc zu übernehmen, erhielt auch den Zuschlag. Zuvor jedoch hatten diverse andere Interessenten eliminiert werden müssen, die sich in der kleinen Zweizimmerwohnung in der Rue Saint-Séverin die Klinke in die Hand gaben. Von ihrem Sofabett im Wohnzimmer aus konnte Mina hören, wie sie auf Zehenspitzen ins Schlafzimmer schlichen, um einige Stunden später ebenso diskret wieder zu verschwinden.

Die Witwe des an der Front gefallenen Capitaine Dubreuil fühlte sich an den Tagen, die solchen Nächten folgten, jeweils ziemlich erschöpft. Einige Zeit danach wurde der betreffende Herr dann zu einem Essen eingeladen, welches dank der von ihm beigesteuerten Lebensmittelmarken reichlicher ausfiel als sonst. Madame Dubreuil legte vier Gedecke auf, nahm die Kerzenleuchter hervor, stellte dem Gast ihre Kinder vor. Manchmal kamen sie sogar in den Genuß eines Sonntagsausflugs inklusive Bootsfahrt und Limonade in einem Gartenlokal, und dann passierte in aller Regel nichts mehr ... Wenn Mina sich erkundigte, was denn los sei mit Alexandre, Francis oder wie immer die Herren hießen, bekam sie zu hören, sie würden eine Zeitlang nicht zu Besuch kommen, denn die Aussicht, zwei Kinder erziehen zu müssen, die schon ziemlich groß und obendrein nicht die eigenen waren, erfordere reifliche Überlegung. Im allgemeinen blieb das Resultat solcher Überlegungen in der Schwebe. Die Herren ließen sich nie mehr blicken.

Aber dann stellte sich doch noch ein ebenso couragierter wie seriöser Bewerber ein, und aus lauter Angst, diesen auch noch zu verlieren, fackelte Madame Dubreuil nicht lange. Sie brachte ihre Tochter als Bürohilfskraft unter und verwandelte auf diese Weise etwas, was ihre neue Beziehung womöglich belastet hätte, in eine zusätzliche Einkommensquelle.

Damals eignete sich Mina eine Fähigkeit an, die bis an ihr Lebensende ihre Stärke sein sollte: die, sich in sich selbst zurückzuziehen und den Körper als eine Art Festung zu betrachten, in der ihre Seele Schutz fand und ihre Sehnsüchte eingesperrt blieben. Obschon sie den Kontakt zur Mutter abgebrochen hatte, trug sie ihr nichts nach, nicht einmal die Tatsache, daß sie von ihr nie wirklich geliebt worden war. Sie sah darin lediglich das Unvermögen vieler Menschen, freihändig eine halbwegs gerade Linie zu ziehen. Nur daß diese Linie ihr ganzes Leben bestimmte. So betrachtete sie alles, was ihr widerfuhr, als eine vom Schicksal auferlegte Prüfung, die zwar ungerechtfertigt sein mochte, aber nun einmal die logische Fortsetzung dieser krummen Linie war.

Ich fand Mutter oben im ersten Stock, wo die Schlafzimmer lagen, beim Bügeln. Verwundert blieb ich unter der Tür stehen: Sie hatte ein Kleid von Madame Daboval angezogen, das diese abends zu einer Party tragen wollte. Mit meinen fünfzehn Jahren war ich, was weibliche Schönheit anging, noch ziemlich unerfahren, aber jetzt wurde mir auf einmal bewußt, daß meine Mutter eine schöne Frau war, schlank und geschmeidig und verführerisch. Als sie mich bemerkte, warf sie sich in Positur. Das Kleid aus schillerndem Taft lag von der Taille bis zu den Oberschenkeln eng an und öffnete sich knapp über den Knien in einer Kaskade von Volants. An meiner Mutter wirkte es viel eleganter als an der eher molligen Madame Daboval.

«Na, was sagst du dazu?» fragte sie und reckte sich kokett. «Hast du nicht eine hübsche Mutter, die genau weiß, was ihr gut steht?»

Sie vollführte ein paar Tanzschritte. Ich folgte mit den Augen ihren graziösen Bewegungen. Sie drehte sich hin und her und rundherum, daß die Volants nur so flogen, und ich fand es schade, daß sie sich dieses Vergnügen nur im Versteckten erlauben konnte, mit mir als einzigem Zuschauer, noch dazu einem, der wenig von der Sache verstand. Sie blieb stehen und streckte die Hand aus:

«Komm her! Höchste Zeit, daß ich dir beibringe, wie man tanzt.»

Sie sagte es, als hätte sie einen überaus wichtigen Aspekt meiner Erziehung vernachlässigt. Ich zögerte. Ich hatte das Gefühl, tapsig wie ein Bär zu sein, und wenn wir zu einer Hochzeit oder sonst einem Familienfest eingeladen waren, graute mir jedesmal vor dem Moment, wenn nach dem Essen Tische und Stühle an die Wand geschoben wurden und sämtliche Kusinen mir vielsagende Blicke zuwarfen.

«Tanzen macht Spaß», sagte Mutter. «Und außerdem ist es die beste Gelegenheit, jemanden, den man mag, in die Arme zu nehmen. So, nach dieser glühenden Liebeserklärung darfst du mir keinen Korb geben!» Sie lachte und legte eine Platte auf. «Wiener Walzer, genau das, was wir brauchen. Du wirst sehen, es ist gar nicht schwer.» Sie nahm mich bei der Hand und zog mich an eine Stelle des Zimmers, wo kein Teppich lag. «Auf dem Parkett stolpert man nicht so leicht. Du brauchst gar nichts zu tun, laß dich nur von mir führen.» Sie umfaßte meine Taille und befahl mir, einen Arm seitwärts zu heben: «Aber schön locker, so ... Und die Hand hierhin, in meine.»

Sie warf einen Blick in den Spiegel und meinte befriedigt, wir seien ein schönes Paar. Ich hätte gerade das richtige Alter, um einen höchst attraktiven Kavalier abzugeben. Dann, mit gerunzelter Stirn:

«Streck das Kinn heraus, aber nicht so arrogant ... So ist es gut. Und die Schultern nicht hängen lassen.»

Ich bemühte mich, alles genauso zu machen, wie sie mir in freundlichem, aber bestimmtem Ton befahl.

Wenn es ums Vergnügen ging, konnte Mutter recht anspruchsvoll sein. Ich erinnere mich noch gut an eine der seltenen Gelegenheiten, als Vater sich hatte überreden lassen, uns zum Essen in ein Restaurant auszuführen. Nur er hatte eine Speisekarte bekommen, auf der die Preise angegeben waren, und Mutter merkte, daß er uns das aufdrängen wollte, was am wenigsten kostete. Verärgert gab sie ihre Karte dem Oberkellner zurück und bestellte kurzerhand für alle drei das teuerste Menü. Nachdem er verschwunden war, sagte sie zu Vater: «Wenn du uns schon ausführst, was ja höchstens alle Schaltjahre mal vorkommt – also, entweder macht man etwas richtig, oder man läßt es bleiben! Aber so zu knausern, das verdirbt einem den ganzen Spaß.» Noch nie hatten ihre Augen so zornig gefunkelt.

Anfangs stellte ich mich beim Tanzen reichlich ungeschickt an, doch nach und nach entspannte ich mich und paßte mich ihrem Rhythmus an. Bald glitten wir beide schön im Takt dahin, meine Hand lag fest und ruhig auf ihrer Taille, und auf einmal kam es mir vor, als sei ich derjenige, der führte, während sie nichts mehr zu tun brauchte, als sich führen zu lassen. Sie lächelte mit halb geschlossenen Augen, neigte den Kopf etwas zur Seite, und ich merkte, welches Glück sie empfand, welch ein Wohlbehagen, so als fühlte sie sich an einen fernen Ort versetzt, den nur sie allein sehen konnte, einen sicheren Ort, wo alles anders war, wo alle Wünsche in Erfüllung gingen und alle Sorgen verschwanden; und auch ich fühlte mich glücklich, während ich sie mit einer ganz neuen Selbstsicherheit schwungvoll durchs Zimmer führte.

«Na, siehst du jetzt, wie leicht das geht?» Sie zog mich an sich und drückte meinen Kopf so zärtlich an ihre Brust, daß ich protestierte, ich sei doch kein kleiner Junge mehr.

«Allerdings, dir sprießt ja schon der Bart...» Sie betastete meine Schultern, um festzustellen, ob sich auch meine Muskulatur entwikkelt hatte. «Du hast recht, es wird langsam Zeit, daß ich mir diese Zärtlichkeiten abgewöhne.» Sie fuhr mir mit den Fingern durchs Haar, so heftig, daß es beinahe schmerzte. Es war, als ob sie mir mein Erwachsenwerden zum Vorwurf machte. «Aber deswegen bleibst du trotzdem mein Junge!»

Und damit kehrte sie in einem Gewoge von raschelnden Volants zu ihrem Bügelbrett zurück, während ich hinunterging, um meine Hausaufgaben zu erledigen.

2

Vater fand noch am selben Tag Arbeit. Eigentlich war er Dachdecker von Beruf, aber wie die meisten Handwerker der Region kannte er sich in allen Sparten des Baugewerbes aus und konnte je nachdem auch als Maurer, Fliesenleger oder Zimmermann arbeiten. Er hatte unser Haus, inklusive Inneneinrichtung, in eigener Regie gebaut. Dieses Haus war sein ganzer Stolz, obschon er als Elektriker nicht so perfekt war wie als Dachdecker, weshalb seine Installation einige Mängel aufwies, die uns jeden zweiten Abend einen Kurzschluß bescherten. Es war ein Pendant zu den Obstkuchen, die Mutter zu lange in der Backröhre ließ: Sie schmeckten ein bißchen angebrannt, aber sie waren eben hausgemacht.

Wenn ich Ansprüche stellte, die für seine bescheidenen Mittel zu hoch waren, bekam ich jedesmal zu hören, daß Mutter und er bei ihrer Heirat nicht mal einen Kaffeelöffel besessen hätten; alles, vom Bett bis zum Eßtisch, verdankten sie seinem klugen Kopf und seinen geschickten Händen. Er hatte schöne Hände, groß und kräftig und wie geschaffen zum Schleppen, Montieren, Hämmern, Sägen, Hobeln, im Gegensatz zu meinen Händen, die ich von Mutter geerbt hatte. Hände, die er mit einem sonderbaren Lächeln – ich glaubte darin eine Art Kritik zu sehen – als «Intellektuellenhände» bezeichnete.

Er sollte als Maurer auf der Brückenbaustelle beschäftigt werden. Man hatte ihm nur einen auf ein paar Monate befristeten Vertrag gegeben, doch damit war er durchaus zufrieden, denn so blieb ihm die Möglichkeit offen, andere Aufträge anzunehmen, falls welche hereinkommen sollten.

Zufriedenheit, das bedeutete für meinen Vater nichts als eine kurzfristige Erleichterung, ein unverhofftes Glück, lediglich ein nicht eingetretenes Unglück. Um mit seinem Geschäft Erfolg zu haben, hätte er ein Startkapital gebraucht. Wer nichts erbe, komme zu nichts, pflegte er zu sagen, sondern müsse sein Leben lang schuften, nur damit andere das große Geschäft machten. Die Hausbesitzer zum Beispiel. «Ein angenehmer Beruf, Hausbesitzer, da braucht sich einer kein Bein auszureißen!» Das war jahrelang sein Standardkommentar gewesen, wenn er jeweils am Monatsletzten den Scheck für die Miete ausfüllte. Er tat es niemals, ohne zuvor seinen Kropf geleert und über die ungerechte Verteilung des Reichtums geschimpft zu haben, welche die Spekulation belohnte und ehrliche Arbeit bestrafte. Später, nachdem er sich verschuldet hatte, um anstatt für andere Leute auf eigene Rechnung zu arbeiten, waren nicht mehr die Hausbesitzer, sondern die Banken an allem schuld. Jetzt lautete sein Kommentar, wenn wieder einmal der Zins auf seine Hypothek (zwanzig Jahre Laufzeit!) fällig wurde: «Wenn ich dran denke, was die an mir verdienen!» Bevor er den letzten Kontoauszug zu den anderen in die zweitoberste Kommodenschublade legte, rechnete er sich jedesmal aus, wieviel er noch abstottern mußte. Sein ganzes Leben lang hat mein Vater geschuftet und gespart für dieses Haus, aus dem ich wegzog, kaum daß ich volljährig war.

Von unserem Wohnort zur Brückenbaustelle waren es etwa dreißig Kilometer. Vater hatte nicht vor, für den Arbeitsweg seinen alten Panhard zu benützen und ein Vermögen für Benzin auszugeben.

«Aber wie kommst du dann morgens hin und abends zurück?» fragte Mutter besorgt. «Willst du den Zug nehmen? Das würde doch auch eine Menge kosten.»

Er hatte sich in den *Courrier cauchois* vertieft, während Mutter und ich das Geschirr spülten.

«Unter der Woche kann ich dort übernachten», sagte er. «Ich bin dann nur Samstag und Sonntag zu Hause.»

«Dort wohnen? Wo denn?» Die Idee, daß er die ganze Woche wegblieb, war für Mutter ungewohnt.

«Die Stadtverwaltung hat extra Unterkünfte eingerichtet. Für die Leute, die von auswärts kommen.»

Mutter schien die Sache gar nicht zu behagen. Sie hatte im Lauf der Jahre zwischen Vater und mir ihr Gleichgewicht gefunden. Ich will damit nicht sagen, daß sie glücklich war. Sie wußte, daß ein dauerhaftes Glück nicht existiert, und hatte es längst aufgegeben, danach zu suchen. Aber sie hatte ihren Platz im Leben gefunden – oder zumindest einen, wo sie sich zu Hause fühlte und wo sie gebraucht wurde. Das genügte ihr. Jedenfalls damals noch.

«Das wird aber nicht leicht sein für dich, die ganze Woche weg von zu Hause und ohne uns beide.»

Damit müsse man sich eben abfinden, meinte er, es gehe nun mal nicht anders. Mutters Gesicht verhärtete sich. Sie beugte sich übers Spülbecken und rieb heftiger als nötig an dem Teller herum, den sie gerade in der Hand hielt.

In vielen Ehen tritt früher oder später der Moment ein, wenn die Geldsorgen alles andere als zweitrangig erscheinen lassen, sogar die Verletzungen, die man einander zufügt. Schon seit langem nahm Vater keine Rücksicht mehr auf die Gefühle meiner Mutter. Die Liebe hatte sich mit der Zeit zur Gewohnheit verwandelt, zu einer Art Guthaben, das er gedankenlos verschwendete, er, der mit seinem bißchen Geld so sparsam umging. Ich dachte, er hätte ihr die Neuigkeit etwas behutsamer mitteilen können. Er hätte sie in die Arme nehmen und ihr einen Kuß geben sollen, anstatt einfach zu sagen, es gehe nun mal nicht anders, nur um jedem Argument von ihrer Seite zuvorzukommen und das prekäre Gleichgewicht seiner Finanzen nicht durch eine zusätzliche Ausgabe zu gefährden.

Vater mußte seine neue Stelle bereits am folgenden Montag antreten. Für den Samstag hatte das einzige Hotel am Ort eine Tanzveranstaltung mit dem Orchester Willy Hurt angekündigt. Schon seit einer Woche klebten an allen Ladentüren Plakate und wiesen darauf hin, daß niemand dieses seltene Ereignis verpassen dürfe. GROSSES JAZZKONZERT trompetete ein tanzendes Männchen in Frack und Zylinder, und darunter stand in schwungvollen roten und schwarzen Buchstaben MIT WILLY HURT UND SEINER BAND.

Mutter wäre furchtbar gerne hingegangen. Für sie bedeutete so eine Unterhaltung mehr als nur eine kleine Abwechslung; hinter ihrem Wunsch steckte das uneingestandene Bedürfnis, für einige Stunden den Alltag, mehr noch, ihr ganzes graues Dasein zu vergessen und zurückzukehren in jene Zeit, bevor das Leben für sie eine traurige Wendung genommen hatte: die Zeit, in der ein anderer als Willy Hurt, nämlich der Vater, den sie so früh verloren hatte, aus seinem Instrument all die beschwingten Melodien hervorgezaubert hatte, auf denen die Gedanken davonflogen. Ich weiß nicht, warum Vater sich so hartnäckig weigerte, sie zu dieser Veranstaltung zu begleiten. Empfand er ihren Wunsch als eine Auflehnung gegen das, was ihr gemeinsames Leben ausmachte? Warum wollte er nicht sehen, wie es um sie beide stand? Warum blieb er allen Anzeichen gegenüber blind und taub und verharrte reglos in seinem Nichtwissenwollen wie ein Tier, das sich angesichts der Gefahr totstellt?

Aber Mutter wollte sich dieses Konzert nicht entgehen lassen. Seit sie davon erfahren hatte, kam sie immer wieder auf das Thema zu sprechen in der Hoffnung, Vater werde schließlich doch nachgeben. Jedenfalls konnte er sich nicht wie üblich damit herausreden, daß man kein Geld für so etwas übrig habe, denn der Eintritt und die Getränke der Damen waren gratis.

Vater ging nicht gern unter die Leute. In Gesellschaft fühlte er sich unbehaglich; er zog den Kopf ein und machte sich davon, sobald er von weitem jemanden sah, dem er die Hand hätte geben müssen. Mutter dagegen überlegte nicht lange, ob sie oder der andere zuerst grüßen müsse und ob es richtig sei, wenn sie es tat. Sie hatte nie das Gefühl, sich damit etwas zu vergeben, denn sie fand, so wie sie es mache, sei es auf jeden Fall richtig.

«Also, wie hast du dich entschieden, gehen wir hin?» fragte sie und steckte eine Haarnadel fest, die sich gelöst hatte.

«Du weißt doch, daß mir so was keinen Spaß macht», brummte er.

Seine Antwort paßte ihr gar nicht, denn ihr machte es Spaß. Ich wußte, daß sie oft tanzen gegangen war, bevor sie ihn kennengelernt hatte. Ich wußte aus eigener Anschauung, wie gut sie tanzte und wie attraktiv sie aussah, wenn sie sich im Rhythmus der Musik bewegte, denn sie fühlte die Musik mit allen Fasern ihres Körpers. Sie hatte als junges Mädchen Tanzstunden genommen, aber sie hätte gar keine gebraucht; sie war von Natur aus graziös, so wie sie von Natur aus blondes Haar und eine schlanke Figur besaß. Und ich wußte auch, wie sehr sie das Tanzen vermißte.

Ich könne ja mitkommen, schlug ich vor. Das brachte sie zum Lachen: Eine verheiratete Frau könne doch nicht allein tanzen gehen.

«Du wirst nicht allein sein, wenn ich mitkomme.»

«Aber du bist kein Mann!»

Auch Vater hatte meinen Vorschlag furchtbar komisch gefunden.

«Na schön, du mußt wissen, ob du einen Mann brauchst oder jemand, der mit dir tanzt», sagte ich beleidigt.

Sie tat überrascht und meinte, ich hätte doch fürs Tanzen nie etwas übrig gehabt.

«Früher nicht, aber jetzt ist das anders.»

Offenbar freute es sie, daß ihr Tanzunterricht bei mir so gut angekommen war, denn sie bemerkte lächelnd: «Ach ja? Sehr lange kann das aber noch nicht her sein.»

«Das stimmt, es ist noch gar nicht lange her», sagte ich und ging in mein Zimmer hinauf, um Hausaufgaben zu machen.

Ich spreche von *meinem* Zimmer, obwohl ich diesen Raum eigentlich nicht mochte. Vater hatte sein Bestes getan, damit ich mich dort behaglich fühlen sollte. Es war das schönere der beiden Schlafzimmer im oberen Stock, das mit dem Fenster zum Garten, während meine Eltern sich mit demjenigen auf der Straßenseite begnügten. Ich habe mich nie richtig heimisch gefühlt in diesem Haus, in das er soviel Geld, Zeit und Arbeit investiert hatte. Ein Haus, das seinen Wunsch nach Geborgenheit konkretisieren sollte und dessen ich mich schämte, so daß ich nie einen Schulkameraden zu mir einlud – was Vater auf eine ausgeprägte Neigung zur Eigenbrötlerei zurückführte.

Überhaupt war es eher ein Häuschen als ein Haus: vier Backsteinmauern, eingeklemmt zwischen einem kleinen Garten und einem viereckigen Hof, dem ein paar Geranientöpfe etwas Farbe verliehen. Im Erdgeschoß Küche und Wohnzimmer, durch einen schmalen Flur getrennt, von dem eine steile Treppe zu den beiden Schlafzimmern führte. Das Grundstück, länger als breit, lag zwischen einem Bungalow und einer Kate, wie man sie in der Normandie sieht. Vater hatte dafür einen Preis bezahlt, über den manch einer spöttisch gegrinst hätte und der, wenn man sich die Kosten für Hypothekarzins und Amortisation auf zwanzig Jahre hinaus ausrechnete, einen schlechten Gegenwert für die viele Arbeit darstellte.

Ich preßte meine Stirn gegen die kalte Fensterscheibe. Draußen mochte es noch so warm sein, hier drinnen war es immer kalt. Meine Mutter besaß zwei, drei hübsche Sommerkleider, die sie jedoch kaum je trug, weil es bei uns ständig zog. Sie sagte oft, es sei ein Jammer, daß sie deswegen ihre schönen Schultern nie zeigen könne ...

Ich überlegte mir, daß ich eines Tages bestimmt von hier fortziehen würde. Hier war ja nie etwas los, höchstens mal ein Gastspiel mit Willy Hurt und seiner Band im einzigen Hotel, sonst konnte man in diesem langweiligen Nest nichts unternehmen. Ich dachte an Mutter und daß auch sie lieber woanders gelebt hätte, nur sagte sie das nicht, weil sie uns liebte, meinen Vater und mich, und weil sie ja ohnehin nirgendwohin konnte. Und dann dachte ich, daß Vater dieses eine Mal ihr wirklich einen Gefallen hätte tun können, auch wenn er keine Lust zum Tanzen hatte und sich nur um seine Arbeit sorgte. Er hätte doch einfach sein dichtes schwarzes Haar kämmen und sich ein bißchen Rasierwasser auf die Wangen tupfen, den guten Anzug hervorholen und mit ihr tanzen gehen können, wenn sie es sich so sehr wünschte. Dann hätte sie das Gefühl gehabt, einmal richtig zu leben, und hätte die ganze Woche davon zehren können.

Mutter verbrachte den Rest des Nachmittags damit, Wäsche zu waschen und aufzuhängen, während ich meine Geschichtslektion repetierte. Vater beschloß, den Garten umzugraben. Gegen fünf wollte er zu den Duvals hinübergehen, er spielte jeden Samstag- und Sonntagabend ein paar Partien Belote mit ihnen. Mutter und ich gingen nie mit. Kartenspiele langweilten sie, und zudem war sie eine schlechte Verliererin. Sie zog es vor, zu lesen oder mit mir ins Kino zu gehen.

Auf den Kinobesuch freuten wir uns immer schon die ganze Woche. Drama, Lustspiel oder Krimi – uns war alles recht, Hauptsache, wir erlebten etwas. Aber wir konnten uns dieses Vergnügen nur leisten, indem wir Vater verheimlichten, wieviel es kostete. Das Geld für die Kinokarten zweigte Mutter von ihrem knapp bemessenen Haushaltsgeld ab, weshalb sie hin und wieder ihre Abrechnung ein wenig frisieren mußte. In der Regel reservierten wir zwei Plätze für die Sonntagnachmittagsvorstellung und hofften, daß nicht im letzten Moment etwas dazwischenkommen würde, denn meistens fiel es Vater ausgerechnet dann ein, im Haus müsse unbedingt etwas repariert werden, so daß wir uns mit dem Essen verspäteten und den Anfang des Films verpaßten. Bei ihm war das geradezu eine fixe Idee. Jeden Sonntagmorgen, kaum hatte er seinen Kaffee ausgetrunken, begann er das ganze Haus zu inspizieren, um festzustellen, ob irgendwo etwas geflickt oder verbessert werden mußte. Mutter und ich, zappelig vor Ungeduld, mußten ihm dabei zur Hand gehen.

Egal, welche Schrauben er ausprobierte – lange oder kurze, flache oder solche mit rundem Kopf –, es waren immer die falschen, so daß man ihm die anderen und folglich auch einen anderen Schraubenzieher aus dem Werkzeugkasten holen mußte. Der Werkzeugkasten stand in der Abstellkammer neben der Küche und war so groß und schwer, daß Vater ihn nicht mit sich herumschleppen wollte. Wenn er uns schon all diese Arbeiten abnahm – deren Nutzen wir zwar nicht einsahen, die wir aber niemals selbst hätten erledigen können –, dann durfte er doch zumindest etwas Entgegenkommen erwarten, oder etwa nicht?

«Herrgott noch mal!» hörten wir ihn jedesmal, wenn wir gerade weggehen wollten, irgendwo schreien. «Mina, hast du eigentlich keine Augen im Kopf? Ich hab doch gesagt, ich brauche den Kreuzschlitzschraubenzieher mit dem orangenfarbigen Griff!»

«Na und?» Mutter, schon an der Haustür, kehrte wieder um. «Ist der etwa nicht orange?»

«Nein, der ist rot!» brüllte Vater. «Rot ist der und außerdem kein Kreuzschlitzschraubenzieher! Man könnte meinen, du tust es absichtlich! Daß dir aber auch alles egal ist!»

«Aber nein, es ist mir nicht egal», sagte sie besänftigend, um ja keinen Streit zu provozieren, wo doch der Film in wenigen Minuten anfing. Sie schüttelte den Kopf, sandte ein stummes Stoßgebet zum Himmel empor und flüsterte mir zu: «Weißt du vielleicht, welches der Kreuzschlitzschraubenzieher ist?»

Ich verstand von Schraubenziehern ebensowenig wie sie, aber ich hatte ein besseres visuelles Gedächtnis.

«Der mit der kreuzförmigen Spitze.»

«Geh, bring du ihm das Ding», bat sie, um ja nicht wieder das falsche Werkzeug zu erwischen und damit Vater derart in Rage zu bringen, daß aus unserem Kinobesuch nichts wurde.

Ich hielt es für zweckmäßig, Interesse zu heucheln, und vor allem durfte Vater nicht merken, wie eilig wir es hatten. Also erkundigte ich mich beflissen, ob er sonst noch etwas brauche: Hammer, Hobel, Schere, Schweißbrenner, Kneifzange, Leim? Aus lauter Furcht, nicht rechtzeitig wegzukommen, übertrieb ich es immer ein wenig mit meiner Hilfsbereitschaft, so daß er mich unwirsch wegschickte: «Nein, nein, ich brauche dich nicht mehr, geh nur, ich möchte nicht, daß ihr wegen mir den Film verpaßt!» Hätte ich mir meine Ungeduld oder mein Desinteresse anmerken lassen, dann hätte er unweigerlich noch das oder jenes verlangt, so lange, bis es fürs Kino tatsächlich zu spät gewesen wäre.

Was war es eigentlich, das er mit Schrauben, Nägeln und Leim zu verankern versuchte? Einen Teil seines Daseins, der ihm zu entgleiten drohte und den er um jeden Preis festhalten wollte? Mutter, die es längst aufgegeben hatte, irgendwelche Gefühle in dieses Haus zu investieren, und sich lieber mit den in Illustrierten abgebildeten Traumhäusern abgab, welche sie niemals besitzen würde – Mutter äußerte niemals eine Kritik und begnügte sich damit, mir resignierte Blicke zuzuwerfen. Er hätte ja doch nicht verstanden, warum wir es so eilig hatten, aus dem Haus zu kommen. Und deshalb verpaßten wir jedes zweite Mal die Wochenschau und die Hälfte des Vorfilms.

An jenem Samstag, kaum daß Vater drüben bei den Duvals war, kam Mutter nach oben in mein Zimmer. Sie hatte sich sorgfältig zurechtgemacht, mit jener diskreten Eleganz, für die sie ein besonderes Flair hatte und die wenig kostete: ein paar Tropfen Rizinusöl auf die Wimpern, was den Augen mehr Glanz verlieh, ein wenig Rouge auf Lippen und Wangen – ihre «Sonnenbräune» nannte sie das und bedauerte, daß sich die Sonne bei uns nicht häufiger blicken ließ.

«Wie findest du mich?»

Sie vollführte eine schwungvolle Drehung, und der weite Rock des Musselinkleides begann zu tanzen. Ich dachte, sie hätte es sich anders überlegt und wolle nun doch mit mir tanzen gehen.

«Seh ich nicht toll aus?» Sie schüttelte vorwurfsvoll den Kopf. «Immer muß ich mir selbst Komplimente machen, von euch Männern bekomme ich ja nie eines zu hören.» Ohne meinen Kommentar abzuwarten, fuhr sie fort: «Dein Vater spielt ja lieber mit den Duvals Karten, anstatt mit mir tanzen zu gehen. Also gehen wir zwei ins Kino. Los, zieh dich an! Er hat so lange im Garten herumgetrödelt, daß wir wieder mal zu spät kommen, wenn wir uns nicht beeilen.» Sie warf mir meine Jacke zu und lief die Treppe hinunter.

Mir war nicht ganz wohl bei der Sache, denn samstags gingen wir sonst nie aus. Ich kannte meine Mutter: Sie würde sich den Film bis zum Ende ansehen wollen, und wenn Vater vor uns nach Hause kam und wir noch nicht zurück waren, mußten wir irgendeine Ausrede erfinden. Das Kino war ganz in der Nähe, an der Hauptstraße Rouen–Le Havre, auf der Tag und Nacht Lastwagen vorüberdröhnten. Unser Haus lag in einer etwas ruhigeren Gegend zwischen der Straße und dem Bahngeleise. Es war nicht die beste Wohngegend: ein paar heruntergekommene Villen, welche 1944 den Luftangriffen halbwegs standgehalten hatten, ein paar neuere, billige Einfamilienhäuschen, eingeklemmt zwischen einem öffentlichen Parkplatz und einer Baumaterialfirma. Das Ganze war eine sonderbare Kombination bürgerlicher Wohlanständigkeit und proletarischer Improvisationskunst: Jugendstilfassaden hinter hundertjährigen Zedern und Rhododendren, dazwischen windschiefe Schuppen, zusammengezimmert aus Wellblech und Brettern, die von der Feuchtigkeit halb vermodert waren.

«Wie findest du diese Stadt?» wollte Mutter wissen. «Sie ist einfach scheußlich, meinst du nicht auch?»

Wir rannten beinahe die Straße entlang, um wenigstens den Anfang des Hauptfilms nicht zu verpassen, und ich hatte keine Lust auf Betrachtungen dieser Art. Mir fiel auf, daß Mutter innerhalb weniger Minuten zweimal fast dieselbe Frage gestellt hatte: Wie findest du mich? Wie findest du diese Stadt? Ich überlegte, wie diese Fragen aufzufassen waren und ob sie in einem bestimmten Zusammenhang standen. Da mir keine bessere Erklärung einfiel, sagte ich mir, daß heute eben Mutters Fragetag sei. Und dann überlegte ich mir weiter, daß sie nicht nur deshalb so rannte, weil sie den Hauptfilm nicht verpassen wollte. Sie lief wie jemand, der eine Wut im Bauch hat und sich beim Laufen abreagieren will.

Sie ist wegen Vater so wütend, dachte ich, sie ist stocksauer auf ihn, weil er nicht mit ihr tanzen gehen wollte oder weil er sich so schnell mit dem Gedanken abgefunden hat, künftig nur noch das Wochenende zu Hause zu verbringen. Oder wegen beidem. Sie ist ihm böse, weil er noch nicht fort und trotzdem schon nicht mehr bei uns ist. Ich glaube, sie war ihm böse, weil er im Grunde genommen schon seit langem nicht mehr bei uns war.

3

Im Saal war es bereits dunkel, als wir ankamen, und der Vorspann ging gerade zu Ende. Mutter und ich folgten der Platzanweiserin, die ihre Taschenlampe auf den roten Teppich gerichtet hielt. Der Lichtstrahl fiel auf Mutters hochhackige schwarze Pumps, die sie schon zu meiner Erstkommunion getragen hatte, auf ihre schlanken Fesseln und die schöngeformten, kräftigen Waden. Man hatte bei ihr immer den Eindruck, daß sie nicht ging, sondern auf Zehenspitzen dahertanzte.

In einer der vorderen Reihen, etwas zu nahe an der Leinwand, waren noch zwei Plätze frei. Am Samstagabend war das Kino immer sehr voll, weil ein neues Programm gezeigt wurde und die meisten Leute es gleich am ersten Abend sehen wollten. Mehrere Personen mußten wegen uns aufstehen. Mutter war es peinlich, sie entschuldigte sich nach allen Seiten, und ein paar irritierte «Schschsch!» wurden laut, als sie über eine Teppichfalte stolperte, die sie in der Dunkelheit nicht bemerkt hatte. Sie verlor das Gleichgewicht und wäre hingefallen, hätte der Mann auf dem Nebensitz sie nicht um die Taille gefaßt und gehalten. Sie umklammerte einen Moment lang seinen Arm.

«Entschuldigung, wie ungeschickt von mir ... Ich hab Ihnen doch nicht weh getan?»

«Aber nein», sagte der Mann und klappte den Sitz neben sich herunter. «Und Sie?»

«Nein, nein, es geht schon, vielen Dank.»

Ich sah, daß sie sich den schmerzenden Knöchel rieb, während sie dies sagte, und sich dazu ein wenig auf die Seite des Mannes lehnen mußte.

Er lächelte. Es war ein Lächeln, welches verriet, daß er die kleinen Annehmlichkeiten des Lebens zu schätzen wußte. Etwas Licht von der Leinwand fiel auf sein Gesicht, und ich konnte mir gut vorstellen, wie er meiner Mutter im Halbdunkel einen verstohlenen Blick zuwarf, dem nichts entging: der V-Ausschnitt ihres Kleides, in dem man den Ansatz ihrer Brüste sehen konnte, wenn sie sich vorbeugte, den etwas verzerrten Mund – sie hatte sich eben doch ziemlich weh getan –, die Augen, die schon gespannt das Geschehen auf der Leinwand verfolgten. Der Mann setzte sich in seinem Sessel bequem zurecht, stützte den Ellbogen auf die Lehne und fuhr fort, sie hinter der Hand hervor diskret, aber zugleich amüsiert und voller Interesse zu beobachten.

Er mußte so um die Fünfzig sein – mindestens, dachte ich, denn er hatte bereits ziemlich ausgeprägte Furchen auf der Stirn, die Furchen eines Menschen, der sich seit Jahren mit schwierigen Fragen beschäftigt und folglich nicht mehr jung sein kann. Im Gegensatz dazu wirkten sein lebhafter, etwas maliziöser Blick und sein sinnlicher Mund sehr jung; nur die gefurchte Stirn machte aus ihm einen Mann in mittleren Jahren. Im übrigen sah er nicht aus wie ein Einheimischer. Seine Gesten wirkten gewandt, seine Hände waren sehr gepflegt, der Stoff seines Anzugs mußte von erstklassiger Qualität sein – jedenfalls kam es mir so vor, vielleicht weil ich schon so oft die Anzüge Monsieur Dabovals bewundert hatte, wenn meine Mutter die Kleiderschränke aufräumte. Es war einer dieser leichten, tadellos sitzenden Anzüge, die elegant aussehen, ohne geschniegelt zu wirken.

Auch Mutter mußte den Blick des Mannes bemerkt haben, denn sie zog unauffällig den Spitzenbesatz an ihrem Ausschnitt ein wenig zusammen und saß kerzengerade da, mit straffen Schultern, den Kopf ein wenig zur Seite geneigt, gerade soviel, wie es brauchte, um bewundernde Blicke auf sich zu lenken. Und der Mann tat sich denn auch keinen Zwang an. Ich ertappte ihn mehrmals dabei, wie er sie ansah, als könne er den Blick, nachdem er sie einmal gesehen hatte, nicht mehr von ihr losreißen. Immer wieder wandte er den Kopf zu ihr, und sobald er merkte, daß ich es merkte, schaute er beinahe unwillig wieder geradeaus auf die Leinwand. Was sich im Gesicht meiner Mutter abspielte, schien ihn weit mehr zu interessieren als das Agieren der Schauspieler; jeder Moment der Handlung, der ihr eine Reaktion entlocken mußte – als wüßte er schon im voraus, was sie dabei empfinden würde –, verdoppelte sein Interesse an der Geschichte, weil er deren Wirkung von ihrem Gesicht ablesen und aus ihrer Perspektive erleben konnte.

Er war kein Mann, der sich durch Äußerlichkeiten täuschen ließ, sondern einer, der wußte, daß die Dinge und die Menschen ihre Wahrheit niemals unmittelbar preisgeben, daß man gleichsam zwischen den Zeilen lesen muß, um ihnen auf den Grund zu kommen, so wie man sich von dem fesseln läßt, was zwischen den Zeilen eines Buches steht. Offensichtlich übte meine Mutter auf ihn die Faszination eines aufgeschlagenen Buches aus, das seinen Leser gefangennimmt, ehe er sich's versieht. Sie hatte das gleich bemerkt; er gab sich ja auch keine große Mühe, sein Interesse zu verbergen. Wahrscheinlich dachte er sich, sie sei eine alleinstehende Frau. Eine alleinstehende Frau mit einem halbwüchsigen Sohn. Geschieden vielleicht. Oder gar nie verheiratet gewesen. Vielleicht hielt er sie für eine dieser Frauen, die plötzlich allein dastehen mit einem Kind, eine, die sitzengelassen wurde, nachdem man ihr die Ehe versprochen hatte, eine von denen, die die Liebe erleben wollten, bevor sie ihnen von Rechts wegen zustand. Obwohl sie einen Ehering trug und sich unnahbar gab und tat, als bemerke sie seine Blicke nicht. Eine Frau, mit der man vielleicht ein paar angenehme Stunden verbringen konnte.

Ich sagte mir, daß dieser Gedanke vielleicht auch ihr gekommen war, ich glaubte es an der Art zu erkennen, wie sie das Kinn vorschob, so daß ihre Schlüsselbeine sich stärker abzeichneten und ein kleiner Muskelstrang unter der zarten Haut hervortrat, wenn sie schluckte. Vielleicht dachte sie, genau wie ich, daß es ziemlich unverschämt von ihm war, sie so eingehend zu mustern, und daß sich so etwas auch in der erzwungenen Nähe und der Dunkelheit eines Kinosaals nicht gehörte. In einer Kleinstadt, wo jeder jeden kennt, wahrt man doch einen gewissen Abstand und stellt sein Interesse für eine Frau nicht so offen zur Schau, auch wenn einen selbst niemand kennt ...

Hin und wieder, wenn der Film so spannend wurde, daß sie beide die Gegenwart des anderen vergaßen, berührten sich ihre Arme auf der Sessellehne – aber alles in allem schien der Film Mutter nicht den erhofften Genuß zu verschaffen. Ich weiß nicht, ob sie eine andere Art Genuß davon hatte, einen, den sie sich selbst nicht eingestehen wollte. Aber sie wirkte gereizt, und als der Film zu Ende war, verließ sie hastig den Saal, ohne den Mann noch einmal anzusehen.

Es regnete. In unserer Gegend gehen im Mai ziemlich häufig heftige Schauer nieder, deren Kälte einem bis ins Mark dringt. Als wir von zu Hause weggegangen waren, hatte die Sonne geschienen, und Mutter, sorglos, wie sie war, hatte keinen Schirm mitgenommen. Wir blieben unter dem Vordach stehen und hofften, der Regen würde bald aufhören. Mutter machte es anscheinend nichts aus, hier in der Kälte zu stehen, sonst hätte sie sich wie gewohnt lauthals beklagt. Aber sie schwieg. Auch das kannte ich an ihr: Sie befand sich in einem Zustand gespannter Erwartung. Und ich erwartete ebenfalls etwas, ohne zu wissen, was. Sie wußte es wahrscheinlich ebensowenig. Wichtig ist ja nicht das, was man erwartet und von dem man nicht weiß, was es sein wird, sondern dieser Zustand, der bewirkt, daß alles geschehen kann. Ich spürte, daß für meine Mutter ein neues Kapitel begonnen hatte, in dem alles geschehen konnte. Und ich sah ihr an, daß sie eigentlich gar nicht verärgert war – oder dann war ihr Ärger bereits verflogen –, daß sie sich ganz im Gegenteil glücklich fühlte, so glücklich wie seit Jahren nicht mehr. Und ich fand, daß sie schöner aussah denn je, strahlender, wie von allen Sorgen befreit.

«Sie haben das hier vergessen», sagte eine Stimme hinter uns. Es war eine tiefe, wohlklingende Stimme, in der ein fröhlicher, fast jungenhafter Ton mitschwang, als ob derjenige, dem die Stimme gehörte, sich über etwas amüsierte.

Ich erkannte den Mann wieder, der neben meiner Mutter gesessen hatte. Er hielt ihr Taschentuch in der Hand. Es mußte ihr heruntergefallen sein, als sie vorhin so hastig aufgestanden war und mit einer heftigen Bewegung den Sitz hochgeklappt hatte, um ihm ihre Mißbilligung deutlich zu machen. Sie nahm ihm das feuchte, zerknüllte Taschentuch aus der Hand. Ihre Augen und ihre Nase waren noch ganz rot vom Weinen.

«In meinem Alter noch zu heulen im Kino», sagte sie, als sei sie ihm eine Erklärung schuldig. «So was von albern!»

«Ich finde es überhaupt nicht albern, daß jemand seine Gefühle zeigt», meinte der Mann lächelnd. «Es gibt ja so viele gefühllose Menschen, da muß es auch welche geben, die weinen können für zwei.»

Mutter sah gedankenverloren den vorbeidonnernden Lastwagen nach, deren Räder schmutzige Fontänen versprühten.

«Arme Anna Karenina!» Sie tupfte sich die Augen ab. «Ich hab den

Roman wohl schon zehnmal gelesen, und er geht mir immer noch so zu Herzen, daß ...» Sie verstummte und deutete mit einer Geste an, wie sehr es ihr zu Herzen ging.

«Das versteh ich», sagte der Mann. «Die Geschichte bleibt ja immer dieselbe. Es gibt keinen Grund, warum sich die Geschichte ändern sollte.» Er sah prüfend zu den schweren Wolken empor, aus denen immer noch der Regen herunterprasselte: «Nur gut, daß das, was im wirklichen Leben passiert, weniger tragisch ist und das Unglück banaler. Von einem gewissen Standpunkt aus betrachtet, ist das vielleicht noch schlimmer.»

Es klang wie eine Feststellung, die für ihn persönlich keine Konsequenzen hatte. Eine Erkenntnis, die nichts änderte an seiner Sicht des Lebens und an dem, was er vom Leben noch erwartete. Einen Moment lang hatte ich das Gefühl, daß ich für die beiden überhaupt nicht existierte. Erst als der Mann plötzlich sah, daß ich vor Kälte schlotterte, schien er meine Anwesenheit zur Kenntnis zu nehmen.

«Der Junge friert, wir sollten nicht hier stehenbleiben.»

Trotz meiner Proteste begann Mutter, mir den Rücken zu reiben.

«Sie haben recht, er wird sich noch eine Erkältung holen. Und ich dummes Huhn hab keinen Schirm mitgenommen! Schimpf mich nur aus, Tommy, du hast wirklich eine unmögliche Mutter. Eines Tages werde ich noch meinen Kopf vergessen! Und jetzt wirst du mir zur Strafe womöglich krank, kriegst eine Bronchitis oder gar eine Lungenentzündung ... Geschieht mir recht, warum bin ich so gedankenlos gewesen!»

Der Mann hatte unterdessen einen großen schwarzen Regenschirm aufgeklappt. Gegenüber dem Kino lag das Hotel. Wir könnten uns dort aufwärmen, schlug er vor.

«Ein steifer Grog würde uns allen jetzt guttun», meinte er. «Bei so einem Hundewetter ist ein Grog das allerbeste.»

Er legte mir den Arm um die Schultern. Ich glaube, er hätte viel lieber den Arm um Mutters Schultern gelegt, aber das konnte er sich denn doch nicht erlauben. Also mußte ich als Ersatz herhalten. Er drückte mich an sich wie jemand, dem diese Geste vertraut ist. Bestimmt hatte er Kinder, die er auf diese Art an sich drückte. Er war einfach ein Mann, der sich ein bißchen einsam fühlte, einer, der geschäftlich hier zu tun hatte, weit weg von zu Hause, und der sich nach seiner Frau und seinen Kindern sehnte.

Ich war noch zu jung, um mich zu wundern über die Fürsorglichkeit eines Fremden, von dem ich nicht wußte, woher er kam und ob er tatsächlich Frau und Kinder hatte. Ich fand es überhaupt nicht merkwürdig, daß dieser Mann mir den Arm um die Schultern legte und mich an sich drückte, so, wie man es eigentlich nur bei Menschen zu tun pflegt, die man gut kennt und gern hat. Vielleicht kannten wir uns bereits und wußten es nur noch nicht. Vielleicht fühlten wir uns deshalb so nahe, weil wir gemeinsam einen Film gesehen und denselben Schmerz empfunden hatten beim Anblick der Anna Karenina, die im Tod suchte, was sie im Leben nicht gefunden hatte, und weil wir beide wußten, daß man in diesem Leben niemals findet, was sie gesucht hatte, daß dieses Etwas also anderswo sein muß – vielleicht fühlten wir uns deshalb miteinander verbunden? So, wie zwei sich miteinander verbunden fühlen, die beide Horace MacCoy gelesen und den gleichen Schluß daraus gezogen haben: nämlich daß es schrecklich und grausam ist, wenn eine noch junge Frau getötet wird, wie man Pferde tötet – weil sie einfach nicht mehr kann. Und daß es im Leben nicht darauf ankommt, sein Bestes zu geben, sondern darauf, sich das Bestmögliche zu nehmen, was gar nicht so einfach ist ... Aber es wäre auch töricht, sich dieses Bestmögliche entgehen zu lassen, man muß es nehmen und froh sein darüber, auch wenn es nicht von Dauer ist.

Über solche Dinge redeten wir oft, Mutter und ich, wenn wir nach dem Kino nach Hause gingen. Sie wollte immer einen Umweg machen, um nicht schon so bald wieder zu Hause zu sein. Sie zog den magischen Augenblick in die Länge, diesen Schwebezustand, der uns manchmal in Begeisterung versetzte, manchmal in ein nachdenkliches Schweigen. Dann versuchten wir, entweder gemeinsam oder jedes für sich, uns darüber klarzuwerden, was die Menschen im Film bewog, gerade so zu handeln, wie sie handelten, und ob wir an ihrer Stelle ebenso oder anders gehandelt hätten.

Mutter hatte nie eine Antwort parat auf all diese Fragen, auch damals nicht, als ich noch jünger war, daran erinnere ich mich sehr genau. Sie war der Meinung, daß in jeder Frage bereits die Antwort liege, daß jedoch die Antwort selbst nichts bringe. Was zähle, sei der

Weg, der von einer Frage zur nächsten führe, denn aus jeder Frage ergebe sich eine neue, und der Sinn des Lebens bestehe für uns Menschen im Vorwärtsgehen, auch wenn wir uns in der Richtung irrten, auch wenn wir in unserem Bestreben voranzukommen uns häufig rückwärts oder im Kreis bewegten – und das sei wiederum eine andere Frage. Mit der gleichen scheinbaren Naivität und indem sie mir, nur der Form halber, die Hand vor die Augen hielt (aber so, daß ich durch ihre Finger hindurch sehen konnte, was ich sehen sollte), öffnete sie mir die Tür zu den verbotenen Liebschaften, den spitzenbesetzten Büstenhaltern, die aufgehakt, und den Nylonstrümpfen, die über weiß schimmernde Schenkel gestreift werden und alles übrige der Vorstellungskraft überlassen.

Es war schon seltsam, mit einem Unbekannten ein Gespräch zu führen, das sich in nichts unterschied von den Gesprächen zwischen meiner Mutter und mir, die wir uns so gut kannten. So hatte ich noch nie mit einem Unbekannten geredet – und ich glaube, auch sie nicht.

4

Wir betraten das Hotel. Willy Hurt und seine Band spielten schon seit vier Uhr nachmittags und hatten das Publikum in Stimmung gebracht. Das Lokal war von Bierdunst und Tabakschwaden erfüllt, und die feuchte Hitze trieb uns den Schweiß aus allen Poren. Mutter versuchte etwas zu sagen, doch ihre Stimme ging im Lärm unter. Der Mann beugte sich zur ihr. Ich sah, wie die Wangen der beiden sich berührten, wie er seine Hand auf ihre Schulter legte und näher heranrückte, um sie besser zu verstehen. Ich hörte nicht, was sie zu ihm sagte. Es mußte etwas Lustiges sein, denn beide lachten. Vielleicht lachten sie nur, weil sie sich wohl fühlten und froh waren, hierhergekommen zu sein, um sich ein wenig aufzuwärmen.

Wir hielten nach einem Tisch abseits von Lärm und Gewühl Ausschau, doch das Orchester und die tanzenden Paare hatten das ganze Lokal in Beschlag genommen. So gaben wir es auf, uns zu unterhalten, aber das machte nichts. Es schien, als brauchten wir nichts zu sagen, um uns zu verstehen, als sagten wir einander ebensoviel, wenn wir schwiegen. Mutter blickte um sich, und ich merkte, daß sie unter den vielen Gesichtern irgendein bekanntes suchte. Manche kamen uns bekannt vor, doch weder Mutter noch ich hätten ihnen einen Namen geben können. Wir hatten mit niemandem Kontakt, außer mit unseren Nachbarn und den Inhabern der Geschäfte, in denen wir einkauften. Auch die Leute vom Hotel kannten wir nicht. Wir kamen nie zum Essen hierher und bekamen nie Besuch von auswärts, den wir hier hätten unterbringen können. Es war ein teures Hotel, jedenfalls für unsere Verhältnisse.

Aber wir wußten beide, daß die Leute trotzdem herumerzählen würden, man habe Mutter und mich in Gesellschaft eines Herrn, der offenbar nicht von hier stammte, ein Bier trinken sehen im Hotel, wo

Willy Hurt mit seiner Band und ein Sänger, der zwar unbekannt war, aber nicht schlechter sang als die, welche im Casino auftraten, eine besondere Version von *West Side Story* zum besten gaben. Diejenige von Trini Lopez, die ich unter dem Titel *America* vom Radio her kannte. Und ich wußte auch: Obwohl man tratschen würde, obwohl mein Vater nicht hatte herkommen wollen und sich ärgern würde, wenn er erfuhr, daß wir ohne ihn hergekommen waren, würde meine Mutter ihr Bier trinken, und wenn der Mann sie zum Tanzen aufforderte, würde sie aufstehen, ihm zur Tanzfläche folgen, auch wenn die Leute sie anstarrten, und sich mit ihm unter die anderen Paare mischen und tanzen. Ich wußte es, weil ihre Hände auf den Knien den Takt klopften und ihre Füße unter dem Tisch hin- und herzappelten, weil alles an ihr, obschon sie auf ihrem Stuhl saß, schon jetzt in Bewegung war. Weil es sie gepackt hatte und sie nicht widerstehen konnte, ganz egal, was dabei herauskam.

Ich blieb allein am Tisch sitzen und bemühte mich, die beiden im Auge zu behalten, aber das war unmöglich, und schon bald waren sie nicht mehr zu sehen. Ich hätte nicht sagen können, ob die anderen Paare sie vor meinem Blick verbargen oder ob sie sich hinter den anderen Paaren versteckten. Ich begann die Wirkung des Grogs zu spüren, den wir getrunken hatten, ehe wir Bier bestellten. Ich steckte die Nase in mein Bierglas. Das Bier war schön kühl, und ich preßte das Glas an meine Wange. Es fühlte sich angenehm an. Ich wußte nicht, wie Mutter sich fühlte. Ich wußte bloß, daß mein Kopf immer schwerer wurde, daß meine Fußsohlen zu kribbeln begannen und daß mich eine unwiderstehliche Lust packte, ganz allein vor mich hin zu lachen. Ich wußte auch, daß sie genausowenig wie ich zu trinken gewohnt war und wir das eigentlich öfter hätten tun sollen, weil einem im beschwipsten Zustand alles ganz leicht vorkam. Man brauchte rein gar nichts mehr ernst zu nehmen, nichts war von Bedeutung, als dazusein und den Augenblick zu genießen, ohne daran zu denken, was morgen sein würde. Ich dachte mir, daß Vater besser daran getan hätte, mit Mutter hierherzukommen, wo kein Mensch sich darum gekümmert hätte, ob er tanzen konnte oder nicht, und daß wir uns überhaupt viel zu selten ein Vergnügen gönnten.

In diesem Moment öffnete sich eine Schneise in der hin und her wogenden Menschenmenge, und ich sah etwas verschwommen meine Mutter und den Mann tanzen, allein mitten in dem großen Saal vor dem Orchester, das jetzt ein schnelleres Tempo anschlug; die anderen Paare hatten einen Halbkreis um sie gebildet und schauten ihnen zu. Ich fuhr mit der Zunge über die Oberlippe und leckte eine Schaumflocke weg, die in meinen paar Bartstoppeln klebte. Dort, vor meinen Augen und vor denen aller Leute, tanzte meine Mutter. Sie versuchte ihre fliegenden Röcke festzuhalten und lachte, während der Mann sie im Kreis herumwirbelte, und im Herumwirbeln gab sie allen Blicken preis, was eine Frau üblicherweise nicht zeigt. An der Art, wie er sie von sich stieß und wieder an sich heranzog, sah ich, daß er es gewohnt war, dies zu tun; er beherrschte die Kunst, seine Partnerin genau dorthin zu dirigieren, wo er sie haben wollte, vollkommen sicher, sie jedesmal genau dort wiederzufinden. Er wirkte auf mich wie ein Mensch, der etwas nur zu wollen braucht, damit es geschieht. Einer, der weiß, wo's langgeht, wie meine Mutter zu sagen pflegte, einer, für den keine Hindernisse existieren.

Es gibt Menschen, denen einfach alles gehorcht. Ich begriff, daß meine Eltern nicht zu diesen Menschen gehörten. Ihnen gehorchte nichts und niemand, sie hatten von allem Anfang an immer nur gehorchen müssen. Man müßte den Ehrgeiz haben, so zu werden wie dieser Mann dort, dachte ich. Und dann dachte ich weiter, daß mein Vater nicht so ehrgeizig war, wie er hätte sein müssen, aber in meinem benebelten Zustand war ich nicht in der Lage zu entscheiden, ob ich ihm das nun ankreiden oder ihn eher bemitleiden sollte.

Sie tanzten, bis Mutter schließlich ganz verschwitzt und außer Atem an den Tisch zurückkam und sich auf ihren Stuhl fallen ließ. Der Haarknoten war ihr in den Nacken gerutscht. Sie zog mich an sich und legte den Kopf auf meine Schulter.

«Ach, Tommy, mein Junge», sagte sie, «ich glaub, ich hab einen sitzen. Was mußt du nur denken von deiner Mutter!»

Sie griff nach meinem Bierglas, leerte es in einem Zug, stieß einen tiefen Seufzer aus und sah zur Decke hoch.

«Eigentlich sollte ich mich schämen – aber es hat solchen Spaß gemacht.» Sie leckte den Schaum von den Lippen, fächelte sich mit der Hand Luft zu und schloß die Augen. «Herrjemine, in meinem Kopf dreht sich alles. Das ganze Hotel dreht sich um und um.» Plötzlich begann sie zu lachen: «Arme Mina, morgen früh wird es dir leid tun!»

Das dünne Kleid klebte ihr an den Schenkeln. Sie faßte den Saum mit beiden Händen und wedelte damit herum, dann beugte sie sich zurück und rieb sich das schmerzende Kreuz. «Seit Jahren habe ich nie mehr so getanzt. Sie haben mich fix und fertig gemacht!» sagte sie mit einem langen Blick auf den Unbekannten. Mir war nicht ganz klar, ob das als Dank oder als Vorwurf gemeint war.

Der Mann zündete sich eine Zigarette an. Hinter dem Rauchschleier wirkte sein Blick auf einmal ein wenig starr, wie der eines lauernden Raubtiers. Oder bildete ich mir das nur ein? Vielleicht lag es wirklich nur am Rauch. Dann, als hätte er bemerkt, daß ich ihn beobachtete, wandte er den Blick ab, wie um seine Gedanken vor mir zu verbergen. Ich fragte mich, was er in diesem Moment von meiner Mutter dachte. Dachte er dasselbe wie ich beim Anblick eines Mädchens, das ein bißchen zuviel getrunken hat und nicht mehr ganz sicher auf den Beinen ist? Daß man nicht mehr viel zu tun braucht, damit sie vollends umkippt?

«Ich glaube, ich bringe Sie jetzt besser nach Hause», sagte der Mann. Er zog seine Brieftasche hervor, eine teuer aussehende Brieftasche, entnahm ihr einen Geldschein und winkte dem Kellner.

Vom Ausgang führten drei Stufen auf den Gehsteig hinunter. Mutter taumelte und wäre sicherlich gestolpert, wenn der Mann sie nicht am Arm festgehalten hätte.

«Sachte, sachte, eine Stufe nach der anderen», sagte er belustigt. «Wir wollen doch nicht, daß sich deine Mutter ein Bein bricht, was, Tommy? Dann wärst du ja schön aufgeschmissen, so ganz allein!»

Die Bemerkung klang, als sei er sich seiner Sache nicht ganz sicher und erwarte eine Bestätigung.

«Tommy ist groß genug, um ohne mich zurechtzukommen», sagte Mutter. «So hilflos ist er nun wirklich nicht.»

Nach der stickigen Hitze im Lokal war die Kälte draußen noch stärker spürbar. Der Mann hatte seinen Wagen auf dem Parkplatz abgestellt. Er bestand darauf, uns nach Hause zu fahren. Mutter lehnte ab: «Wir wohnen ganz in der Nähe, wissen Sie, drüben auf der anderen Seite der Hauptstraße. Die paar Schritte können wir gut zu Fuß gehen, da werden wir wieder warm.» Sie zitterte in ihrem dünnen Kleid.

«Dann erkälten Sie sich womöglich, und ich muß mir ein schlechtes Gewissen machen», wandte er ein.

Mutter brachte ihre Frisur in Ordnung und bemühte sich zugleich, etwas Ordnung in ihrem Kopf zu schaffen. Ohne den Mann direkt anzusehen, bemerkte sie: «Ach was, Sie würden ja nichts davon erfahren.»

Er glaubte den Grund für ihre Ablehnung erraten zu haben.

«In einer Kleinstadt erfährt man alles, man braucht nur zu fragen.»

Mutter hatte wohl nicht an die Möglichkeit gedacht, ihn wiederzusehen, sondern angenommen, er sei nur auf der Durchreise.

«Bleiben Sie denn noch längere Zeit hier?»

«Ja, ziemlich lange vermutlich. Ich bin beruflich hier, wegen der Brücke. Ich leite den Bau.»

«Ach so», meinte Mutter.

Ihr Blick wanderte über die von der Feuchtigkeit geschwärzte Betonfassade des Hotels, die Neonreklame mit den drei blauen Sternen, die durch das Dunkel schimmerte, die Platanen auf dem gepflasterten Platz, wo immer noch die Siegesfahne flatterte.

«Wohnen Sie hier im Hotel?»

«Nein. Ich liebe das Leben», erwiderte er lachend, «und diese Stadt sieht so trostlos aus, daß man sich umbringen möchte.» Dann, wieder ernsthaft: «Ich wohne draußen auf dem Land, bei Bekannten. In der Nähe von Héricourt, kennen Sie die Gegend?»

«Ja», sagte Mutter, «aber ich komme nicht oft dorthin.»

Sie warf mir einen bedeutungsvollen Blick zu und lächelte. Mit diesem Lächeln gab sie mir zu verstehen, ich solle den Mund halten und ihr ja nicht widersprechen. Die Tatsache, daß sie einen Abend lang mit diesem Mann getrunken und getanzt hatte, bedeutete noch lange nicht, daß sie ihn wiedersehen wollte. Das hatte sich rein zufällig so ergeben. Eine kleine Eskapade, die man sich ausnahmsweise einmal erlaubt, ohne zu wissen, warum gerade jetzt, einfach so, damit man sich sagen kann, daß alles auch anders sein könnte; so wie man ein fremdes Land besucht, ohne deswegen auf die Idee zu kommen, daß man dort leben könnte, ohne es sich auch nur zu wünschen oder gar zu bedauern, daß man es nicht kann. Sie hatte sich einen Abend lang amüsiert, morgen war wieder ein Tag wie alle anderen, und damit war die Sache erledigt.

«Nun, dann müssen wir es wohl dem Zufall überlassen.»

Er streckte die Hand aus: «Vielleicht treffen wir uns zufällig wieder mal im Kino ...»

Ich bemerkte, daß er ihre Hand nur zögernd losließ. Er war enttäuscht, daß er sie einfach so gehen lassen mußte, ohne sicher zu sein, sie irgendwann wiederzusehen. Wir verabschiedeten uns und machten uns auf den Heimweg.

Es war schon fast elf Uhr. Wir überquerten hastig die Straße. Die Realität der Straßen, die nach Hause führten, brachte Mutter wieder zurück in die Realität des Alltags. Wir ließen die Hauptstraße hinter uns, die lange Schlange der Lastwagen mit ihren schwarzen Fahnen von Auspuffgasen, die in Richtung Le Havre kroch. Wir gingen an der alten, renovierungsbedürftigen Villa mit der Klinkerfassade und den Bogenfenstern vorbei, überquerten eine Kreuzung, bogen in die erste Gasse nach der Verkehrsampel ein, und dort, gegenüber den Eisenbahngeleisen, stand das Haus, das mein Vater gebaut hatte. Rechts und links davon ein paar Häuser, die fast gleich aussahen: vier Wände, ein paar Fenster, eine Tür, ein Dach – Eigenheime vom Typ F irgendwas, wie man sie damals baute.

Mit Ausnahme einiger weniger Häuser an der Peripherie hatte der Krieg nichts heil gelassen in dieser Stadt, die einst einen gewissen Charme besessen hatte. Den konnte man jetzt nur noch auf den Postkarten aus der Jahrhundertwende in den Auslagen der Fotogeschäfte bewundern. Sie wirkten wie eine Entschuldigung für das, was die Stadtverwaltung, ohne Rücksicht auf künftige Generationen, aus dem Ort gemacht hatte. Von weitem sah der Kirchturm wie ein Fabrikschlot aus, und seit irgend jemand von der Baubehörde auf die Idee gekommen war, das Ganze in einem knalligen Pink übermalen zu lassen, wirkte es noch häßlicher. Die schönen alten Villen waren verschwunden und durch lange graue Häuserzeilen mit Standardfassaden und Standardbalkonen ersetzt worden.

«Er hat schon recht gehabt, dieser Mann», sagte Mutter zähneklappernd vor Kälte. «Diese Stadt sieht wirklich trostlos aus.» Ohne stehenzubleiben, zog sie mich an sich und drückte mir einen Kuß auf die Haare. «Dabei ist sie einmal so hübsch gewesen, früher, weißt du, vor dem Krieg. Und dann haben die Bomben alles kaputtgemacht. So ist das nun einmal im Leben. Je nachdem ...»

Ich legte den Arm um ihre Taille und schmiegte mich dicht an sie.

«Je nach was?»

«Je nachdem, wo es einschlägt. Es gibt so viel Schönes auf der Welt, und dann wird es kaputtgemacht, einfach so, für nichts und wieder nichts. Aber was soll man machen?»

Sie begann in ihrer Handtasche nach dem Schlüsselbund zu suchen. Wenn Vater drüben bei den Duvals Karten spielte, blieb er zum Abendessen dort. In unserem Wohnzimmer brannte kein Licht. Er war also noch nicht zu Hause.

«Schwein gehabt», sagte Mutter. «Ich weiß wirklich nicht, ob mir eine gute Ausrede eingefallen wäre.»

Sie schloß die Haustür auf. In diesem Moment glitt fast geräuschlos ein Wagen vorbei, ein Wagen mit auswärtigen Nummernschildern. Ich erkannte den Citroën DS, der auf dem Parkplatz des Hotels gestanden hatte. Beim Weggehen hatte ich mich noch einmal umgedreht und gesehen, daß der Mann in diesen Wagen gestiegen war. Mutter bemerkte ihn nicht, sie war bereits im Flur verschwunden. Mir war das lieber. Wenn der Mann sah, in was für einer schäbigen Gegend sie wohnte, würde er sie wohl kaum wiedersehen wollen, und im Grunde genommen war es besser so. Beides war besser: daß er sie nicht wiedersehen wollte und daß sie nicht erfuhr, warum.

Sie hatte keine Lust, noch eine Weile aufzubleiben. Sie sei müde, sagte sie, und wolle lieber gleich nach oben. Sie wollte im Bett sein, bevor Vater nach Hause kam, damit sie bereits schlief oder so tun konnte als ob, dann würde er sich nicht getrauen, sie zu wecken, und würde keine Fragen stellen.

Ich blieb unter der Schlafzimmertür stehen und schaute zu, wie sie sich auszog. Sie beachtete mich überhaupt nicht. Ihre Bewegungen wirkten müde und abgehackt; anstatt ihr Kleid sorgfältig auf einen Bügel zu hängen, wie sie es sonst immer tat, warf sie es einfach auf einen Stuhl und die Strümpfe zusammengeknüllt in eine Ecke. Ich hob sie auf und rollte sie ordentlich zusammen, Vater hätte sich über eine solche Nachlässigkeit gewundert. Dann half ich Mutter ins Bett. Sie murmelte etwas, schon halb im Schlaf, ich merkte, daß sie die Augen kaum noch offenhalten konnte.

«Eines Tages wirst du auch so jemand sein wie dieser Mann, nicht wahr, Tommy? Dann trägst du schöne Anzüge und gehst irgendwohin, wo man angenehmer leben kann als hier. Nicht wie deine arme Mutter ... von deinem Vater ganz zu schweigen. Der hat ja keine Ahnung, worüber wir beide reden. Der ist noch schlimmer dran als ich, der arme Kerl, er weiß ja nicht einmal, was wir beide wissen.» Sie redete daher wie jemand, der zuviel getrunken hat. Jemand, der zwar noch weiß, was er sagt, der es aber in nüchternem Zustand niemals sagen würde, weil er Angst hat vor Worten, die verletzen, Worten, die zuviel sagen, und weil so etwas gar nicht gut ist für den Verstand.

Ich ließ sie schlafen und ging ebenfalls schlafen. Auch ich hatte keine Lust, auf Vater zu warten. Ich wollte nicht mit ihm reden und ihm ins Gesicht sehen und dabei daran denken müssen, daß er, wenn sie ihn einen «armen Kerl» nannte, für sie fremder sein mußte als jeder andere Fremde. Ich wollte ihn nicht ansehen und dabei denken müssen, daß ich lieber einen anderen Vater gehabt hätte als gerade ihn, einen anderen als den, der nun einmal mein Vater war. Auch ich wollte, so wie meine Mutter, einfach die Augen zumachen und nicht mehr an diesen Abend denken. Ich wollte einschlafen und diese ganze Geschichte vergessen, bei der ich ungewollt zum Komplizen geworden war. Ich wollte vergessen, wie dieser Mann, der nicht mein Vater war, meine Mutter angeschaut hatte, als sie sich das vom Tanzen schmerzende Kreuz rieb und gestand, er habe sie fix und fertig gemacht.

5

Vater fuhr schon am Sonntag, gegen Abend, damit er am Montag nicht so früh aufstehen mußte. Mittlerweile freute er sich auf seine neue Arbeit und redete bereits in einem respektvollen Ton von der Baustelle, denn alles, was einem Arbeit und Brot verschafft, verdient Respekt. Nachdem er in den letzten Tagen immer wieder über die Leute geschimpft hatte, die mit ihren neumodischen Projekten die ganze Region kaputtmachen würden, änderte er jetzt plötzlich seine Meinung. Auch er arbeitete für eine bessere Zukunft. Eines Tages würde auch er sagen können, daß er mit seiner Hände Arbeit dazu beigetragen hatte, ein Jahrhundertbauwerk zu realisieren.

Vielleicht übertrieb er ein wenig und war insgeheim von seiner Mission gar nicht so überzeugt, wie er tat, sondern wollte Mutter gegenüber nur nicht zugeben, daß er sich freute auf einen Tapetenwechsel und ein Junggesellenleben, ähnlich wie früher, vor seiner Heirat, als er und seine Kollegen von Stadt zu Stadt gezogen waren und mal auf dieser, mal auf jener Baustelle gearbeitet hatten. Es war ein Leben unter lauter Männern gewesen, mit Männergesprächen und Männerwitzen, und wenn er manchmal davon erzählte, war ihm anzumerken, wie sehr er all das vermißte. Ich verstand nicht, was daran so besonders sein sollte, ob er die Art von Witzen und Gesprächen meinte, über die er und unser Nachbar beim Kartenspielen lachten und die Mutter und mir auf die Nerven fielen, oder ob es einfach darum ging, miteinander über irgendwelchen Blödsinn zu lachen, so wie man miteinander ißt und trinkt, um sich abends in Gesellschaft von Kollegen ein bißchen zu entspannen und seine Sorgen zu vergessen, bevor man am nächsten Morgen wieder an die Arbeit muß.

Während Mutter seinen Koffer packte, setzte ich mich zu ihm ins Wohnzimmer. Er hatte in der Kommode einen Stoß Fotos gefunden, die er mir zeigen wollte. Alte, längst vergessene Aufnahmen aus den fünfziger Jahren, als er noch jung gewesen war. Sie zeigten einen kräftigen Mann mit breiten Schultern, einem dichten Haarschopf und einem offenen Blick – der gutmütige Junge, der niemandem etwas zuleide tut. Der, auf den eine Frau zählen kann, wenn er ihr sein Wort gegeben hat, der sie nicht im Stich läßt, wenn sie miteinander schon vor der Hochzeit ein wenig vom Hochzeitskuchen genascht haben. Mein Vater hatte meine Mutter mit Lust und Liebe genommen, und als dann etwas unterwegs war, hatte er die Verantwortung auf sich genommen. Man konnte ihm nichts vorwerfen. Er hatte in jeder Hinsicht seine Pflicht erfüllt, ebenso gewissenhaft, wie er seine Arbeit ausführte.

«Da, schau mal», sagte er und deutete stolz auf eines der Bilder. «Er hat doch gar nicht so übel ausgesehen, dein Vater!» Und zu Mutter, die eben ins Zimmer kam: «Stimmt's, Mina?»

Mutter hatte keine Ahnung, wovon er sprach. Sie trat näher, erblickte die Fotos und betrachtete sie schweigend.

«Na, und das hier», fuhr er fort.

Es war an ihrem Hochzeitstag aufgenommen worden, einige Jahre nach Kriegsende. Geld war keins da, und so hatte sie sich mit einem Brautkleid begnügt, das aus einem Laken geschneidert worden war, und einem Fetzchen Tüll als Kopfschmuck. In der Hand hielt sie ein paar Zweige weißen Flieder.

Sie hatte nicht gewollt, daß man eine große Zeremonie veranstaltete. Die Trauung fand nur in Anwesenheit der beiden Zeugen statt, sonst war niemand eingeladen, auch nicht ihr Stiefvater und ihre Mutter. Nichts sollte sie an die Vergangenheit erinnern und an die Abwesenheit ihres richtigen Vaters. Von ihm sprach sie fast nie, doch manchmal, wie ein kalter Luftzug in einem Schwarm von Erinnerungen, wurde die Wunde spürbar, ganz plötzlich, mitten in einem Lachen, einem Gespräch oder einer Melodie aus jenen Jahren. Damals hatte ihr Vater, der junge Musiker, bei Tanzveranstaltungen am Samstagabend oder Konzerten am Sonntagmorgen im Kurpark von Saint-Valéry-en-Caux auf seiner Trompete *Swanee* oder *Summertime* gespielt ... Die Wunde war immer noch da, unsichtbar, aber spürbar, sie saß zu tief, als daß die Zeit sie hätte heilen können.

Vielleicht wäre ihr Leben ganz anders verlaufen, wenn ihr Vater nicht gefallen wäre damals, im Juni 1940 bei Dünkirchen, von einem unfähigen Generalstab mit zahllosen anderen Soldaten wie Schlachtvieh zusammengetrieben auf einem schmalen Sandstreifen zwischen dem Feind und dem Meer? Das Leben ist eine einzige Folge von Wegkreuzungen, man verliert die Orientierung und weiß nicht mehr, in welche Richtung man eigentlich wollte, und dann, so wie eine Billardkugel durch einen leichten Anstoß ihre Bahn ändert, läuft man in eine andere Richtung und vielleicht um Haaresbreite am Glück vorbei, das einem bestimmt war. So betrachtet, gehorcht das Leben keiner erkennbaren Logik, es ist nur eine Serie von Zufällen, ein fortschreitender Verlust der Kontrolle in einer Fülle von widersprüchlichen und unzusammenhängenden Ereignissen, die von den Launen des Schicksals diktiert werden.

Von dem Tag an, als Mina ihren Vater verlor, war sie für ihre Mutter nur noch eine Knospe an einem verdorrten Zweig. In ihrer Familie gab es für sie keine Zukunft mehr. Ein Stiefvater kam ins Haus. Die Jahre danach waren nichts als eine Last, die sie geduldig trug bis zu dem Tag, als die Erlösung kam – in Form eines aus einem Fetzen Tüll bestehenden Brautschleiers. Oft, wenn sie das Hochzeitsbild ihrer Eltern betrachtete, stellte sie sich vor, daß dies das Glück sein mußte: ein zarter weißer Schleier, den man über sich breitet, um die traurige Vergangenheit fernzuhalten, so wie man eine empfindliche Pflanze vor Regen und Kälte schützt.

Vielleicht hätte Vater sie nicht gerade an diesem Tag an ihre Vergangenheit erinnern sollen. Vielleicht erinnerten diese Bilder sie an Wege, die nicht dorthin führten, wo man hin wollte, an einen schlecht geratenen Pullover, dessen Maschen mehr oder weniger zufällig zusammengestrickt wurden, ohne eine klare Vorstellung davon, wie er aussehen sollte und ob er einem passen würde. Ein bizarres, formloses Ding, aus dem man sein Leben gemacht hat und in dem man sich unbehaglich fühlt.

Heute bin ich überzeugt, daß sie damals sehr wohl wußte, wohin der Weg führte, daß sie ihn nicht ein zweites Mal gegangen wäre, sondern einen anderen eingeschlagen hätte. Mit einem anderen Mann, einem, der mit ihr ins Kino gegangen wäre und in Tanzlokale, der sie so angeschaut hätte, wie Frauen gerne angeschaut werden – und das ist eben nicht immer so, wie man meint. Ich las in ihren Augen, daß sie lieber diesen anderen Mann gehabt hätte als meinen Vater, und als sie sah, daß ich es gesehen hatte, wurde sie verlegen. So verlegen, als wäre gerade in diesem Augenblick jener Fremde eingetreten, als wäre er zufällig an unserem Haus vorbeigekommen und stünde jetzt unter der Tür.

«Lauf doch mal in den Schuppen, Tommy, und hol Vaters Boulespiel», sagte sie. «Jetzt, wo es wärmer wird, macht er sicher gerne abends nach der Arbeit eine Partie mit seinen Kollegen.»

«Na klar!» rief Vater erfreut. «Das hätte ich glatt vergessen. Ein Glück, daß Mama an alles denkt.»

Er kam mit in den Schuppen, weil er auch sein Angelzeug mitnehmen wollte. In der Nähe der Baustelle gebe es prima Angelplätze, meinte er, da könne er zur Abwechslung abends auch mal fischen gehen. Angeln war seine liebste Freizeitbeschäftigung, und ich hatte dafür genausowenig übrig wie für Kartenspiele. Trotzdem bemühte ich mich, seinen komplizierten Erläuterungen diverser Techniken aufmerksam zuzuhören, während er seine Angelruten hervorsuchte.

Der Schuppen, ein aus wurmstichigen Brettern zusammengezimmerter Verschlag mit einem winzigen Fensterchen, stand in einer Ecke des Hofes. Er war vollgestopft mit Gartengeräten, einer Bank und allerlei Plunder. Drinnen war es stockdunkel. Ich richtete den Strahl der Taschenlampe auf seine Hände, und er begann, die ineinander verknäuelten Leinen zu entwirren. Wenn ich mich auf etwas konzentrierte, was ihm wichtig war, würden wir uns näher sein, dachte ich. Ich wollte all das vergessen, was ich wußte und er nicht, die unangenehme Situation, in der ich mich befand. Ich spürte, daß etwas auseinanderzufallen drohte, und wünschte mir, ich könnte es zusammenhalten. Ich hätte ihm gerne gesagt, daß sich nicht nur seine Angelleinen ineinander verknotet hatten, weil er sie nicht sorgfältig aufgerollt hatte. Auch anderswo gab es Knoten ...

«Du mußt dich jetzt um Mama kümmern», sagte er, eine Nylonschnur zwischen den Zähnen. «Vielleicht wird sie sich ein bißchen einsam fühlen, wenn ich fort bin. Fünf Tage, das ist lange. Sie ist es nicht gewohnt.» Ich versprach es ihm. «Was dich betrifft», fuhr er fort, «ich erwarte, daß du auch in meiner Abwesenheit fleißig lernst – aber das brauche ich dir wohl nicht extra zu sagen.»

Das klang eher nach einem Vorwurf als nach einem Beweis seines

Vertrauens. Seit ich aufs Gymnasium ging und er es aufgegeben hatte, die Firmenbezeichnung «Béranger & Sohn» auf seine Kostenvoranschläge zu setzen, stand etwas zwischen uns. Ein ominöses Schweigen ... Er hatte immer gehofft, daß ich später einmal in sein Geschäft eintreten würde. Er wollte mich so gerne das Handwerk lehren, in dem er es im Lauf seines Lebens zum Meister gebracht hatte, mich in alle Tricks und Kniffe einweihen, die man kennen muß, um gegen seine Konkurrenten anzukommen. Aber ich hatte mich für ein Gebiet entschieden, das ihm völlig fremd war. Ein Dach decken, Balken imprägnieren, Rinnen und Rohre montieren – das war etwas Konkretes. Bücher dagegen ...

«Menschenskind, ist das ein Durcheinander», brummte er. «Diese verflixten Leinen! Das Zeug ist so verheddert wie das ganze Leben. Man hat keine Ahnung, wo was anfängt und wo es aufhört.»

Ich betrachtete seine klobigen Finger, die geduldig die Leinen auseinanderdröselten, und kam mir wie ein Verräter vor. Weil ich mehr Buchweisheit und auch mehr Ehrgeiz besaß, als er jemals besessen hatte. Nicht einmal äußerlich glichen wir uns, ich schlug meiner Mutter nach. Er sah gut aus, aber auf eine Art, die man nicht nach ästhetischen Kriterien beurteilen konnte. Sein Gesicht war etwas zu kantig, die Kieferpartie etwas zu breit, doch das störte einen nicht; sein freundlicher Blick und sein kräftiger Händedruck machten dies wett. Er war einem sympathisch, weil er Wärme und Zuverlässigkeit ausstrahlte. Seine Kunden wußten, daß sie auf ihn zählen konnten. Sie erbaten sich zwar Bedenkzeit, ehe sie ihm einen Auftrag erteilten, hatten sie aber einmal mit ihm zusammengearbeitet, dann folgten in der Regel auch weitere Aufträge.

Das war das einzige, was ich von ihm geerbt hatte: das Bestreben, jede Arbeit sorgfältig auszuführen. Arbeit, sagte er, sei der einzige Reichtum der Besitzlosen. Das leuchtete mir ein, und so häufte ich gute Noten aufeinander, wie er, als ich noch klein war, einen Haufen Telefonbücher auf meinem Stuhl aufeinanderstapelte, damit ich ebenso groß sei wie er. Er hätte es sich nie träumen lassen, daß ich mich ausgerechnet auf einem Gebiet auszeichnen würde, das ihm überhaupt nicht lag.

«Wo bleibt ihr eigentlich so lange, ihr zwei?»

Mutter schaute verwundert auf die verhedderten Nylonschnüre, die ich, auf dem Boden zu Vaters Füßen kauernd, zu entwirren versuchte. Sie warf mir einen Blick zu, in dem die Frage stand, worüber wir wohl gesprochen hatten hier draußen und ob die Sache so lange dauerte, weil ich noch andere komplizierte Dinge zu entwirren versuchte.

«Du wirst noch den Zug verpassen», sagte sie vorwurfsvoll.

Er schmiß ärgerlich die paar Meter Nylonschnur hin, die er aus dem Knäuel gezogen hatte.

«Ich wollte nur ein bißchen Ordnung machen, bevor ich gehe. Aber daran hätte ich früher denken sollen.»

Er stieg über den Schnurhaufen hinweg, faßte mich bei der Schulter und drückte mich an sich. «Na, macht nichts, du wirst das auch alleine hinkriegen, Tommy. Vertrauliche Mission.» Er lächelte und setzte mir seine Mütze auf den Kopf: «Hiermit übergebe ich dir offiziell das Kommando. Jetzt bist du dafür verantwortlich, daß dem Haus und deiner Mutter nichts geschieht.» Und mit einem Blick auf die Uhr: «Verflixt, du hast recht, Mina, wenn ich mich nicht beeile, werde ich wirklich noch den Zug verpassen!»

Dann befahl er mir, schon mal seinen Koffer zu holen. Er wollte noch ein wenig mit ihr allein sein.

Wir verbrachten den Abend zu zweit, Mutter und ich. Einen jener Abende, an denen wir über alles mögliche diskutierten. Bücher, Politik, Geld, Religion – zu allem gab sie ihre Meinung ab und nahm dabei kein Blatt vor den Mund. Ihrem scharfen Verstand entging nichts, und wenn sie so richtig in Fahrt kam, konnte sie, obwohl sie sonst keinen großen Wert legte auf eine gepflegte Ausdrucksweise, ihre Ideen in präzise, elegante Sätze kleiden. Ihre Intelligenz war eine Mischung aus Intuition und Wißbegier, und darin war sie Vater weit überlegen, obwohl sie nicht aus besseren Verhältnissen stammte und nicht viel mehr Schulbildung genossen hatte als er. Der Unterschied war nur der, daß sie weiterkommen wollte und er nicht.

Die Tatsache, daß auch ich Freude hatte am Lernen, führte ihm diesen Unterschied ständig vor Augen. Was hatte mich eigentlich in diese Richtung getrieben? Die Angst, nur ein einfacher Handwerker zu werden wie mein Vater? War es denn eine Schande, mit den Händen zu arbeiten? War ein Arbeiter weniger wert als ein Studierter? Hinter diesen Fragen glaubte er den Einfluß meiner Mutter zu erkennen. Aber ihr ging es nur darum, sich entfalten zu können, und er, das war nicht zu leugnen, hatte sie darin kaum unterstützt. Die Bücher, aus denen sie ihr Wissen schöpfte, waren in seinen Augen nichts als seichte Unterhaltung, über die er spottete oder, was häufiger geschah, sich aufregte, wenn Mutter wegen einer spannenden Geschichte wieder einmal das Essen hatte anbrennen lassen. Dann sah sie ihn genauso erbittert an, wie die unglückselige Emma Bovary den lieben, aber nicht eben unterhaltsamen Mann angesehen hatte, den das Schicksal ihr zum Gatten bestimmt hatte. Aber davon hatte Vater zum Glück keine Ahnung ...

An jenem Abend erwähnte sie den Mann, den wir ihm Kino kennengelernt hatten, mit keinem Wort. Aber ich spürte, daß sie an ihn dachte. Sie reagierte weniger schlagfertig als sonst auf meine Argumente, so als würde sie nur mit halbem Ohr hinhören; sie schaute immer wieder in den Wandspiegel, was sie sonst nur selten tat, und musterte kritisch ihr Gesicht, das im kalten Neonlicht fahl und müde wirkte; sie wich meinem Blick aus, als sie bemerkte, daß ich sie verstohlen beobachtete. Ich spürte, daß sie an ihn dachte, weil sie mir weniger nah war als vorhin, als mein Vater zwischen uns gestanden hatte, und weil jedes Wort, das ich sagte, einen Dialog zu unterbrechen schien, den sie mit jemand anderem führte, einem Unsichtbaren, der sich zwischen uns gedrängt hatte. Auch ihre Gesten waren anders als sonst. Sie kamen aus ihrem Körper, ohne daß sie es wußte, sie waren weich und sanft wie geflüsterte Worte und bewirkten, daß sie das Bügeleisen auf eine andere Weise als sonst über den Stoff gleiten ließ, daß sie auf eine andere Weise als sonst der Musik zuhörte, die aus dem Radio ertönte.

Ich hielt es für klüger, sie mit ihren Gedanken allein zu lassen, und so ging ich schon bald in mein Zimmer hinauf. Aber ich war noch nicht müde und hatte auch keine Lust zu lesen. Ich lag in der Dunkelheit auf dem Bett und stellte mir meinen Vater vor, der sich jetzt in irgendeiner Wohnbaracke einrichtete, von der ich nicht einmal wußte, wie sie aussah. Wie ihm wohl zumute sein mochte an diesem ersten Abend unter lauter fremden Leuten? Er hatte das Hochzeitsfoto mitgenommen. Um es den Kollegen zu zeigen oder nur für sich selbst, um es vor dem Einschlafen anzuschauen? Er hatte auch ein Foto von mir mitgenommen, ein im Klassenzimmer gemachter Schnappschuß, auf dem ich artig dasitze, Arme verschränkt, Haare glattgekämmt, Hemdkragen über und nicht unter dem Pullover, der Musterschüler in Person. Er hatte dieses Foto aus der Schublade genommen und dann noch etwas, von dem ich zuerst nicht wußte, was es war. Ein kleines Holzstück. Er hatte es mir mit einem seltsamen Lächeln in die Hand gedrückt.

«Da, schau – erinnerst du dich?»

Es war ein Buchstabe. Ein aus Holz geschnitzter Buchstabe. Mit diesem und anderen Buchstaben hatte ich lesen gelernt. Vater hatte sie für mich gemacht. Jeden Abend nach dem Essen schnitzte er ein paar neue, während ich die anderen auf der Wachstuchdecke des Küchentisches ausbreitete, um sie mir einzuprägen. In seinen Händen verwandelte sich jeder Buchstabe in ein Lebewesen. Das S war unser Hauswirt, der seinen kugelrunden Bauch vor sich herschob, das T war mein Onkel Édouard, lang und mager, das O hatte runde Wangen wie meine Mutter, das C lag friedlich schlafend da, zusammengeringelt wie unsere Katze.

Mein Interesse an Büchern, für das Vater jetzt so wenig Verständnis aufbrachte – eigentlich war er der erste gewesen, der es in mir geweckt hatte. Er wollte unbedingt, daß ich früher als andere Kinder lesen lernte, er bestand so hartnäckig darauf, daß Mutter gelegentlich einschreiten und ihm klarmachen mußte, ein Kind brauche auch mal Zeit zum Spielen. Ich glaube, er wollte mir die Demütigung ersparen, die er selbst als Kind erlebt hatte. Ihm war das Lesen und Schreiben schwergefallen, und der Lehrer, ein ungeduldiger Mensch, hatte sich deswegen vor der ganzen Klasse über ihn lustig gemacht. Noch Jahre später litt Vater so sehr unter dieser Demütigung, daß er seine Kostenvoranschläge lieber von Mutter schreiben ließ. Deshalb wollte er, daß ich stets der Beste meiner Klasse sei, und so war ich ein Streber geworden, nur um ihm zu beweisen, daß ich seine Lektion kapiert hatte.

Ich lag lange so da, zwischen Schlafen und Wachen, mit einem Ohr auf die Schritte meiner Mutter horchend, die doch sicherlich auch zu Bett gehen würde, wenn sie mit dem Bügeln fertig war. Erst gegen halb zwölf hörte ich sie die Treppe heraufkommen. Ich wußte, wie spät es war, weil kurz vor halb zwölf der letzte Zug aus Paris ankam.

Ich konnte ihn von meinem Fenster aus sehen, wenn er über die Eisenbahnbrücke fuhr und dann weiter in Richtung Le Havre. Es war derselbe Zug, mit dem Vater am Nachmittag gefahren war. Ich hörte das Rattern der Räder und das Pfeifsignal: erst ein kurzer, schriller Pfiff, dann ein zweiter, der sich bis zum anderen Ende des Bahnsteigs schlängelte und so lang war, daß einem beim Zuhören der Atem ausging. Dann das Knallen der Waggontüren und das freudige Schnauben der Lokomotive, wie eine gewaltige Lunge, die sich mit Luft füllte und sie mit einem langen, befreienden Schrei wieder ausstieß. Ein Schrei, befrachtet mit Wind, wechselnden Landschaften hinter den Fensterscheiben, Geschwindigkeit. Ein Ruf, der den Duft der Ferne mit sich davontrug und allerlei schöne Verheißungen.

Ich war nicht der einzige, der den Ruf gehört hatte. Ich war aufgestanden, um ins Bad zu gehen; als ich zurückkam, blieb ich einen Moment lang vor ihrem Zimmer stehen, und dann konnte ich es mir nicht verkneifen, die Tür aufzumachen. Mutter stand am Fenster, im Schein der Straßenlampe.

«Willst du nicht schlafen gehen?» fragte ich. Sie gab keine Antwort. Ich trat zögernd näher. Sie wischte sich hastig über die Wange, und da merkte ich, daß sie weinte. Ich umarmte sie und küßte sie auf den Nacken. «Bist du traurig, weil Papa fort ist?»

Sie zuckte wortlos mit den Schultern und zog die Vorhänge zu. Ich hatte mit meiner Frage eigentlich nicht dieses Fortsein gemeint, das ja nur paar Tage dauern sollte, ein paar Nächte, in denen sie nicht im gleichen Bett schlafen würden; ich meinte das Fortsein, bei dem es keine Rolle spielt, ob man im gleichen Bett schläft oder nicht, dasjenige, durch welches man voneinander getrennt ist, auch wenn man im gleichen Bett schläft, weil es die Gedanken des einen in die eine Richtung treibt und die des anderen in die entgegengesetzte.

Ich begriff, daß der Zug, in den meine Eltern vor langer Zeit gemeinsam gestiegen waren, Mutter nicht dorthin geführt hatte, wohin sie fahren wollte, daß es jetzt zu spät war, um daran noch etwas zu ändern, daß sie sich damit abfinden mußte. Deshalb weinte sie. Nicht wegen Vater, der konnte ja nichts dafür, sondern wegen sich selbst. Sie hatte in einem bestimmten Moment ihres Lebens etwas falsch gemacht, und niemand hatte sie gewarnt, weder ihre Eltern noch sonstjemand. Sie war in den falschen Zug gestiegen, und jetzt hatte sie begriffen, daß die Hoffnung, irgendwohin zu gelangen, nur eine Illusion gewesen war. Vater war fortgefahren, und sie mußte hierbleiben. Doch daran waren nicht nur die Umstände schuld. Der Grund, weshalb es gerade jetzt geschah, lag darin, daß sie beide etwas zuließen, was sie früher niemals zugelassen hätten. Weder er noch sie versuchten es zu verhindern. Sonst hätten sie sicherlich eine andere Lösung finden können, eine, die es ihnen erlaubt hätte, beisammenzubleiben.

«Kannst du auch nicht schlafen?» fragte sie. Sie war wieder ins Bett geschlüpft. Sie fror. Mit einer Handbewegung gab sie mir zu verstehen, ich solle mich zu ihr legen. Ich kroch zwischen die klammen Laken.

«Eigentlich könntest du hier schlafen. Nur dieses eine Mal.» Sie machte das Licht aus und kuschelte sich an mich. «Du fühlst dich so schön warm an», murmelte sie, «genau wie dein Vater. Wie schaffst du das nur? Ich bin ganz durchfroren.» Und dann, mit einem wohligen Seufzer: «Männern ist immer warm.»

Ich legte den Arm um sie und begann ihr den Rücken zu reiben, voller Stolz, daß ich diese Wärme verströmte, die ich gar nicht in mir vermutet hatte und die mir das Gefühl gab, meiner Mutter in ihrer Einsamkeit ein Trost zu sein. Und auf einmal – weil es dunkel war im Zimmer und weil ich einfach wissen wollte, was sie dachte – griff ich nach ihrer Hand und flüsterte: «Der Mann, den wir gestern im Kino getroffen haben, dieser Ingenieur ... Wenn du nicht verheiratet wärst, würdest du dann mit ihm gehen?»

Sie antwortete nicht sofort. Vielleicht überlegte sie, ob es sich gehört oder nicht, daß eine Mutter ihrem Sohn auf eine solche Frage Antwort gibt, ob das nicht etwas war, was sie besser für sich behalten würde. Aber dann hätte sie sich ebensogut überlegen können, ob es sich gehört oder nicht, daß ein Fünfzehnjähriger die Nacht im Bett seiner Mutter verbringt, nur weil ihr kalt ist und sie sich einsam fühlt. Irgendwann im Leben muß doch jeder allein zurechtkommen mit der Kälte und der Dunkelheit.

«Ich weiß nicht», sagte sie. Dann, weil sie spürte, daß ich es wußte, auch wenn sie tat, als wüßte sie es nicht: «Wenn ich nicht verheiratet wäre und wenn er darauf bestehen würde ... ja. Ich glaube schon, daß ein Mann wie er mir gefallen würde.» Und fast im gleichen Atemzug:

«Aber ich bin nun einmal verheiratet. Und er auch, nehme ich an. Warum fragst du?»

«Weil er uns gestern abend mit dem Auto gefolgt ist. Also weiß er jetzt, wo du wohnst.»

Ich spürte ihre Lippen auf meinem Haar. Und ich spürte, daß sie noch mehr wissen wollte. «Und ...?»

«Und darum wäre es ja denkbar, daß er wieder einmal hier vorbeifährt. Und wenn er dann eines Abends nicht vorbeifährt, sondern aussteigt ... Ich wollte nur wissen, was du dann zu ihm sagen würdest.»

«Und jetzt – weißt du es jetzt?»

«Ja. Jetzt weiß ich, du würdest zu ihm sagen, daß du verheiratet bist.»

Sie schwieg. Vielleicht, weil es nichts mehr zu sagen gab. Sie rutschte noch ein bißchen näher an mich heran und umklammerte mit den Füßen meine Füße, so wie man sich an eine Gewißheit klammert.

6

Montag bis Freitag arbeitete Mutter bei den Dabovals, jeweils am Nachmittag; vormittags ging sie einkaufen und besorgte ihren eigenen Haushalt. Ich kam zum Mittagessen nach Hause. Danach mußte ich wieder in die Schule, und sie machte sich mit dem Fahrrad auf den Weg. Sie behauptete, die zehn Kilometer bis Héricourt, alles auf Nebenstraßen, hielten sie fit. Das stimmte: Keine Frau weit und breit hatte so schöne Beine wie sie.

Was sie zum Ingenieur gesagt hatte – daß sie so gut wie nie in dieser Gegend sei –, stimmte natürlich nicht. Allerdings war es nicht sehr wahrscheinlich, daß sie einander unterwegs begegneten, denn wenn er abends aus Le Havre zurückkam, war sie bereits wieder auf dem Heimweg.

Sie schwang sich also auf ihr klappriges Stahlroß und radelte davon. Ich schaute ihr nach. Der weite weiße Baumwollrock rutschte hoch und entblößte ihre Oberschenkel, ein Anblick, auf den die überholenden Lastwagenfahrer mit einem Hupkonzert reagierten. Sie drehte sich noch einmal um und winkte mir zu. Dann fuhr sie weiter die sonnenbeschienene Straße hinunter, mit flatterndem Rock und wiegenden Hüften.

Gegen Abend würden wir uns wie immer draußen im Gutshaus treffen. Ich saß nicht gerne allein zu Hause, wo ich mir wie ein Gefangener vorkam, sondern erledigte meine Schularbeiten lieber in der Bibliothek der Dabovals. Von dort hatte man eine herrliche Aussicht auf den Park mit den alten Bäumen, in denen der Wind rauschte. Da konnte ich viel besser denken, als wenn ich unsere Hofmauer anstarren mußte, die mich in jeder Beziehung einengte. Für mich war die Bibliothek ein wahres Paradies. Ich durfte schmökern, soviel ich wollte, ich hatte lediglich mein Wort geben müssen, daß ich die Bücher sorgsam behandeln würde, und so las ich mich nach und nach durch sämtliche Regale hindurch.

Die Bibliothek war freilich nicht der einzige Grund, warum ich mich gerne im Gutshaus aufhielt. Der zweite Grund war Lisbeth, die Tochter des Hauses. Wir waren beide gleich alt und gingen zwar nicht in dieselbe Klasse, hatten jedoch den gleichen Stundenplan. Unsere Mütter fanden es eine gute Idee, daß wir die Hausaufgaben gemeinsam machten und uns dabei gegenseitig halfen. Also fuhren wir jeweils nach dem Unterricht mit Lisbeths Motorroller zu ihr nach Hause und büffelten miteinander, bis meine Mutter mit ihrer Arbeit fertig war.

Gegen sieben holte uns dann Vater mit dem Auto ab; das Fahrrad wurde auf dem Dachgepäckträger verstaut. Mit schöner Regelmäßigkeit rechnete er uns unterwegs vor, wieviel Geld für Benzin draufging, weil er uns jeden Abend abholen mußte. Worauf Mutter ebenso regelmäßig und völlig ungerührt erwiderte, für mich sei es wirklich nicht lustig, allein daheim herumsitzen zu müssen, und zudem könnten Lisbeth und ich miteinander viel besser lernen.

An jenem Nachmittag brüteten wir beide über Seneca, als mir plötzlich einfiel, daß Vater uns von jetzt an nicht mehr abholen konnte. Wie sollten wir also abends nach Hause kommen, Mutter und ich? In diesem Moment ging die Tür auf. Ich hob den Kopf und vergaß augenblicklich Seneca und seine innere Ruhe: Dort, unter der Tür, standen Madame Daboval und der Ingenieur. Er erkannte mich und sagte lächelnd:

«Tommy! Was tust du denn hier?»

Madame Daboval schaute fragend erst ihn, dann mich an: «Ja, kennt ihr euch denn?»

«Nur flüchtig», sagte er. Dann wurde ihm klar, daß er etwas zu spontan reagiert hatte. «Wir sind uns im Kino begegnet.» Schmunzelnd fügte er hinzu: «Tommy ist ein passionierter Kinogänger.»

Ich hatte keine Ahnung, ob Mutter und er sich schon gesehen hatten. Sie mußte irgendwo im Haus beschäftigt sein, ich wußte nicht, wo.

Madame Daboval fragte nicht weiter. «Wir können gleich essen», sagte sie zu Lisbeth und dann, zu mir gewandt: «Deine Mutter wartet in der Küche auf dich. Du wirst heute abend hier bei uns essen, sie weiß Bescheid.»

Ich verstand nicht recht, was sie meinte und was die beiden miteinander abgemacht hatten. Ich klappte mein Buch zu und ging in die Küche hinunter. Mutter war dabei, das Essen anzurichten. Sie wirkte ein wenig unsicher und nervös, wie jemand, dem man eine ungewohnte Aufgabe anvertraut hat.

«Madame Daboval hat mich gebeten, ihr auszuhelfen», sagte sie atemlos, «es kommt Besuch zum Abendessen.»

Ich sah ihr an, daß sie keine konkrete Vorstellung mit dem Wort «Besuch» verband. Besuch, das konnten irgendwelche Leute sein ... Aber doch nicht *er*, nicht dieser Mann, hier, heute abend, in diesem Eßzimmer, wo sie jetzt gleich bei Tisch bedienen würde.

Sie hatte keine Ahnung, daß er hier war. Gerade als ich es ihr sagen wollte, trat Madame Daboval ein und bat sie, im Salon den Aperitif zu servieren. Ich warf Mutter einen warnenden Blick zu, aber sie bemerkte es nicht. Ich schaute ihr besorgt nach, als sie hinter Madame Daboval die Küche verließ. Wahrscheinlich, überlegte ich, hat auch der Mann keine Ahnung, daß sie hier ist. Wie wird er reagieren, wenn er sie sieht, in einer Servierschürze, die Platten herumreichend? Furchtbar peinlich, so eine Situation, für alle beide. «Du wirst heute abend hier bei uns essen, sie weiß Bescheid», hatte Madame Daboval gesagt. Für ihn konnte das genausogut heißen, daß Mutter und ich ebenfalls eingeladen waren, daß wir alle am selben Tisch essen würden. Aber nicht, daß sie zwischen Eßzimmer und Anrichte hin- und herlaufen und ihn und die anderen bedienen mußte.

Warum nur hatte Mutter sich bereit erklärt, ausgerechnet heute abend bei Tisch zu bedienen? Sonst tat sie das nie. Mein Vater wollte es nicht haben. Er mochte es nicht, wenn sie abends arbeitete. Bisher hatte sie nur gelegentlich bei den Vorbereitungen geholfen, wenn Madame Daboval eine Einladung gab. Sie hatte das Silber geputzt, den Tisch schön gedeckt, das Kleid aufgebügelt, das die Gastgeberin tragen wollte, das Soufflé ins Backrohr geschoben und Madame Daboval vor dem Weggehen daran erinnert, daß man es dann und dann herausnehmen müsse. Es machte ihr auch nichts aus, am nächsten Tag zusätzlich zu den übrigen Hausarbeiten die Spuren zu beseitigen, die solche Anlässe jeweils hinterließen: die Fettspritzer und Weinflekken, die eingetrockneten Essensreste auf Tellern und Platten, die Krümel auf den Teppichen, den Berg schmutziger Tischtücher und Servietten. Schon das war keine sonderlich angenehme Arbeit. Aber bei Tisch bedienen, auf jeden Wink herbeieilen und im übrigen diskret im Hintergrund bleiben, während die anderen gemütlich essen und plaudern, präsent, ohne wahrgenommen zu werden – das denn doch nicht. Schon gar nicht in Gegenwart dieses Mannes ...

Wenige Minuten später kam sie in die Küche zurück. Ihre Hände bebten, ihre Lippen hatten jede Farbe verloren. «*Er* ist hier! Hast du es gewußt?» Es klang wie eine Beschuldigung.

«Ja. Ich wollte es dir sagen, aber da war es schon zu spät.» Plötzlich packte mich die Wut, und ich knurrte sie an: «Warum hast du nicht abgelehnt?»

«Ja, warum wohl? Glaubst du, ich kann es mir leisten, ein bißchen zusätzliches Geld abzulehnen?» Jetzt schoß ihr das Blut zu Kopf. «Ich hab den Eindruck, daß ihm die ganze Sache noch peinlicher ist als mir.» Sie tupfte sich das Gesicht mit kaltem Wasser ab. «Und dann wohnt er auch noch hier! Wir werden uns andauernd über den Weg laufen. Scheußlich, ich darf gar nicht dran denken!»

Sie war völlig durcheinander, wischte sich zwanzigmal die Hände an der Schürze ab, suchte die Sauciere im falschen Regal und den Schöpflöffel in der falschen Schublade. Ich schaute zu, wie sie mit zitternden Händen den Spargel anrichtete, und befürchtete, daß ihr in der Aufregung ein Mißgeschick passieren würde.

«Aber was soll's, man ist nun mal, was man ist. Spielt ja eigentlich keine Rolle, Tommy, nicht wahr?» Sie verschüttete ein paar Tropfen Mayonnaise. «Darin sind wir uns doch einig, oder? Wozu die Aufregung, das hat doch alles nichts zu sagen, überhaupt nichts!» Es klang, als müßte sie eher sich selbst als mich davon überzeugen. Mit einer nervösen Geste strich sie eine Haarsträhne aus der Stirn. «Nur weil einer von Beruf Ingenieur ist und jede Menge Geld verdient und einen teuren Wagen fährt, ist er noch lange nicht was Besseres als andere Leute. So was zu denken wäre schlicht dumm, das wissen wir beide, du und ich. Und wir wissen auch, was wir beide wert sind.» Sie warf den Kopf in den Nacken, griff nach dem Tablett und rauschte davon. An der Tür drehte sie sich noch einmal um: «Auch wenn wir vielleicht die einzigen sind, die es wissen!»

Mir behagte die ganze Geschichte überhaupt nicht. Ich wartete eine Weile, dann schlich ich auf den Flur hinaus, spähte durch die halboffene Schiebetür über der Anrichte und spitzte die Ohren. Die Dabovals und ihre Gäste hatten am Eßtisch Platz genommen. Außer dem Ingenieur waren noch andere Gäste da, irgendwelche Leute aus Paris, die offenbar mit dem Brückenprojekt zu tun hatten, und jemand von einer Behörde. Der Ingenieur unterhielt sich mit ihnen von gleich zu gleich, sehr selbstsicher, fast ein wenig von oben herab. Beim Zuhören wurde einem klar, daß er sich auskannte. Er war ein Spezialist in seinem Fach, jemand, der einen Bau nicht nur plant, sondern auch ausführt, der prüft, ob Entscheidungen, die auf der Chefetage getroffen werden, sich in der Praxis auch durchführen lassen, ob das, was von oben gesehen solide wirkt, auch tatsächlich eine gute Basis hat, ob das Fundament die Konstruktion trägt und alles, was geplant, entworfen, gebaut wird, den Bedürfnissen und Interessen der Allgemeinheit dient. Und in dieser Beziehung hatte er ihnen einiges zu sagen, diesen Leuten, die am Schreibtisch Entscheidungen treffen und wunderbare Theorien entwickeln, die in der Praxis nichts taugen. Er wußte Bescheid, dieser Mann. Was Brücken anging und auch was anderes anging ... Er kannte das Leben, wie es zu sein scheint und wie es tatsächlich ist, er wußte, was es einem gibt und was es von einem fordert: nämlich oft etwas ganz anderes, als man verdient hätte ...

Von meinem Beobachtungsposten aus sah ich, wie Mutter ihm die Platte mit dem Spargel anbot. Ich dachte, er würde sich bedienen, wie es die anderen taten – so nebenbei, ohne sich in der Unterhaltung stören zu lassen, ohne sich umzudrehen, um nicht ihrem Blick zu begegnen. Aber er unterbrach sich und lächelte ihr zu.

«Da hast du ja eine echte Perle gefunden, Christine», sagte er, zu Madame Daboval gewandt. «Sie ist nicht nur eine fabelhafte Köchin, sie bewegt sich auch noch so graziös wie eine Tänzerin. Ich hätte gute Lust, sie dir abzuwerben, wenn ich wieder nach Paris zurückmuß.»

«Das Problem dabei ist nur, daß ich sie mir nicht abwerben lasse», sagte Madame Daboval lachend. «Ich hatte schon die größte Mühe, Mina für heute abend zu bekommen. Ihr Mann hat es nicht gerne, wenn sie spät nach Haus kommt. Heute hat sie eine Ausnahme gemacht. Übrigens arbeitet ihr Mann auf der Brückenbaustelle. Sie hat mir den Gefallen nur deshalb getan, weil er neuerdings die ganze Woche auswärts ist – nicht wahr, Mina?»

Mutter nickte und ging weiter zum nächsten Gast. «Aber das Wochenende verbringt er immer zu Hause», sagte sie.

«So?» meinte der Ingenieur ironisch. «Den Samstag auch?»

Mutter fuhr so heftig herum, daß ihr Serviertablett in eine gefährliche Schieflage geriet. Er richtete es wieder gerade, wobei er anzüglich bemerkte: «Na, na – dabei haben Sie doch gar nichts getrunken.»

«Nein», sagte sie und biß sich ärgerlich auf die Lippen. «Verzeihung, ich bin es nicht gewohnt, bei Tisch zu bedienen.»

Sie versuchte, seinem Blick auszuweichen, während sie ihre Runde beendete, und ging dann zur Tür. Aber Madame Daboval hielt sie zurück, bat noch um das und jenes, wollte wissen, ob sie den Rotwein entkorkt, genügend Brot geschnitten, die Lammkeule warm gestellt habe; und Mutter, die es eilig hatte zu verschwinden, blieb stehen, gehorsam und ohne eine Miene zu verziehen, aber doch ein wenig gereizt, wie ein Hund, der an der Leine zerrt und nicht laufen darf, wie er will, sondern dorthin muß, wo sein Herrchen will. Nicht, daß Madame Daboval die Chefin herausgekehrt hätte. Aber sie war nun einmal die Chefin, und Mutter war nun einmal diejenige, die schweigend zu gehorchen hatte. So ist das im Leben: Die einen befehlen, die anderen haben zu gehorchen.

Endlich kam sie in die Küche zurück, ganz rot vor Verlegenheit und Wut. Dieser Mensch mache sich auch noch lustig über sie! Es hätte nicht viel gefehlt, und er hätte vor allen Leuten ausgeplaudert, sie, eine verheiratete Frau, lasse sich Samstag abends von wildfremden Männern auf ein Bier in ein Tanzlokal einladen! Darum und auch aus anderen Gründen (auf die sie im Moment nicht näher eingehen wolle) komme es jetzt darauf an, den gebotenen Abstand zu wahren. Nicht auszudenken, was er den Dabovals noch alles erzählen mochte und was sie dann von ihr halten würden!

Sie stellte das Tablett ab und nahm mein Gesicht in beide Hände: «Du kennst mich doch, Tommy, mein Junge. Du bist der einzige, der mich wirklich kennt, und du weißt ganz genau, daß ich nicht so eine bin, eine von denen, die sich vom ersten besten zum Trinken und Tanzen einladen lassen! So etwas hab ich noch nie getan, es war das allererste Mal, und jetzt» – sie machte eine wütende Handbewegung in

Richtung Eßzimmer – «jetzt wohnt er auch noch hier, wo ich jeden Tag zu tun habe! Warum muß das gerade mir passieren, sag, Tommy?»

Aber ihre Augen leuchteten beim Gedanken, daß dieser Mann von jetzt an hier wohnen würde, wo sie jeden Tag zu tun hatte, und ich schloß daraus, daß es ihr gar nicht so ungelegen kam.

Sie sagte, ich solle schon mal essen, während sie weiter serviere, aber ich hatte keinen rechten Appetit. Nur ihr zuliebe aß ich zerstreut ein paar Bissen, den Blick immer auf der Tür. Plötzlich kam der Ingenieur in die Küche gelaufen, Mutter hatte offenbar etwas Bratensoße über sein Hemd gekleckert, und sagte grinsend:

«Na, deine Mutter macht ja schöne Sachen, Tommy! Man sieht, daß sie es nicht gewohnt ist, bei Tisch zu bedienen. Auf dem Tanzparkett stellt sie sich viel geschickter an, glaub mir!»

Mutter war ihm gefolgt und wollte behilflich sein.

«Nein, vielen Dank», sagte er, «ich bin schon ein großer Junge und brauche keine Hilfe.» Er drehte den Wasserhahn so schwungvoll auf, daß ihm ein Schwall Hemdbrust und Krawatte durchtränkte.

«Für einen großen Jungen stellen Sie sich aber reichlich ungeschickt an», meinte sie, griff nach einem sauberen Geschirrtuch und begann sein Hemd abzutupfen. Sie merkte nicht, wie sehr ihn ihre Nähe, der Duft ihres Parfüms, ihr Haar, das ihn an den Lippen kitzelte, verwirrten. Ich glaube, es war ihr gar nicht bewußt, wie anziehend sie auf ihn wirkte. Es war auch nicht ihre Absicht.

«Lassen Sie doch», sagte er. Er legte beide Hände auf ihre Schultern und ließ sie nur zögernd wieder los. «Nur mit Wasser geht das sowieso nicht weg. Ich lauf lieber rasch nach oben und zieh ein frisches Hemd an.» Gerade das hätte er nun nicht sagen sollen.

«O Gott, das ist Madame Daboval bestimmt nicht recht», jammerte Mutter.

«Was soll es ihr schon ausmachen? Ein Fleck auf dem Hemd ist doch keine Tragödie, das geht in der Wäsche heraus.»

Aber meine Mutter sah das anders. Madame Daboval hatte sie gebeten, eine Zeitlang für die Hausangestellte einzuspringen, die schwanger war; das war ein Vertrauensbeweis, und nun würde sie schrecklich enttäuscht sein, daß ihr, Mina, so etwas Peinliches passiert war.

«Wahrscheinlich hab ich Ihnen nun den ganzen Abend verdorben», sagte sie zerknirscht.

Der Mann warf mir einen verstohlenen Blick zu. Ich tat sehr beschäftigt und kratzte die Essensreste von den Tellern, als interessierte es mich nicht im geringsten, was die beiden zueinander sagten – und was sie vor allem *nicht* sagten, zum einen wegen mir und zum anderen, weil sie es nicht einmal sich selbst zu sagen wagten.

«Aber ganz im Gegenteil! Es war eine angenehme Überraschung, Sie hier wiederzusehen – und Tommy auch.» Er sah mich von der Seite her an. «Darauf war ich wirklich nicht gefaßt. Ich hab angenommen, ich würde euch zwei nie mehr wiedersehen.» Er ging zur Tür, zögerte, wie wenn ihm soeben noch etwas eingefallen wäre, und bemerkte beiläufig: «Sie sagten doch, wenn ich mich nicht irre, Sie kämen nicht oft in die Gegend von Héricourt? Jetzt sieht es offenbar doch so aus, als würden Sie jeden Tag herkommen.»

Mutter lief rot an und schnappte nach Luft.

«So hab ich es nicht gesagt!» Es klang geradezu indigniert. Anscheinend wollte sie ihm klarmachen, daß er sich täuschte, wenn er dachte, sie habe ihm etwas vorgeflunkert.

Er grinste. «Na, dann muß ich mich wohl verhört haben. Oder ich hab's falsch verstanden», sagte er und ging.

7

Ich hätte in jenem Moment nicht sagen können, wie es um meine Mutter stand und was sie eigentlich wünschte. Von sich selbst, von den anderen und von ihrem Leben. Sie war wie eine Waage, deren Zeiger bei der geringsten Gewichtsverschiebung nach der einen oder der anderen Seite ausschlägt. Eine Veränderung war eingetreten und hatte die Dinge aus dem Gleichgewicht gebracht. Vielleicht wog auf einmal die Vergangenheit zu schwer, oder es war das Gewicht der Zukunft, das sie unaufhaltsam auf jene Seite zog, von der aus eine Frau nicht mehr zurückblicken darf auf das, was sie einst war.

Sie hatte das Bedürfnis, von einem Mann angeschaut zu werden, solange sie noch schön war, und Vater schaute sie schon längst nicht mehr so an, ihn interessierte es nicht mehr, wie sie aussah. Er sah alles mögliche in ihr, nur nicht die Frau. In seinen Augen glich sie den Tagen, die sich aneinanderfügen wie die Steine einer sorgfältig ausgeführten, stabilen Mauer, so daß kein Grund besteht, vom vorgezeichneten Plan abzuweichen; sie glich den in regelmäßigen Abständen eintreffenden Kontoauszügen, die sich in der Schublade anhäufen, den pünktlich aufgetragenen und nur vom Klappern des Bestecks auf den Tellern begleiteten Mahlzeiten, dem schlechten Wetter, mit dem man sich längst abgefunden hat und das man kaum mehr wahrnimmt, weil man nur noch daran denkt, daß es schon bald dunkel wird und man am nächsten Morgen wieder aufstehen muß, und dann folgt wieder ein Tag, ausgefüllt mit der gleichen mühsamen Arbeit und den gleichen Worten, die abgenutzt und abgeschliffen sind wie die Kieselsteine, welche vom Meer ans Ufer getragen und wieder fortgespült werden. Das ist es, was die Zeit aus einer Frau macht. Das ist, was einen Mann erwartet, der ohne etwas zu sehen neben seiner Frau dahinlebt.

Wo war nur mein Vater in jenem Moment? Warum war er so stumpf und gleichgültig geworden, daß er nichts merkte? Wie konnte er nur so dahintrotten, Tag für Tag, ohne jemals das Bedürfnis zu verspüren, den Mechanismus ab und zu wieder in Schwung zu versetzen, einmal etwas anderes zu tun als das, was er gestern getan hatte? Wie konnte man nur auf diese Weise ein ganzes Leben verbringen?

Sie hätten doch auch anders miteinander leben können. So wie zu Anfang ihrer Ehe, als die Vertrautheit noch nicht zu einer alle Freude und allen Genuß abtötenden Gewißheit geworden war, als sie noch den Geschmack des Werdenden hatte und jedes Vertrautsein ein neuerliches Einanderbegegnen war.

Ich glaube, so stand es um meine Mutter. Nicht, daß sie sich jemals gegen ihre Pflichten gesträubt hätte. Sie verrichtete ihre tägliche Arbeit mit einer Energie, die man für Lebensfreude halten konnte. Nicht die glückliche Zufriedenheit anspruchsloser oder beschränkter Menschen, sondern ein Licht, das hell scheint wie die Sonne, weil die Natur es so will, man darf nicht fragen, warum.

Für Mutter gab es jetzt neben ihrer üblichen Arbeit im Hause Daboval noch eine zusätzliche Aufgabe: Sie hatte, wenn der Gast abwesend war, sein Zimmer in Ordnung zu bringen. Und sie ging jedesmal nach oben in dieses Zimmer, wie man zu einer Verabredung geht. Sein Bett mußte gemacht werden, seine Hemden gewaschen und gebügelt und zusammengelegt – auch und insbesondere jenes Hemd, das sie selbst schmutzig gemacht hatte. Im Garten mußten Blumen gepflückt werden, damit er ein hübsches Sträußchen auf seinem Nachttisch hatte, die Zirkel und Lineale auf seinem Schreibtisch mußten abgestaubt werden. Da gab es den Blick, den man von seinem Fenster aus hatte, und sie nahm ihn mit nach Hause, um dieses Bild anstelle der Eisenbahngeleise zu sehen, wenn sie mit geschlossenen Augen am Fenster ihres Schlafzimmers stand. Da gab es Bücher aufzuräumen, Bücher, die sie ebenfalls gelesen hatte und in denen sie die von ihm markierte Stelle suchte, um sie noch einmal sozusagen mit ihm gemeinsam zu lesen. Da gab es seine Kleidungsstücke, die er überall herumliegen ließ und die sie, ehe sie sie in den Schrank zurücklegte, einen Moment an ihr Gesicht hielt, um seinen Duft einzuatmen. Da lag die Agenda, in die er seine Termine eintrug, damit er gegebenenfalls jederzeit zu erreichen war, und sie blätterte darin, um festzustellen, wo er sich an diesem Tag aufhalten würde.

Von alledem wußte ich einiges, und den Rest konnte ich erraten, denn ich kannte meine Mutter gut genug, um mir denken zu können, was sie selbst nicht zu denken wagte. Und im Eßzimmer, wo sie ihn nun jeden Abend bediente, gab es den verstohlenen Genuß einer flüchtigen Berührung, und jetzt machte es ihr nichts mehr aus, dieses läppische Servierschürzchen zu tragen; nur noch eines machte ihr etwas aus: dort sein zu müssen, wo er nicht war. Von alledem durfte sie sich nichts anmerken lassen, denn er sollte nicht wissen, was in ihr vorging ... Es war undenkbar, daß er nichts merkte, aber sie tat auch nichts, um es ihn merken zu lassen. Was sie tat, geschah ohne besondere Absicht, es geschah nur zu ihrem und seinem Vergnügen, weiter erwartete sie sich nichts davon. Ein Außenstehender hätte in ihrem Verhalten nichts gesehen als ein redliches Bemühen, ihre Arbeit gut zu machen. Und auch Madame Daboval, die Mutter doch schon so lange kannte, sah in diesem Verhalten nichts als das.

In meiner Mutter begannen Gefühle zu keimen wie die Saat unter der Erde. Es war etwas Unsichtbares, etwas, was niemand in ihr vermutete, was nur ihr allein gehörte; es begann sich in ihr zu regen und Gestalt anzunehmen, und auch die besten Augen hätten nichts davon sehen können. Ich bin überzeugt, daß Mutter sich wehrte. Nicht gegen ihre Gefühle, gegen die konnte sie sich nicht wehren, aber dagegen, sie preiszugeben. Vielleicht, weil sie davon nichts Gutes erwarten konnte, sondern nur Komplikationen. Das ist der Preis, den die Liebe, die nicht sein soll, fordert: Sie blüht und gedeiht nur inmitten des Unkrauts der Komplikationen. Verpflanzt man sie in ein sauberes, ordentlich zurechtgemachtes Beet, wird sie rasch brav und farblos.

Meine Mutter wehrte sich. Ich glaube, der Mann wußte und respektierte das, obwohl er ihr mit seinen Blicken zu verstehen gab, sie dürfe sich nicht allzulang wehren, nicht auf eine Weise, die ihn zum Verlierer machte. Er wollte sie haben, denke ich, ohne daß er wußte, wann und wie und ob er sie überhaupt jemals bekommen würde.

Und dann, viel zu rasch, war die Woche herum. Obschon Vater fünf Tage lang fort gewesen war, verbrachte er den Samstagnachmittag wie üblich bei den Duvals und beim Kartenspiel, als müsse dieses Ritual unbedingt, noch vor dem ehelichen Ritual, vollzogen werden. Im übrigen war es fraglich, ob Mutter angesichts der Verfassung, in der sie sich befand, dazu bereit gewesen wäre – aber diese Frage wäre ohnehin erst abends akut geworden. Vater war keiner von denen, die sich am hellichten Tag ins Bett legen, seiner Ansicht nach war der Tag für anderes bestimmt.

Er war erst Samstag früh von Le Havre zurückgekommen und hatte den größten Teil des Vormittags damit verbracht, uns seine neue Umgebung zu schildern: die Baustelle, die Brücke, das Arbeiterwohnheim, sein Zimmer, die Kantine, wo man gar nicht so schlecht esse, die Abende, die er beim Karten- oder Boulespiel, beim Angeln oder im Gemeinschaftsraum vor dem Fernseher verbrachte, die verschiedenen Kollegen, die er dabei näher kennengelernt hatte.

Sein neues Leben schien ihm recht gut zu gefallen. Er freute sich zwar, wieder daheim zu sein, gab auch zu, er habe uns vermißt, doch zwei, drei Stunden Erzählen und ein gemeinsames Mittagessen reichten völlig aus, um seinen Bedarf an Familienleben zu decken. Er verfiel augenblicklich wieder in seine alten Gewohnheiten, als wäre er niemals fort gewesen. Er nahm nicht wahr, daß sich hier unterdessen alles geändert hatte. Natürlich nicht das Haus und die Wände und die Möbel, auch nicht das Aussehen meiner Mutter; sie sah immer noch aus wie die Frau, von der er sich vor fünf Tagen verabschiedet hatte: freundlich, ein bißchen zerstreut, ein bißchen ironisch. Nur galt ihr Lächeln jetzt einem anderen, in ihren Neckereien schwang ein schnippischer Unterton mit, ihre Fragen und Antworten klangen mechanisch. Sie war in Gedanken bei diesem anderen Mann, von dem er nichts wußte. Und ich – ich konnte nichts sagen, und wäre es mir möglich gewesen, ich glaube, ich hätte auch dann nichts gesagt. Denn ich wünschte mir für meine Mutter nichts anderes, als was sie selbst sich wünschte. Und was das war, wußte ich schon lange vor ihr, weil ich sie besser kannte, als sie sich selbst kannte.

Wie schon am vorigen Samstag beschlossen Mutter und ich, ins Kino zu gehen. Zweifellos würde auch der Mann wieder im Kino sein, und aus diesem Grund zögerte Mutter ein wenig, ehe sie sich entschloß. Sie wollte wissen, was ich dazu meinte. Ich sagte, ich würde gar nichts meinen.

Aber man könne doch nicht einfach gar keine Meinung haben, hielt sie mir entgegen und wurde plötzlich ärgerlich: «Also hör mal, du wirst doch wissen, ob du Lust hast, ins Kino zu gehen oder nicht!»

Sie redete nur von dem, worauf ich Lust hätte, ohne zu sagen, worauf sie selber Lust hatte. Möglicherweise wollte sie vor sich selbst nicht zugeben, was das genau war. Ich sagte, mir sei es egal, ich würde machen, was sie wolle. Wenn Vater mit den Nachbarn Karten spiele, könnten wir zwei ebensogut ins Kino gehen und bräuchten uns deswegen kein schlechtes Gewissen zu machen. Und was den Ingenieur angehe, der könne tun und lassen, was er wolle. Auf den bräuchten wir doch wahrhaftig keine Rücksicht zu nehmen.

«Du hast recht», sagte sie und griff nach ihrer Handtasche. «Der Ingenieur kann machen, was ihm paßt, und wir machen, was uns paßt.»

Na also, dachte ich, sie wollte von Anfang an ins Kino, nur sollte die Entscheidung von mir kommen, damit sie dann allenfalls, wenn die Entscheidung falsch war, mir die Schuld in die Schuhe schieben konnte beziehungsweise ich ihr die Schuld nicht in die Schuhe schieben konnte. Auf diese Weise brauchte sie sich keine Vorwürfe zu machen, daß sie mich Vater gegenüber in eine unangenehme Situation brachte. Und was war denn dabei, wenn sie mal einen Blick auf einen anderen warf? Vielleicht war das ganz in Ordnung, jedenfalls wollte ich mir nicht anmaßen, darüber zu urteilen. In solchen Dingen hatte ich schließlich keine Erfahrung, und überhaupt, dachte ich mir, war das etwas, worüber eine Mutter normalerweise nicht mit ihrem Sohn spricht.

Als wir anlangten – erst knapp vor Beginn der Vorstellung, weil wir uns so lange nicht hatten entschließen können –, war der Saal bereits ziemlich voll. Der Mann saß in einer der mittleren Reihen. Er mußte mit unserem Kommen gerechnet haben, denn er hatte seine Jacke auf die beiden Plätze neben sich gelegt. Auch Mutter hatte ihn sogleich bemerkt.

«Nein», sagte sie, als ich auf ihn zusteuerte, und zog mich am Ärmel zu einer anderen Reihe, wo zwischen einer alten Bäuerin und einem Rentnerpaar im Sonntagsstaat noch zwei Plätze frei waren.

Der Mann hatte uns nicht gesehen. Wir schlüpften hastig zwischen den Leuten durch und machten uns so klein wie möglich in unseren

Sesseln. Es wurde dunkel im Saal, und auf die Gesichter der Zuschauer fiel nur noch das flimmernde Licht von der Leinwand. Da spürte ich, wie sich eine Hand auf meinen Kopf legte. Keine Hand, deren Berührung einen irritiert, so daß man sie am liebsten wegstoßen möchte, sondern eine ruhige, angenehme Hand, die alle Ängste und Zweifel wegwischt und einem das Gefühl gibt, daß man in Sicherheit ist, daß einem nichts Schlimmes zustoßen kann.

«Guten Abend, Tommy», flüsterte mir der Mann ins Ohr. Er war aufgestanden und hatte sich auf einen freien Platz in der Reihe hinter uns gesetzt. Zu Mutter, die starr geradeaus schaute, sagte er nichts.

«Guten Abend», erwiderte ich.

«Was ist los mit euch beiden, habt ihr auf einmal etwas gegen mich?»

Das war nun ausdrücklich an sie gerichtet. Ohne den Kopf zu wenden, murmelte sie, es sei nicht gut, wenn die Leute uns zusammen sähen. Es gehöre sich nicht, daß die Hausangestellte der Familie Daboval sich in der Öffentlichkeit mit einem Bekannten der Familie Daboval sehen lasse, so etwas gehöre sich einfach nicht, und wenn es Madame Daboval zu Ohren komme, wäre es ihr ganz bestimmt nicht recht. Das alles sagte Mutter so leise, daß der Mann sich vorbeugen mußte, um ihre Worte zu verstehen, er mußte sich so weit vorbeugen, daß ihre Köpfe sich fast berührten.

«Ich lasse mich in der Öffentlichkeit sehen, mit wem ich will», sagte er. «Mich interessiert einzig und allein, ob die Leute, mit denen ich mich sehen lasse, mir sympathisch sind. Was andere davon halten, interessiert mich überhaupt nicht.»

Ich verstand, was er damit sagen wollte, und ich merkte, daß auch Mutter es verstanden hatte. Sie sagte erst einmal gar nichts. Erst als der Vorspann vorüber und die laute Musik verklungen war, wandte sie den Kopf und sagte in ziemlich schroffem Ton: «Ich will bloß keinen Ärger, begreifen Sie das denn nicht?»

Er begriff es. Er begriff es so gut, daß er sich wieder zurücklehnte und während des ganzen Films kein Wort mehr zu uns sagte. Als das Licht anging und wir uns umsahen, war er verschwunden.

Ich dachte, und Mutter dachte dies sicherlich auch, sie hätte ihm etwas genauer erklären müssen, wo das Problem lag. Bestimmt hatten ihre schroffen Worte ihn gekränkt. Oder ihre dezidierte Haltung hatte ihn zur Überzeugung gebracht, daß er von ihr nicht so leicht bekommen würde, worauf er aus war, all die Dinge, bei denen es den Männern im allgemeinen nicht schnell genug gehen kann, während Frauen sich lieber Zeit nehmen – vorher, nachher und manchmal auch während ...

Jedenfalls glaubte ich etwas in der Art herausgehört zu haben, wenn ich ab und zu mit Mutter über dieses Thema sprach und von ihr wissen wollte, wie so was eigentlich funktionierte und wie man sich dabei anstellen mußte. Und ich glaubte kapiert zu haben, daß unsereins es immer zu eilig hat und Frauen das nicht mögen. Daß es eine Sorte Lust gibt, nämlich dorthin zu gelangen, wo man hinmuß, aber eben auch noch eine andere, und die, dachte ich, mußte noch viel größer sein: die Lust, sich dabei Zeit zu nehmen. Dieser Punkt schien Mutter besonders wichtig zu sein, und daraus folgerte ich, daß Vater in dieser Beziehung nicht viel begabter war als in bezug auf die Rechtschreibung und daß Mutter schon längst die Hoffnung aufgegeben hatte, er werde noch etwas dazulernen.

Natürlich dachte ich deswegen nicht, daß Mutter ihm sozusagen die ganze Arbeit abnahm, so wie sie ihm das Schreiben der Kostenvoranschläge abnahm. So ausführlich unterhielt sie sich denn doch nicht mit mir über ihre intimen Angelegenheiten. Aber es konnte ja durchaus sein – weil sie es satt hatte, immer wieder um etwas zu bitten, nur durch die Blume und ohne Vater zu verletzen, wie es ihre Art war, und es dann doch nie zu bekommen –, daß sie sich eines schönes Tages gedacht hatte, sie würde genausogut ohne ihn zurechtkommen; schließlich erledigte sie ja manches für ihn, was eigentlich zu seinen Aufgaben gehört hätte.

Der Mann wartete auch nicht draußen vor dem Kino. Vermutlich hatte er sich gleich nach der Vorstellung verzogen, weil er sich nach der erlittenen Abfuhr nicht noch von Mutter verabschieden wollte. Irgendwie paßte es nicht zu ihm, einfach so davonzulaufen wie ein ertappter Dieb. Ich merkte, daß sie enttäuscht war. Sie schaute die Straße hinauf und hinunter und musterte die Passanten, aber er war nirgends zu sehen und auch sein Wagen nicht.

Also war es ihm offenbar doch nur um ein nettes kleines Abenteuer gegangen, weiter nichts. Und folglich war es klug von ihr gewesen, ihm die kalte Schulter zu zeigen. Wenn er glaubte, sie sei eine von denen, die mir nichts, dir nichts mit einem Mann ins Bett gehen, dann täuschte er sich. Dann wußte er eben doch nicht so genau, was im Kopf einer Frau vorgeht und daß es etwas mehr braucht, um sie zu erobern. Nun ja, so wußte man wenigstens, woran man war. Irgendwie war das eine Erleichterung, und ich merkte es an Mutters beschwingtem Gang, daß sie sich erleichtert fühlte. Im Grunde genommen war sie wegen Vater und mir aufrichtig froh darüber, daß die Sache so herausgekommen war. Und ich glaube, auch ich war froh darüber.

Man fühlt eine tiefe Befriedigung, wenn man weiß, daß sich alle Dinge wieder an ihrem Platz befinden. Meine Mutter empfand diese Befriedigung beim Anblick eines blitzblank geputzten und aufgeräumten Zimmers, in dem jeder einzelne Gegenstand wieder dort steht, wo er hingehört, an seinem besonderen Platz, dem einzigen, der sein Vorhandensein überhaupt rechtfertigt, denn man hat alle möglichen Plätze ausprobiert und herausgefunden, daß dieser bestimmte Gegenstand wirklich nur an diesen und keinen anderen Platz paßt.

Meine Eltern und ich, wir gehörten hierher, an diesen Ort, der uns vom Schicksal bestimmt war. Es hatte keinen Zweck, darüber nachzugrübeln, ob das gut war oder nicht. Genau da lag das Problem: Man durfte sich nicht zuviel Gedanken machen. Weder über die Männer, denen man zufällig begegnet und die nicht das sind, wofür man sie gehalten hat, noch über diejenigen, denen man hätte begegnen können, die aber eben nie dahergekommen sind. Das Leben ist eine sehr konkrete Angelegenheit, es setzt sich aus lauter konkreten Dingen zusammen, und wer das nicht wahrhaben will, läuft Gefahr, sich ins Unglück zu stürzen.

All das, glaube ich, dachte meine Mutter an jenem Abend, während wir zu Fuß nach Hause gingen, und es war gut, daß sie so dachte.

8

So spazierten wir Arm in Arm heimwärts, mit unseren Gedanken und den Schicksalen der Protagonisten von *Das große Manöver* beschäftigt. Wir sprachen von ihnen wie von lieben Freunden, sie standen uns näher und bedeuteten uns mehr als unsere Verwandten, mit denen wir kaum Kontakt hatten. Mutter tat die arme kleine Modistin schrecklich leid: Wie konnte sie bloß auf diesen Windhund von Offizier hereinfallen, der doch nichts anderes im Kopf hatte, als von ihrer Unerfahrenheit zu profitieren? Wie konnte sie bloß glauben, daß er es aufrichtig meinte mit seiner Reue? Und sie begann über die Männer herzuziehen, für die die Liebe nur ein Spiel sei. Da habe sie mit Vater ja noch Glück gehabt, meinte sie, auf den könne man sich wenigstens verlassen. Anscheinend war dies das einzig Rühmenswerte an meinem Vater, doch aus der Art und Weise, wie sie es sagte, schloß ich, daß Zuverlässigkeit eine große Rolle spielte. Und daß man, um bei Frauen gut anzukommen, gerade das richtige Maß an Zuverlässigkeit besitzen muß, nicht zuviel und nicht zuwenig.

Wir waren schon fast zu Hause angekommen. Plötzlich ertönte in der stillen, menschenleeren Straße das Summen eines Motors. Ein Auto näherte sich, aber statt vorbeizufahren, stoppte es knapp hinter uns. Mutter und ich wandten den Kopf. Der Ingenieur beugte sich aus der Tür und rief meinen Namen. Ich solle einsteigen, sagte er, und Mutter ebenfalls. Er nehme uns mit.

«Was heißt das, Sie nehmen uns mit?» sagte Mutter, jetzt ganz in der Defensive. «Wohin denn? Und um diese Zeit ...»

Er warf einen Blick auf die Uhr. «Bis elf haben Sie ja wohl Ausgang, oder?»

Sie wollte wissen, wie er ausgerechnet auf elf Uhr kam.

«Weil Sie letzten Samstag gesagt haben, Sie müßten um elf zu

Hause sein.» Gegen dieses Argument ließ sich nichts einwenden. «Wir fahren ans Meer. Dort werden Sie ja sicherlich keinen Bekannten begegnen.» Er stieß eine der rückwärtigen Türen auf. «Na los, steigen Sie schon ein! Keine Angst, das ist keine Entführung.»

Er lächelte. Aber es war nicht sein gewohntes siegreiches Lächeln, sondern das eines Menschen, der sich unsicher fühlt. Er schien sich seiner selbst und meiner Mutter nicht sicher zu sein, so als ahnte er, daß es Komplikationen geben könnte, als befürchtete er, abermals einen Korb zu bekommen.

Mutter zögerte einen Augenblick, dann bedeutete sie mir, vorn einzusteigen, während sie selbst im Fond Platz nahm. Das Auto hatte wunderbar bequeme, lederbezogene Sitze und glitt beinahe geräuschlos dahin. Es roch nach Tabak und Eau de Cologne, nach einem Eau de Cologne, wie es Männer verwenden, die sich sehr sorgfältig pflegen. Der Ingenieur lenkte den schweren Wagen mit routinierten, lässigen Gesten. Im Handschuhfach sei eine Straßenkarte, sagte er, ich solle ihm angeben, wie er fahren müsse. Er befolgte aufmerksam meine Instruktionen, aber mir fiel auf, daß er dauernd in den Rückspiegel sah und Mutters Gesicht beobachtete.

«Was macht eigentlich Ihr Mann am Samstagabend, wenn ihr beide ins Kino geht?»

Ich warf einen Blick über die Schulter, um festzustellen, ob auch sie ihn beobachtete. Aber sie zog es vor, durchs Fenster zu sehen, auf die Bäume und den Himmel, der fast unmerklich dunkler wurde, ohne Eile, als wollte der Frühsommertag den angenehm lauen Abendwind noch ein Weilchen genießen.

Mit einem etwas mokanten Lächeln und deutlich spürbarer Ironie erwiderte Mutter:

«Ach, wissen Sie, er werkelt lieber im Haus herum oder spielt mit den Nachbarn Karten. Das ist eben das Problem im Leben. Die Zeit vergeht, und die Kunst besteht darin, herauszufinden, wie man sich die Zeit am angenehmsten vertreibt. Mit wem ... Und vor allem womit.»

Jetzt suchte sie doch den Blick des Mannes. Und auch er suchte ihren Blick, und in diesem Moment schienen sie und er genau dasselbe zu denken: Für sie beide wäre das überhaupt kein Problem gewesen, sie hätten sehr schnell eine Lösung gefunden, eine für beide befriedigende Lösung.

Bis nach Les Petites Dalles, einem kleinen Badeort, waren es mit dem Auto nur etwa dreißig Minuten. Am Horizont zog ein helles Wolkenband dahin. Durch die offenen Wagenfenster wehte der Wind, er duftete nach Erde und Sommer. Mutter lehnte sich in die Polster zurück und schloß die Augen. Anscheinend hatte sie keine Lust, irgendwelche Probleme zu wälzen. Sie wollte nicht wissen, wohin wir fuhren und ob es sich gehörte, mit diesem Mann irgendwohin zu fahren. Sie ließ sich von ihm lenken, so wie der leise summende Wagen sich von ihm lenken ließ. Nicht mehr und nicht weniger. Es hatte keinen Zweck, die Richtung bestimmen zu wollen. Die Dinge nahmen ihren Lauf, ihr selbst war das Steuer aus der Hand geglitten, für sie gab es jetzt nichts mehr zu tun, als sich bequem zurückzulehnen und die Dinge auf sich zukommen zu lassen.

«Sag mal, mag deine Mutter Musik?» fragte der Ingenieur mit einem Blick über die Schulter.

«O ja, sehr», sagte ich.

Er schaltete das Radio ein. Die Klänge eines Vivaldi-Konzerts schwebten durchs Fenster davon, leicht wie der Rauch der Zigarette, die der Mann sich angesteckt hatte. Schnelle Läufe einer Violine, so schnell wie der Wagen, der uns durch die Landschaft trug. Ich hatte das Gefühl, daß alles ein bißchen zu schnell ging. Wir hätten nicht in diesen Wagen einsteigen sollen, der uns immer weiter entfernte von dem Ort, wo wir hingehörten, wir fuhren in die falsche Richtung, es war schon spät, und wir hätten lieber umkehren sollen, bestimmt wunderte Vater sich schon, wo wir so lange blieben. Aber das zufriedene Lächeln meiner Mutter sagte mir, es gebe keinen Grund zur Sorge, sie werde schon eine Ausrede finden, all das habe keine Bedeutung mehr, jetzt, da sie wußte, daß er nicht der sei, für den sie ihn gehalten hatte, denn er war ja zurückgekommen.

In ihr gab es gleichzeitig zwei Frauen: eine, die aufräumte, wo andere Unordnung gemacht hatten, und eine, die nach dem Aufräumen sämtliche Fenster sperrangelweit aufriß und alles vom Wind durcheinanderblasen ließ. Ich glaube, sie hatte diesen Wind bitter nötig, denn bei uns waren die Fenster viel zu lange zugeblieben, so daß man das Gefühl hatte, ersticken zu müssen, und jetzt waren ihre geröteten Wangen ein Zeichen dafür, wie wohl ihr die Nähe dieses Mannes tat, wie sehr sie an diesem Punkt ihres Lebens jemand brauchte wie ihn, jemand, der begriff, daß sie es besser verdient hatte. Sie hatte es nicht verdient, wie eine unter dichtem Gebüsch verborgene Blume, die keiner sieht, zu verwelken. Und irgendwie war ich nun doch froh, daß ein Mann wie dieser Ingenieur aufgetaucht war, einer, der sie *sah*.

Der Strand lag verlassen da. Es war kein breiter Sandstrand, nur eine kleine Bucht zwischen zwei hohen Klippen, mit einer kleinen Promenade. Ich blieb etwas hinter den beiden zurück. Sie plauderten über dies und jenes: über die Kieselsteine, auf denen schlecht laufen war, über die Ferienvillen, die eine Art geschlossene Gesellschaft bildeten und in denen die Hautevolee im Sommer ihre Partys veranstaltete. Auch die Dabovals besaßen hier eine Villa; sie vermieteten sie an Leute aus Paris, und Mutter kam dann gelegentlich zum Putzen her. Sie zeigte dem Ingenieur, welche Villa es war, eine mit Erkern und Türmchen, ziemlich weit oben am Hang. So ein Haus hatte sie sich immer gewünscht, und sie würde es niemals bekommen. Das sagte sie nicht, aber es war ihr anzusehen. Und dem Ingenieur war anzusehen, daß er verstand, was sie meinte, und daß es ihm ebenso leid tat wie ihr. Denn er konnte nicht nur Brücken bauen, die zwei Ufer miteinander verbinden, sondern auch andere; Brücken, die sich von einem Menschen zum anderen spannen, zwischen dem, was geschieht, und dem, wonach man sich sehnt. Mir kam es vor, als formten sein Blick und der Blick meiner Mutter über mich hinweg eine Brücke. Ich war hier überflüssig. Sie wollten miteinander allein sein und warteten nur darauf, daß ich es endlich merken würde.

Ich bückte mich und tat, als sei mir ein Schnürsenkel aufgegangen. Sie schlenderten weiter, Arm in Arm, und ich schaute ihnen nach. Mutter lachte, weil sie alle Augenblicke über einen Stein stolperte. Und auch der Mann lachte, glücklich, sie festhalten zu dürfen, wenn sie stolperte. Sie hatte ihre Sandaletten ausgezogen und schlenkerte sie an den Riemchen hin und her.

«Schade, daß man hier nirgends etwas trinken kann», meinte sie. Sie warf den Kopf in den Nacken und atmete tief die salzige Luft ein. «Es wäre nett gewesen, etwas zu trinken, wie beim letzen Mal. So ein kleiner Schwips ab und zu tut gut, der vertreibt die Sorgen.»

«Möchten Sie, daß wir woanders hinfahren? Wir könnten noch ein Stück weiter.»

«Nein, es ist schon spät. Eigentlich sollten wir längst zu Hause sein, Tommy und ich.» Sie blieb stehen und drehte sich nach mir um, als sei ich schuld daran, daß es schon so spät war. «Was trödelst du so herum, Tommy? Ist dir wieder mal ein Schnürsenkel aufgegangen?» Sie streckte mir augenzwinkernd die Hand entgegen. «Man könnte ja meinen, ich hätte meinem Sohn noch nicht mal beigebracht, sich die Schuhe richtig zu binden.»

«Der Junge macht aber nicht den Eindruck, als könnte er nicht mal seine Schuhe richtig binden», meinte der Ingenieur trocken. «Im Gegenteil, er macht einen ausgesprochen aufgeweckten Eindruck, ihr Sohn. Der scheint gewisse Dinge blitzschnell zu kapieren, ohne daß man sie ihm erklären muß.» Er klopfte mir auf die Schulter: «Hab ich recht, Tommy?»

Natürlich hatte er recht. Natürlich hatte ich absichtlich herumgetrödelt, damit Mutter einen Augenblick mit ihm allein sein konnte. Ich merkte doch, wieviel ihr daran lag, dazu hatte ich wahrhaftig keine Erklärungen nötig. Heute ist mir bewußt, daß ich damals jeder kleinsten Regung folgte, die meine Mutter bewegte. Ich überlegte mir nicht, ob es richtig oder falsch war, mich interessierte einzig, ob es für sie gut war, und meine Vorstellungen davon reichten nicht über die engen Grenzen ihres und meines Lebens hinaus. Erst viel später begann ich darüber nachzudenken, wie oft man etwas Richtiges zu tun glaubt und es dann anders herauskommt, als man sich vorgestellt hat.

Mittlerweile war es dunkel geworden. Wir kehrten um und gingen zum Auto zurück. Mutter war wie immer viel zu leicht angezogen, und der Mann legte ihr seine Jacke über die Schultern.

«Sie scheinen immer zu frieren», bemerkte er, auf das letzte Mal anspielend.

«Ach, ich werde schnell wieder warm», versicherte sie.

Sie zog mich zu sich unter die Jacke. Ich schnupperte an dem dikken Tweed, er roch, wie es im Auto gerochen hatte, nach Tabak und Eau de Cologne und auch ein bißchen nach Schweiß. Jedesmal, wenn Mutter Vaters und meine Hemden in die Waschmaschine stopfte, schnupperte sie einen Moment lang daran, und dann lachte sie und sagte, es rieche nach Mann und sie möge diesen Geruch.

Ich überlegte, daß ein bißchen vom Geruch dieses Mannes an ihrem Kleid haften würde. Und das mußte Vater auffallen. Nicht, daß er die Gewohnheit hatte, an Mutters Kleidern zu schnuppern. Aber im Schrank würde es auf einmal anders riechen als sonst, neu und fremd, und es war die Gegenwart des Fremden, die mir Sorgen machte. Vater würde sich vielleicht fragen, woher der Geruch kam, und der Reihe nach an allen Kleidungsstücken schnuppern, bis er zu dem Kleid kam, das Mutter heute getragen hatte. Sofort würde ihm klarwerden, daß dieser Geruch weder von ihm noch von mir stammen konnte. Es roch anders, viel angenehmer als das gewöhnliche Eau de Cologne, das wir verwendeten, es duftete nach jemandem, der sich teure Anzüge und teure Unterwäsche und teure Herrenparfüms leisten kann.

Kein Zweifel, er mußte es merken. Einem Mann entgeht so etwas nicht. Wenn es in seinem Haus nach einem anderen Mann riecht, dann bemerkt er es unweigerlich. Ich jedenfalls hätte es sofort bemerkt, obwohl ich noch nie mit einer Frau geschlafen hatte. Noch war ich nur der Sohn einer Frau, trotzdem war ich sicher, es sofort zu entdecken, folglich mußte es auch meinem Vater auffallen. Eigentlich müßte ich Mutter warnen – aber so etwas kann man seiner Mutter doch nicht sagen, schon gar nicht vor fremden Leuten! Und außerdem konnte ich ihr ja nicht zum Vorwurf machen, daß sie fror und die Jacke dieses Mannes umgelegt hatte, um nicht zu frieren. Wegen solch einer Bagatelle regt man sich doch nicht auf, so etwas hat doch überhaupt keine Bedeutung.

Für die Rückfahrt brauchten wir etwas mehr als eine halbe Stunde, und als wir anlangten, war Vater bereits zu Hause. Er hatte den Wagen gehört und sah durchs Wohnzimmerfenster. Von dort aus konnte er aber nicht sehen, wer am Steuer saß, nur die Rücklichter des DS und dann Mutter und mich, die ausstiegen. Der Wagen fuhr bereits wieder los, als Vater aus dem Haus kam.

«Wo wart ihr denn so lange?» knurrte er. «Seit einer Stunde sitze ich zu Hause und warte auf euch!»

«Na und? Verhungert bist du jedenfalls nicht, du hast doch drüben was zu essen bekommen», sagte Mutter gereizt. «Wenn du deine Samstagabende lieber mit den Duvals verbringst als mit uns, dann können wir ja wohl auch tun, was wir wollen. Das wird doch noch erlaubt sein!»

«Wart ihr im Kino?» Vater verriegelte die Haustür.

«Nein, ich hab gearbeitet. Madame Daboval bat mich, eine Zeitlang auch abends auszuhelfen. Sie haben einen Logiergast. Ein Bekannter von ihnen, er ist Ingenieur und hat mit dieser Brücke zu tun. Er hat uns nach Hause gebracht.»

«So – und wie seid ihr hingekommen, ohne Fahrrad?»

«Madame Daboval hat uns mit dem Auto abgeholt», sagte Mutter, ohne mit der Wimper zu zucken.

Sie lief in die Küche, setzte sich hin und streifte die Sandaletten ab. Vater bemerkte, solche Schuhe trage man doch nicht bei der Arbeit, die gingen dabei ja nur kaputt. Sie behauptete, doch, genau solche Schuhe trage man, wenn man bei besseren Leuten das Essen serviere. Sie starrte ihn herausfordernd an, und er starrte zurück.

«Du hast bei den Dabovals das Essen serviert?» Ich wußte, daß ihm das ganz und gar nicht paßte. Aber zu erfahren, daß wir zuerst mit dem Ingenieur im Kino gewesen und hinterher zu dritt am Strand spazierengegangen waren, bis elf Uhr nachts, ohne einen Gedanken daran zu verschwenden, daß er zu Hause sitzen und sich um uns Sorgen machen könnte – das hätte ihm noch viel weniger gepaßt.

«Ich mach das schon die ganze Woche, seit du weg bist», gab Mutter zu, die ihm bisher noch nichts davon gesagt hatte. «Erstens kommst du ja nicht zu kurz deswegen, zweitens kann ich auf diese Weise etwas dazuverdienen, und drittens können wir dieses Geld gut gebrauchen.» Ihr Finger fuhr einer Fallmasche nach. «Da, schon wieder einer futsch. Der hat auch nicht lange gehalten.» Sie streifte den Rock hoch, hakte die Strapse auf, rollte den Strumpf herunter und schmiß ihn zusammengeknüllt in eine Ecke. «Wenn du schon fragst: Ich mache das, weil ich mir ab und zu ein Paar neue Strümpfe kaufen möchte, ohne deswegen ein schlechtes Gewissen zu haben. Weil ich Tommy ab und zu eine Freude machen möchte, ohne nachzurechnen, ob wir es uns auch leisten können, und weil ich dein Gejammer, daß unser Geld nirgends hinreicht, einfach satt habe.»

Sie erhob sich, nicht wirklich zornig, obschon sie sich über seine Frage geärgert hatte, sondern eher resigniert. Sie tappte mit bloßen Füßen über die kalten Fliesen, füllte am Spülbecken ein Glas Wasser, trank es in einem Zug aus und sagte nichts mehr. Vater sah mich ganz betreten an. Er mochte es nicht, wenn sie sich aufregte, und jetzt versuchte er einzulenken.

«Habt ihr wenigstens was gegessen?»

«Na klar.» Sie hob den zerknüllten Strumpf auf und warf ihn in den Mülleimer. «Wenn ich mit dem Servieren fertig bin, essen wir beide in der Küche. Dann brauche ich abends nicht noch zu kochen, und kosten tut es auch nichts. Bis ich das Geschirr gespült und aufgeräumt habe, ist Tommy mit seinen Schularbeiten fertig, und spätestens um elf sind wir wieder zu Hause.»

«Und dieser Ingenieur fährt euch jeden Abend heim?»

«Entweder er oder Monsieur Daboval, je nachdem.» Sie schlüpfte in ihre Hausschuhe, die im Fach unter dem Spültrog standen. «Heute war es der Ingenieur. Wenn ich das Rad dabeihabe, fährt uns Monsieur Daboval, weil sein Auto einen Dachgepäckträger hat.» Ein wenig spitz setzte sie hinzu: «Willst du noch mehr wissen? Oder bist du jetzt zufrieden?»

Er merkte, daß seine Fragen ihr auf die Nerven gingen, und konnte nicht verstehen, warum.

«Ich frage doch nur wegen dir! Weil ich nicht möchte, daß du eines Abends dastehst und nicht weißt, wie du nach Hause kommst. Und weil ich nicht möchte, daß du dich am Ende noch übernimmst. Von einem gewissen Alter an muß man mit seinen Kräften haushalten.»

«Was soll denn das nun wieder heißen, von einem gewissen Alter an? Schließlich bin ich erst sechsunddreißig! Und außerdem hab ich ja jetzt, wo du weg bist, daheim weniger zu tun.»

Er spürte, daß er das nicht hätte sagen dürfen, daß alles, was er heute abend zu ihr sagte, falsch war und seine Bemühungen, sie versöhnlich zu stimmen, in die falsche Richtung gingen, weil sie sich in eine andere Richtung bewegte als er, weil sie sich immer weiter von ihm entfernte.

«Ich meine doch nur ... Wenn du glaubst, du schaffst es, und wenn es dir recht ist –»

«Mir ist es recht so», sagte sie in einem Ton, der die Diskussion ein für allemal beendete. «Keiner von uns kommt dabei zu kurz. Ich kann mich schon einrichten, das ist nur eine Frage der Organisation. Hauptsache, es kommt niemand deswegen zu kurz» – sie warf mir einen Blick zu –, «weder du noch ich, noch Tommy. Und vorläufig ist das ja nicht der Fall. Wenn du es nicht erfahren hättest, würde es dir überhaupt nichts ausmachen, und wenn du nicht gefragt hättest, dann hätte ich dir gar nichts gesagt.»

«Ach ja, was ich nicht weiß, macht mich nicht heiß, das meinst du wohl? Na schön, jetzt weiß ich's aber, und es paßt mir nicht besonders. Aber ich versteh dich ja. Ich verstehe, daß du dich jung und kräftig genug fühlst, um dir noch eine zusätzliche Arbeit aufzubürden. Nur solltest du auf deinen Körper hören. Er allein entscheidet, wieviel er geben kann.»

«Da hast du wohl recht.» Mutter sagte es, ohne ihn dabei anzusehen, in einem merkwürdigen, fast herausfordernden Ton, den sie Vater gegenüber sonst nie anschlug. Sie provozierte nie einen Streit, auch dann nicht, wenn sie entschlossen war, ihren Willen durchzusetzen; früher oder später gab Vater immer nach, sie mußte nur vorsichtig lavieren, wie ein Seemann, der sein Schiff zwischen gefährlichen Riffen hindurchsteuert.

«Was hat sie denn?» fragte er mich, sobald sie nach oben verschwunden war. Er hatte seinen Stuhl näher an meinen gerückt, und ich wich unwillkürlich ein wenig zurück. Ich glaubte, er müßte den Geruch des anderen Mannes an mir riechen, und befürchtete, er würde mich fragen, woher dieser Geruch kam.

«Ach, nichts ... Ich glaube, sie ist nur ein bißchen müde. Ich übrigens auch.»

Ich zog meine Turnschuhe aus – wir zogen die Schuhe immer in der Küche aus, weil nur die Küche und der Flur einen Fliesenbelag hatten – und stellte sie neben Mutters Sandaletten auf die Kokosmatte neben der Tür.

«Hat es mit Geld zu tun?» wollte Vater wissen. «Hat sie dir irgendwas gesagt?»

Ich versicherte ihm, sie habe jedenfalls mir gegenüber nichts Derartiges erwähnt. Madame Daboval habe sie um diesen Gefallen gebeten, und sie sei auf den Vorschlag eingegangen. Das sei alles. Dann, ohne ihm einen Kuß zu geben, sagte ich gute Nacht und ging schlafen.

9

Ich war nach oben gegangen, ohne ihm einen Gutenachtkuß zu geben, wie ein Dieb, der das Weite sucht mit dem, was er weiß. Kurz darauf hörte ich ihn die Treppe heraufkommen und dann Mutters Stimme: «Ja, das wird samstags jetzt immer so sein. Was macht es dir schon aus, du bist doch sowieso drüben bei den Duvals.»

Für sie war offenbar weiter nichts dabei. Wir würden eben einen Teil des Wochenendes getrennt verbringen, er in Gesellschaft der Duvals, sie und ich in Gesellschaft des Ingenieurs. Natürlich waren das zwei Arten von Beziehungen, die nichts miteinander gemein hatten. Vater amüsierte sich auf seine Weise bei den Nachbarn, Mutter und ich und der Ingenieur amüsierten uns auf eine andere Weise, eine, die eher nach Mutters Geschmack war.

Ich war ins Bett gegangen, ohne mich zu duschen. Mir war, als hätte ich immer noch den Geruch dieses Mannes in der Nase, diesen fremden Geruch. Er war überall, an meiner Haut und sogar in meinem Kopf. So sehr, daß ich nicht mehr wußte, ob ich ihn mir nur einbildete oder ob er tatsächlich existierte, ob er mich störte oder ob ich ihn mochte. Ich glaube, ich mag diesen Geruch, dachte ich. Und dann wunderte ich mich, wie das möglich war: Hätte Vater gewußt, woher der Geruch kam und was er bedeutete, er hätte ihn sicherlich abscheulich gefunden.

Für den Sonntag war ein Ausflug geplant. Vater wollte uns das Arbeiterwohnheim zeigen und den Ort, wo sich die Brücke über den Fluß spannen sollte. Die ersten Fundamente standen bereits. Wir wollten zeitig aufbrechen und im Wald picknicken; Mutter hatte einen Korb zurechtgemacht. Sie legte keinen Wert darauf, an einem schön gedeckten Tisch zu essen; sie legte ganz allgemein keinen Wert darauf, die Dinge so zu machen, wie, wann und wo sie angeblich gemacht werden müssen. Sie liebte es, mitten am Nachmittag stehend in der Küche zu essen und dazu Radio zu hören oder im Schlafzimmer auf dem Fußboden sitzend, den Rücken ans Bett gelehnt und ein Buch in der Hand. Alles, was sich wiederholt und sich durch die Wiederholung in eine Notwendigkeit verwandelt, stellte sie so auf den Kopf.

Sie traf ihre Entscheidungen oft erst im allerletzten Moment, und wenn sie sich spontan für etwas entschied, kam es meistens gut heraus. Vater hatte sich nie recht an ihre Art gewöhnen können. Er mochte es nicht, daß sie ihn dauernd mit etwas überraschte, daß sie zum Beispiel nachmittags mit ihm ins Bett wollte, nur weil sie gerade Lust darauf hatte, anstatt das für den Samstagabend einzuplanen wie andere Leute auch, damit man am Sonntag schön ausschlafen und am Samstagnachmittag entweder mit den Nachbarn Karten spielen oder im Garten arbeiten kann, was ja schließlich mitten in der Nacht nicht gut möglich ist. Vater nannte diese Art der Argumentation «auf die Gegebenheiten Rücksicht nehmen».

Wir hatten vor, irgendwo zwischen hier und Le Havre an einem schönen Plätzchen haltzumachen. Mutter liebte Fahrten ins Blaue und war dann immer in bester Stimmung. Sie zog uns auf, Vater und mich, oder sang Lieder, die sie am Radio gehört hatte, Chansons von Piaf oder Brel, von denen sie nicht nur die Melodie, sondern auch den Text kannte. An diesem Sonntag trug sie ein durchgeknöpftes weißes Kleid mit roten Tupfen, ärmellos und tief ausgeschnitten, und dazu einen breiten Gürtel, der ihre schlanke Taille zur Geltung brachte.

Unterwegs sah Vater sie immer wieder von der Seite her an. Seine Augen wanderten von ihrem Haar, das sie aufgesteckt und mit einem Turban aus demselben Stoff wie das Kleid umwickelt hatte, zu ihrem Dekolleté und herunter bis zu der Stelle, wo zwischen den Falten des nicht bis zum Saum zugeknöpften Rocks die seidig schimmernde Haut des Oberschenkels sichtbar war.

«Ist das eine neue Frisur?» fragte er.

«Ja. Gefällt sie dir?»

«Du siehst damit irgendwie anders aus.»

Und es schien, als sehe er sie mit anderen Augen an als bisher, als sei es notwendig geworden, die Frau, die jetzt irgendwie anders aussah, mit anderen Augen zu betrachten. Aber es lag nicht an der neuen

Frisur, sie hatte ihn schon oft mit einer neuen Frisur überrascht. Das, was sie anders aussehen ließ, konnte man mit den Augen nicht wahrnehmen. Er dachte, es müsse an der Frisur liegen, weil die Frisur die einzige sichtbare Veränderung an ihr war.

Wir bogen in einen schmalen Pfad ein, der zwischen Kiefern und hohem Farn hindurch auf eine Lichtung führte. Der Platz schien uns ideal für ein Picknick. Vater holte eine Wolldecke aus dem Kofferraum, Mutter breitete ein Tischtuch darüber und sagte, ich solle ihr beim Auspacken helfen. Es fehlte nicht viel, und alles wäre wie früher gewesen. Bevor diese unsichtbaren Veränderungen, die in Mutter vorgingen, uns aus dem Gleichgewicht gebracht hatten und die Harmonie unseres Familienlebens bedrohten. Erst später ist mir bewußt geworden, wieviel Verzicht diese Harmonie gekostet hatte.

Mutter setzte sich mit untergeschlagenen Beinen hin und fuhr fort, ihr während der Herfahrt begonnenes Spiel der Verführung zu spielen, das ihr etwas Mysteriöses verlieh und von dem Vater glaubte, es gelte ihm. Vielleicht sah er darin das Resultat einiger Tage des Getrenntseins, und das war es ja wohl auch, aber nicht ganz so, wie er sich dachte. Sie spielte dieses Spiel nicht für ihn, sondern für sich selbst; sie wollte herausfinden, ob sie noch anziehend wirkte, ob sie sich zuviel zutraute oder, ganz im Gegenteil, ob sie sich bisher aus lauter Bescheidenheit stets zuwenig zugetraut hatte. Sie stand jetzt in einem Alter, in dem man sich fragt, was man eigentlich aus seinem Leben gemacht hat, ob alles so weitergehen soll wie gewohnt oder ob es vielleicht noch einen anderen Weg gibt, einen, der besser zu dem paßt, was man im Lauf der Zeit geworden ist. Meine Mutter hatte viel zu jung geheiratet, um große Ansprüche zu stellen oder auch nur zu ahnen, daß sie irgendwelche Wünsche haben könnte. Das hatte sie erst nach und nach entdeckt, aber ihre Wünsche waren nie erfüllt worden. Und so hatte sie sich eben in ihr Los geschickt, wie jene Chinesinnen, deren Füße eingebunden werden, damit sie klein bleiben. Sie war jung und unerfahren gewesen und hatte es ganz normal gefunden, sich ihrem fünf Jahre älteren Mann unterzuordnen.

In diesem Frauenleben, das sich nie hatte frei entfalten können, gab es etwas, woran ich damals nicht zu rühren wagte. Ich war erst fünfzehn, ich hatte kein Recht dazu. Ich durfte mir nicht anmaßen, in diesen Bereich der Beziehung meiner Eltern einzudringen. Ich wollte nicht wissen, ob sie ihre Sachen in Ordnung hielten und was ich in den Schubladen, in denen sie ihre Geheimnisse aufbewahrten, hätte entdecken können. Jedes Dasein hat seine eigene Ordnung, so wie jeder Mensch seine besondere Stellung hat, in der er am besten einschlafen kann. Es ist nicht so leicht, mit anderen und mit sich selbst in Frieden zu leben, das ist eine Sache, die man miteinander und mit sich selbst aushandeln muß, genau wie alles übrige. Auch die Liebe ist eine Sache, die man miteinander aushandeln muß und die viel Geduld verlangt. Und nicht selten Opfer, die der andere gar nicht versteht – und oft nicht einmal der, der sie auf sich nimmt.

Die Vorstellung, daß sie sich nach ihm gesehnt hatte, und wohl auch der Chianti, von dem beide ziemlich viel getrunken hatten, brachten meinen Vater in Wallung. Ein Schäferstündchen im Grünen, sozusagen als Dessert, schien ihm jetzt genau das zu sein, worauf auch Mutter Lust hatte. Und so schlug er vor, nachdem wir abgeräumt hatten, ich könnte doch ein wenig die Umgebung erkunden.

«Ach was», sagte sie, «er wird sich nur langweilen, so allein herumzuhängen. Wir haben es doch gemütlich hier zu dritt.»

«Es gibt Momente, in denen man lieber nur zu zweit ist», meinte er bedeutungsvoll.

«Was willst du damit sagen?» Sie hatte seine Absicht erraten und schien ganz entgeistert. «Du hast doch wohl nicht vor, deinen Sohn auf einen Waldspaziergang zu schicken, während du hier mit mir ...»

«Warum nicht? Schließlich ist er kein Kind mehr. Ein Junge in seinem Alter weiß über diese Dinge Bescheid, was, Tommy?»

Da steckte ich nun in der Zwickmühle. Es war das erste Mal, daß Vater auf eine so ausgefallene Idee kam. War ihm auf einmal bewußt geworden, daß ihre Beziehung schal geworden war und dringend etwas Würze brauchte? Hatten ihm seine Arbeitskollegen solche Extravaganzen suggeriert, oder war es die neue Situation, die ihn bewog, Mutter aus einer anderen Perspektive zu sehen?

«Du hast vielleicht Einfälle!» sagte sie. «Das sind mir ja ganz neue Moden.»

Er streckte sich auf der Decke aus. «Na und? Ich hab immer gedacht, du magst Abwechslungen.»

Mutter blickte nervös nach allen Seiten. Er hatte die Hände im

Nacken verschränkt und beobachtete sie, vom grellen Sonnenlicht geblendet, unter halb geschlossenen Lidern hervor. «Du hast doch wohl nicht allen Ernstes vor, hier mit mir zu schlafen?» Sie lachte unsicher, als wollte sie ihm zeigen, was für eine abstruse Idee das sei. Er lächelte und schwieg. Ihr Blick fiel auf den Pfad, der auf die Lichtung führte. «Und wenn jemand kommt?»

Sie brauchten doch nicht den ganzen Nachmittag dazu, meinte er und verärgerte sie damit erst recht. Sie hatte nicht die mindeste Lust auf eine schnelle Nummer, gerade jetzt und hier, wo man womöglich von irgendwelchen Spaziergängern überrascht wurde, und im Bewußtsein, daß ich irgendwo zwischen den Bäumen herumspazierte, das Bild der Eltern vor Augen, die sich auf dem Boden herumwälzten. Ich weiß nicht, ob sie die gleichen Bedenken gehabt hätte, wenn der Vorschlag vom Ingenieur gekommen wäre, jedenfalls hatte sie keine Lust, es mit Vater tun. Und er war der einzige von uns dreien, der nicht begriff, was hinter ihren Ausflüchten steckte: Ihr Körper wollte es nicht.

Ich spürte, daß die Sache schieflaufen würde, und wußte nicht, ob ich gehen oder bleiben sollte.

«Nun geh schon», sagte Vater.

«Nein», rief Mutter, «geh nicht weg, Tommy, bitte!»

Ihr Widerstand forderte ihn erst recht heraus. Er setzte sich auf, umschlang sie mit beiden Armen und zog sie auf die Decke nieder; er schien anzunehmen, ich würde mich dann schon verziehen.

«Von mir aus kann der Junge tun, was er will», sagte er lachend. Seine Hände begannen unter ihrem Rock herumzutasten. «Wir brauchen ihm doch nicht zu sagen, was er zu tun hat.»

Sie stieß seine Hände weg und protestierte: «Hör auf damit, ich mag nicht! Ich hab dir doch gesagt, daß ich jetzt nicht mag!»

Auch sie lachte, ein abgehacktes, nervöses Lachen; so lachte sie, wenn sie wütend war und es nicht zeigen wollte. Sie tat immer noch, als sei das Ganze nur ein Spiel, aber ich spürte, daß ihre Weigerung nicht gespielt war. «Komm, Tommy, hilf mir doch! Dein Vater ist ein Grobian und ein unmöglicher Mensch obendrein. Benimmt man sich etwa so? Springt man so um mit der Frau, die man liebt und achtet, sag mal?»

Ich sah, daß mein Vater sich herausgefordert fühlte: Er konnte es sich nicht leisten, vor mir klein beizugeben. Ich sah, daß er sie haben wollte und daß sie nicht genommen werden wollte. Ich sah das alles, aber ich wußte auch: Er war ihr Mann, und ich war ihr und sein Sohn. Was hier geschah, ging mich nichts an. Dafür war ich nicht zuständig.

Und so ging ich davon, den von hohem Farn gesäumten Weg entlang, auf dem wir gekommen waren. Ich fand das Verhalten meines Vaters nicht nur unpassend, sondern auch sehr ungeschickt. Warum wollte er unbedingt mit ihr schlafen? Ahnte er, daß er dabei war, sie zu verlieren, glaubte er etwa, sie auf diese Weise festhalten zu können? Oder war es einfach ein verrückter Einfall, etwas, was einen plötzlich überkommt und wogegen man nichts tun kann? Aus einiger Entfernung schaute ich zurück und sah, wie die beiden sich auf der Decke herumwälzten, er hielt sie umklammert, sie wehrte sich, aber ich hatte keine Ahnung, ob das nun Leidenschaft war oder eine neckische Balgerei oder eine richtige Prügelei.

«Laß mich los, du tust mir weh!» hörte ich sie plötzlich schreien. «Ich will einfach nicht und auf diese Tour schon gar nicht!»

Mit einer brüsken Bewegung stieß sie ihn von sich und sprang auf. Noch nie hatte sie ihn so wütend angeschrien, auch nicht, wenn sie ihm wegen irgend etwas Vorwürfe machte. Vater ließ sie los. Einen Moment lang blieb er so, auf den Knien, und sah verwirrt zu ihr hoch. Dann erhob er sich. Ich sah, wie er, während sie ihre Frisur in Ordnung brachte, zum Auto ging, mit gesenktem Kopf, wie ein Hund, den man mit einem Fußtritt fortgejagt hat. Er machte die Tür auf und ließ sich auf den Beifahrersitz fallen, und dann saß er da, mit den Füßen im Gras, und starrte auf seine heruntergerutschten Socken. Er zog sie hoch. Er hob den Kopf und starrte Mutter nach, die jetzt auf mich zugelaufen kam. Dann fuhr er sich mit einer müden Handbewegung übers Gesicht.

Als Mutter und ich eine Viertelstunde später zurückkamen, hatte er die Decke im Kofferraum verstaut und das Radio eingeschaltet. Die Wirkung des Rotweins war verflogen, die Augen, die vorhin noch so unternehmungslustig gefunkelt hatten, blickten trübe.

Der Nachmittag schleppte sich in sonntäglich-dumpfer Langeweile dahin. Wir stiegen wieder ins Auto. Niemand wollte reden, oder besser gesagt: Wir redeten über das und jenes, über die Richtung, die wir einschlagen mußten, um aus dem Wald heraus und auf die Straße nach Le Havre zu kommen, darüber, daß es wahrscheinlich ein Gewitter geben würde, daß es eigentlich viel zu heiß war für diese Jahreszeit und daß es dann bestimmt den ganzen Juni regnen würde.

Wir redeten, ohne etwas zu sagen, wir hätten ebensogut schweigen können, nur daß unsere Stimmen das Schweigen mit einem beruhigenden Geräusch ausfüllten. Wir redeten, als wäre überhaupt nichts passiert. Als wäre zwischen meinen Eltern kein böses Wort gefallen, als hätte ich sie vorhin auf der Lichtung allein gelassen, weil sie zusammensein wollten und ich mich darüber freute und gerne den Aufpasser spielte, damit sie sich ungestört lieben konnten. Dann wäre alles anders gewesen. Ich hätte erraten, daß sie nacheinander verlangten, und mich zum Komplizen ihres Verlangens gemacht. So hätte es sein können. Aber ihr Verlangen war wie eine zu straff gespannte Schnur, die plötzlich zerreißt, so daß das eine Ende hierhin und das andere dorthin schnellt. Meine Mutter verlangte es an jenem Sonntag nachmittag danach, die Frau eines anderen zu sein.

Über diesen Aspekt ihrer Beziehung hatte ich bis dahin niemals nachgedacht. Seit ich mich erinnern konnte, hatten mir meine Eltern das Bild einer harmonischen Ehe vermittelt, und ich hatte mich nie gefragt, ob dieses Bild tatsächlich stimmte. Ich war froh, daß mir all diese Zwistigkeiten, die so oft mit großem Eklat vor dem Scheidungsrichter enden, erspart blieben. Ich brauchte lange, um zu begreifen, worin eigentlich der grundlegende Unterschied zwischen meinen Eltern bestand und was es für meine Mutter bedeutete, jahrelang mit irgendwelchen Phantomen leben zu müssen, weil sie ihre innersten Gefühle nicht mit meinem Vater teilen konnte. Die ersten Ehejahre mit all den Träumen, ausgestreut wie Saatkörner, dann die Enttäuschung der mageren Ernte, die Erkenntnis, wie rasch aus einem Vorschuß ein Defizit werden kann. Nur so konnte ich mir ihre abrupten Stimmungswechsel erklären, ihr ständiges Hin und Her zwischen schweigsamer Unzufriedenheit und übersprudelnder Fröhlichkeit, die doch nichts anders war als eine Art Reue, weil sie uns ihre Unzufriedenheit hatte spüren lassen. Ihr Leben war von einer Mittelmäßigkeit, mit der sie sich einfach nicht zufriedengeben konnte.

Wir erreichten die Baustelle gleichzeitig mit den ersten Gewitterwolken, die aus Nordwesten heranzogen, getrieben von dem stürmischen Wind, der hierzulande den Sommer plötzlich zum Winter macht.

«Sieht nicht gut aus für morgen», bemerkte Vater. Er deutete auf ein langgestrecktes Gebäude. «Komm, ich will dir meine neue Unterkunft zeigen.»

Seine Worte waren demonstrativ nur an mich gerichtet; er vermied es, Mutter direkt anzusprechen. Sie folgte uns mit einigen Schritten Abstand, immer noch in Gedanken versunken.

Die Bauarbeiter waren nicht wie üblich in Holzbaracken untergebracht, sondern in einer ehemaligen Fabrik, die jetzt der Stadt gehörte. Vater hatte ein Zimmer für sich allein, mit einem Wandschrank und einem kleinen Waschraum. Es gab auch Gemeinschaftsduschen, eine Kantine und einen Aufenthaltsraum, wo man abends Karten spielen und plaudern konnte; sogar ein Fernseher war vorhanden.

Vater zog einen Stuhl für mich heran und setzte sich aufs Bett. Während er mir seinen Tagesablauf schilderte, wanderte sein Blick vom Fenster, durch das man auf die riesige Baustelle sah, zu Mutter. Sie stand immer noch neben der Tür.

«Komm, setz dich doch zu uns, Mina», sagte er und deutete auf den Platz neben sich.

«Nein, ich möchte mich lieber ein wenig umsehen.»

Sie begann im Zimmer umherzugehen, wobei sie den einen oder anderen Gegenstand genauer musterte. Sie tat es wie jemand, der bei fremden Leuten zu Besuch ist. Einige der Gegenstände waren neu: ein Schweizer Militärmesser, das er sich wohl in Le Havre gekauft hatte, und ein Reisenecessaire aus Plastik, in dem sein Rasierzeug und ein Stück Seife lagen. Gegenstände, die zu seinem neuen Leben gehörten. Mutter öffnete den Wandschrank und betrachtete das Foto, das Vater mit Klebeband innen an der Schranktür befestigt hatte. Ein Foto von Mutter und mir, als ich noch klein gewesen war. Meines Wissens existierte keine Aufnahme, auf der wir alle drei zu sehen waren. Immer war es Vater, der Mutter und mich fotografierte, als hätte er instinktiv die Perspektive des Zuschauers gewählt, als gehörte er nicht wirklich zu uns.

Sie blieb eine Weile so stehen, noch immer in Gedanken versunken, wie abwesend, während Vater mir erklärte, was für ein gewaltiges Unternehmen der Bau einer solchen Brücke sei, wieviel Zeit und Geld, wieviel Wissen und Arbeit ein solches Bauwerk erfordere. Ab und zu warf er einen fragenden Blick zu Mutter hinüber, ob sie ihm zuhörte. Dann lächelte sie und sagte zerstreut: «Ach ja?» und: «Tatsächlich?», aber ohne richtig hinzuhören, denn er verstand eigentlich nichts von den Dingen, über die er sprach, er zählte nur irgendwelche Fakten auf, die keinen rechten Zusammenhang ergaben. Hätte der Ingenieur von der Brücke gesprochen, dann hätte sie sicherlich aufmerksam zugehört und ihm alle möglichen Fragen gestellt, und er hätte ihr jede Frage beantworten können, genau wie er auch andere Fragen beantwortete, noch bevor sie sie gestellt hatte.

Sie wollte wissen, warum er das Foto im Schrank habe und nicht auf dem Nachttisch. Er sagte, das sei so der Brauch unter Arbeitern, und deshalb habe auch er es so gemacht. Jeder klebe die Fotos seiner Angehörigen innen an die Schranktür, dort würden sie gewissermaßen seine persönlichen Habseligkeiten hüten, und dort seien sie vor fremden Blicken geschützt.

«Das ist ein hübscher Brauch», sagte Mutter. Sie trat einen Schritt zurück, den Blick immer noch auf das Foto gerichtet. «Gute Aufnahme, das. Komisch – das ist schon so lange her, daß ich das Gefühl habe, diese Frau sei gar nicht ich.»

«Dabei hast du dich seither kaum verändert», sagte Vater.

«Das meinst du nur, weil du mich immer noch so siehst, wie ich früher mal war.» Sie machte die Tür zu und setzte sich zu uns. «Aber wir haben uns eben doch verändert, alle drei. So ist das nun mal im Leben. Nichts bleibt, wie es war. Damit muß man sich abfinden.»

Ich verstand nicht, ob die Bemerkung an ihn gerichtet war oder an sie selbst, ob es eine Frage war, auf die sie keine Antwort wußte.

Im Zimmer wurde es allmählich dunkel. Ein heftiger Regen prasselte gegen die Fensterscheiben, ein Regen, der jede Baustelle in eine Schlammgrube verwandelt und die gefährliche Arbeit noch gefährlicher macht. Wenn diese schweren grauen Wolken vom Atlantik her die Kanalküste entlang trieben, blieb das Wetter tagelang schlecht. Vater kannte den Verdruß, den eine Schlechtwetterperiode mit sich brachte: Man konnte nicht weiterarbeiten, konnte die Termine nicht einhalten, die Bauherrschaft reklamierte, es war wieder mal ein Verlustgeschäft. Nie lief es im Leben so, wie man es sich wünschte. Jedenfalls nicht für ihn, der weder Entscheidungen treffen durfte noch voraussehen konnte, was auf ihn zukam. Er wußte einzig, daß alles so herauskommt, wie das Schicksal es will, und daß man, weil es ja doch meistens schlecht herauskommt, nur noch auf einen glücklichen Zufall hoffen kann. Aber der Zufall ist selten auf der Seite der Verlierer.

Von dieser Farbe, grau und düster wie die Regenwolken, waren Vaters Gedanken. Den ganzen Nachmittag hatte er nur gejammert und gestöhnt und war Mutter, die niemals jammerte, auf die Nerven gegangen. Vielleicht wurde er auf diese Weise die Tränen los, die sie hinunterschluckte. Ich fragte mich, ob er auch dann gejammert hätte, wenn Mutter bereit gewesen wäre, mit ihm zu schlafen. Die Liebe war das einzige Vergnügen, das nicht vom Zufall abhing, sondern nur von ihnen selber, und jetzt war ihnen auch das genommen.

«Du brauchst uns nicht nach Hause zu fahren», sagte Mutter. Sie trat ans Fenster, an dem der Regen in langen, gewundenen Schlieren hinunterlief. «Es hat wirklich keinen Sinn, daß du uns heimbringst und dann morgen wieder zurückfährst. Behalt das Auto ruhig hier, wir können den Zug nehmen.»

Vater protestierte halbherzig, ich merkte, daß ihr Vorschlag ihm recht kam. Er fühlte sich müde, und sie hatten schon immer aufeinander Rücksicht genommen, wenn es darum ging, dem anderen eine unnötige Anstrengung zu ersparen.

«Was meinst du, Tommy? Der kleine Spaziergang im Regen macht dir doch nichts aus? Davon bekommt man einen klaren Kopf.»

Was mich betraf, so war in meinem Kopf alles klar, ich brauchte keinen Spaziergang im Regen. Aber ich verstand, daß sie das Bedürfnis verspürte, in ihrem Kopf und ihren Gefühlen ein bißchen Ordnung zu schaffen.

Vater wollte uns noch den Aufenthaltsraum zeigen, bevor wir aufbrachen und es für ihn Zeit zum Abendessen wurde. Es war ein großer Saal mit hohen Wänden, von denen bereits die Farbe abblätterte; sie mochten einmal hellblau oder hellgrün gewesen sein, jetzt waren sie wegen der Heizung ganz fleckig. Man hatte Bilder aufgehängt, Aufnahmen von diversen Bauten des Unternehmens, bei dem Vater jetzt angestellt war. Ein Riesenunternehmen mit weltweiten Aktivitäten. Bestimmt war der Ingenieur häufig im Ausland tätig. Er mußte es gewohnt sein, in der ganzen Welt herumzureisen, immer wieder neue Orte und Menschen kennenzulernen und sie auch wieder zu verlassen. Er hatte eben einen Beruf, der ihn zwang, immer zurückzulassen, was er konstruiert hatte.

Die Möbel im Aufenthaltsraum waren aus Plastik. Es gab ein Tischfußballspiel und in einer Ecke an der Wand einen Fernseher. Ein paar Männer saßen davor und sahen sich einen Western an. Der Film war fast zu Ende, das Gute hatte über das Böse gesiegt, und auf dem Bildschirm erschien in Großaufnahme eine Hand, die auf der Brust des Helden, der für das Gute gekämpft hatte, einen Sheriffstern befestigte.

Draußen wurde es vorzeitig dunkel. Jemand machte das Licht an. Im kalten Schein der Neonröhren sahen alle Gesichter bleich und hager aus, und ich hatte plötzlich das Gefühl, daß unser Leben zum Stillstand gekommen, daß es fast zu Ende war. Oder daß es am Ende von irgend etwas angelangt war, nur wußte ich nicht, von was. Aber ich sah es im gealterten Gesicht meines Vaters, auf seinen Schultern, die sich unter der Last der Mutlosigkeit krümmten. Diese Arbeit hier war auch keine Lösung für ihn. Für Leute wie uns gab es keine Lösungen, höchstens Zwischenlösungen, die nichts änderten am Lauf der Dinge, sondern nur den gegenwärtigen Zustand aufrechterhielten. Kaum hatte man irgendwo einen Platz gefunden, mußte man wieder aufbrechen und anderswo einen Platz suchen. Und dieses Anderswo war niemals das, welches man sich erhofft hatte. Seit Jahren mühte sich Vater ab mit seiner Last, versuchte immer wieder, festen Tritt zu fassen auf dem glitschigen Grund, der unter seinen Füßen immer wieder nachgab. Für diese Art Tapferkeit gibt es keine gerechte Belohnung, sie wird nicht einmal zur Kenntnis genommen. Und doch liegt eine große Kraft darin, jene Kraft, die man in sich selbst findet, um seinen Weg weiterzugehen, obwohl man weiß, daß dieser Weg nirgendwohin führt.

Vater unterhielt sich mit einigen Kollegen. Italiener arbeiteten hier, Polen, auch Franzosen, die vor kurzem aus Algerien repatriiert worden waren; ihnen machte das ungewohnte Klima ganz besonders zu schaffen. Mit ein paar Männern hatte sich Vater bereits angefreundet, er machte Mutter und mich mit ihnen bekannt. Man redete noch ein Weilchen von den schwierigen Arbeitsbedingungen, den völlig unzureichenden Gefahrenzulagen und der Knauserigkeit der Unternehmensleitung, die nur darauf aus sei, auf Kosten der

Arbeiter Riesenprofite zu machen. Dann brachen wir auf, Mutter und ich.

Sie hatte nur einen Schirm mitgenommen, und so liefen wir eng aneinandergedrückt, um nicht völlig durchnäßt zu werden, die Straße hinunter zur Bushaltestelle. Es gab eine direkte Busverbindung zum Bahnhof; dort würden wir den Zug nehmen.

Trotz Kälte, Regen und Widrigkeiten war Mutter jetzt besser aufgelegt als am Nachmittag. Sie schien so vergnügt zu sein wie ich am letzten Schultag vor den Ferien, wenn ich wußte, daß ein weiter Strand der Freiheit vor mir lag, wo es keine Zwänge gab und niemand, der von mir Rechenschaft forderte. Ich glaube, sie wollte nur deshalb nicht, daß Vater uns nach Hause fuhr, damit sie wieder allein sein konnte, nur mit mir, so als gäbe es ihn nicht. Sie wollte ihn los sein, ihn und die Last, die sie gemeinsam mit ihm zu schleppen hatte; sie wollte Zuflucht nehmen zu einem anderen Teil ihres Lebens, der für sie jetzt viel wichtiger war und in dem Vater nicht existierte. Auch wenn damit die Unannehmlichkeit verbunden war, durch den Regen zu laufen und klatschnaß zu werden und sich womöglich zu erkälten. Aber ich wußte nicht recht, ob es ihr wirklich ums Alleinsein ging oder ob sie nur deshalb allein sein wollte, weil sie dann das Gefühl hatte, bei dem Mann zu sein, dem jetzt alle ihre Gedanken galten.

10

Sobald wir zu Hause waren, legte sie sich schlafen. Sie wollte den Sonntag möglichst rasch hinter sich bringen. Für sie war der Montag von nun an nicht mehr wie zuvor der Beginn einer weiteren arbeitsreichen Woche, sondern ein ganz besonderer Tag. Sie erwartete ihn voller Ungeduld und stand schon in aller Frühe auf, noch bevor es richtig hell geworden war. Schon um sechs Uhr hörte ich sie die Treppe hinuntergehen, sehr vorsichtig, damit ich nicht aufwachen sollte, aber irgendeine knarrende Stufe verriet sie jedesmal. Sie war so voller Unrast, daß sie nicht einmal mehr beim Lesen Ruhe fand. Das wußte ich, weil ihr Lesezeichen oft tagelang zwischen denselben Seiten steckte.

Um so größer war ihre Enttäuschung, als an jenem Montag der Ingenieur nicht zum Abendessen erschien. Er habe länger auf der Baustelle zu tun, hatte er ausrichten lassen, man solle nicht auf ihn warten. Erst gegen elf, kurz nachdem Lisbeth schlafen gegangen war, kam er nach Hause. Mutter war beim Geschirrspülen. Madame Daboval trat ein und fragte in dem Ton, den sie immer anschlug, wenn sie sie um einen Gefallen bat:

«Würde es Ihnen etwas ausmachen, Mina, für unseren Gast noch eine Kleinigkeit herzurichten? Ich weiß, es ist schon recht spät, aber der Ärmste ist ganz ausgehungert.»

Mutter trocknete sich hastig die Hände an der Schürze ab. «Nein, natürlich macht es mir nichts aus. Ich bringe Ihnen gleich etwas», sagte sie, zum Ingenieur gewandt, der Madame Daboval gefolgt war. Er entschuldigte sich für seine Verspätung: Es sei ihm nicht recht, sie sei doch sicherlich müde und wolle Feierabend machen?

«Es ist eher wegen Monsieur Daboval, der mich nach Hause bringen wollte. Für ihn wird's dann reichlich spät», meinte sie.

«Ach, das ist überhaupt kein Problem! Ich werde Sie nach Hause fahren.»

Seine Augen verrieten, daß er sie vermißt hatte und sich freute, sie wiederzusehen.

«Soll ich im Eßzimmer für Sie decken?» fragte Mutter.

«Wieso, wollen Sie mich fürs Zuspätkommen bestrafen?» erwiderte er lachend. «Nein, ich esse lieber hier in der Küche.»

Er trat an den Tisch und beugte sich über meine Schulter. «Aha, du beschäftigst dich mit Baudelaire, wie ich sehe», bemerkte er und nahm mir gegenüber Platz. «Ein Dichter, der wie kein anderer die Frauen besungen hat, findest du nicht auch, Tommy?»

«Ja, das finde ich auch.»

Er warf Mutter, die einen Teller vor ihn hinstellte, einen Blick zu. «Ich wette, Mina kennt Baudelaire auswendig.»

Mutter lächelte, ohne etwas zu sagen. Sie lächelte nur für sich, ohne seinen Blick zu erwidern. Sie hatte den ganzen Tag auf ihn gewartet, und sie wollte sich nicht anmerken lassen, mit welcher Sehnsucht sie ihn erwartet hatte. Sie bat ihn, ein wenig zur Seite zu rücken, damit sie das Besteck aus der Schublade nehmen könne. Er gehorchte, gab sich aber keine große Mühe, eine Berührung zu vermeiden. Sie trug dasselbe tief ausgeschnittene Kleid wie am Sonntag, es duftete nach ihrem Parfüm; ich merkte es daran, daß seine Nasenflügel sich ein bißchen bewegten, als sie sich über ihn beugte.

«Ganz reizend sieht sie aus in diesem Kleid, deine Mutter», flüsterte er mir zu. «Ich will doch hoffen, daß du gut auf sie aufpaßt.»

«O ja, das tu ich», bestätigte ich. Und dann sah ich ihn bedeutungsvoll an – nicht feindselig, sondern um ihm zu zeigen, daß ich sehr wohl kapiert hatte, wovor und insbesondere vor wem ich meine Mutter gegebenenfalls beschützen mußte.

«Recht so», sagte er und griff nach der Serviette. «Bei dem Anblick könnte nämlich manch einer auf gewisse Ideen kommen, und darum ist es gut, wenn du da bist, um sie zu beschützen.»

Ich klappte mein Buch zu und stand auf. «Meine Mutter braucht keinen Beschützer. Sie kann sich selber beschützen, wenn es ihr notwendig scheint. Das ist ihre Sache.»

Ich wollte gehen, aber Mutter hielt mich zurück. «Na hör mal,

Tommy, du wirst mich doch nicht einfach allein lassen mit dem ganzen Abwasch? Du bist wirklich nicht sehr galant.»

Sie hatte sehr betont «allein lassen» gesagt. Ich machte kehrt, und in diesem Moment streckte Madame Daboval den Kopf durch die Tür und sagte zum Ingenieur, seine Frau sei am Telefon. «Sie hat heute abend schon einmal angerufen, ich hab leider ganz vergessen, es dir auszurichten.»

Der Ingenieur legte seine Serviette hin und folgte ihr. Mutter, die eben anrichten wollte, stellte den Topf wieder auf den Herd. Ich musterte verstohlen ihr Gesicht. Daß der Ingenieur verheiratet war, konnte sie nicht überraschen, vermutet hatte sie es ja ohnehin. Für einen Mann in seinem Alter war es schließlich normal, eine Familie zu haben. Die Familie war ein Teil seines Lebens, so wie die Brücken, die er baute, ein Teil seines Lebens waren. Aber die Tatsache, es zu wissen, schien doch etwas zu ändern. Nicht an dem, was sie für ihn empfand. Dieses Gefühl blieb dasselbe. An seinen Gefühlen kann man nichts ändern, auch wenn man es vielleicht möchte. Aber nun wurden auf einmal Grenzen erkennbar, die Grenzen eines Stücks Land, dessen Abmessungen man überprüft und das sich als weniger groß erweist, als man geglaubt hat. Natürlich hatte sie längst bemerkt, daß er einen Ehering trug, schon bei der ersten Begegnung, und auch er mußte den Ehering an ihrem Finger bemerkt haben. Doch eine Gefahr zu erkennen bedeutet nicht, daß man ihr auch ausweichen kann. Und vielleicht hält einen gerade das Wissen um die Gefahr davon ab, ihr auszuweichen.

«Jetzt haben Sie mein Essen noch einmal aufwärmen müssen», meinte er zerknirscht, als er zurückkam, als sei das der einzige Grund zum Verdruß. Anscheinend bestand zwischen ihnen eine stillschweigende Übereinkunft: nichts zu erwähnen, was ihnen Verdruß bereiten konnte.

«Sie hätten es doch bestimmt nicht gern, daß man Ihnen lauwarmes Essen vorsetzt», sagte Mutter ziemlich spitz. «Und was würde wohl Ihre Frau denken, wenn sie wüßte, daß Ihre Gastgeber so schlampige Dienstboten haben?» Sie legte ihm die Rebhuhnkeule auf den Teller, die sie eigens für ihn reserviert hatte, weil sie wußte, daß er dieses Stück besonders gern mochte.

«Mina ist mir böse», seufzte er und begann zu essen. «Sie macht sich soviel Mühe, und ich enttäusche sie, weil ich mich nicht so benehme, wie es sich gehört.»

«Was wollen Sie damit sagen?» fragte Mutter argwöhnisch.

Er legte das Besteck hin.

«Mina scheint zu denken, daß ich sie für ein Dienstmädchen halte und für ein schlampiges obendrein. Dabei müßte sie doch wissen, daß es im Leben zweierlei gibt: die Dinge, wie sie nun mal sind, und die Dinge, wie man möchte, daß sie wären. Aber es ist ein Fehler, auf das Leben zu verzichten, nur weil man beides nicht zusammenbringt.» Er schenkte sich ein Glas Wein ein und tupfte sich mit der Serviette den Mund ab. Ich sah, daß ihm auf der Oberlippe und ums Kinn herum ein grauer Bart zu sprießen begann, der früher einmal dunkel gewesen sein mußte. «Nur weil einem etwas dazwischengekommen ist und man sich verspätet hat», fuhr er fort, «braucht man doch nicht aufs Essen zu verzichten. Vor allem nicht, wenn man Hunger hat.»

Er dachte wohl, ich würde nicht mitbekommen, was er meiner Mutter mit diesen klugen Maximen zu sagen versuchte. Aber ich hatte es genau mitbekommen, und Mutter wußte das. Ich hatte auch mitbekommen, daß sie mich jetzt lieber doch nicht in der Küche haben wollte. Sie fing meinen Blick auf und wandte sich verlegen ab.

«Ich helf dir dann nachher beim Abtrocknen», sagte ich. «Ich will nur rasch in die Bibliothek, hab vergessen, etwas nachzuschlagen.»

Ohne ihre Antwort abzuwarten, nahm ich mein Buch und stand auf. Mit dem Abtrocknen hatte es keine Eile, soviel stand fest. Irgendwie würde das Geschirr schon abgetrocknet werden, nachher, wenn die beiden einander gesagt hatten, was sie sagen wollten, ich wurde dazu nicht gebraucht. Unter der Tür drehte ich mich nochmals um. Der Ingenieur verzehrte seine Rebhuhnkeule mit dem gesunden Appetit eines Mannes, der die Annehmlichkeiten des Lebens zu schätzen weiß, und Mutter sah ihm lächelnd zu. Ich hatte sie schon lange nicht mehr so lächeln gesehen.

«Also, bis gleich», sagte ich. Diesmal hielt sie mich nicht zurück, und von «allein lassen» war keine Rede mehr.

Ohne das Licht anzumachen, wartete ich in der Bibliothek, daß Mutter mich rufen würde. Ich weiß nicht mehr, wie lange ich gewartet habe. Ich hatte meine Armbanduhr in der Küche gelassen, aber ich getraute mich nicht dorthin, weil ich womöglich etwas gesehen hätte, was ich nicht sehen sollte. Ich mußte an Vater denken – ausgerechnet jetzt. Und an das Leben, das wir hätten haben können, wenn Vater so ein Mensch gewesen wäre wie dieser Ingenieur. Dann hätte sich jedes Ding dort befunden, wo es hingehörte. Mutter und er hätten einander verstanden. Ich dachte, daß sich in unserem Leben jetzt manches ändern würde, zum Guten, jedenfalls für Mutter, wenn auch vielleicht nicht zum Besten. Aber wenn sich etwas Gutes bietet, muß man zupacken, man kann ja nie wissen.

Der Park lag in tiefer Dunkelheit, es mußte Neumond sein. Jemand hatte die Außenbeleuchtung abgeschaltet, und nur durch die Jalousien der Salonfenster sickerte etwas Licht. Der Regen hatte aufgehört. Immer wenn es aufhörte zu regnen, blieb eine Zeitlang alles in der Schwebe, als wollte der Himmel abwarten, ob es noch einmal regnen würde oder nicht. Von irgendwoher ertönte der Schrei eines Wiesels. In einer Schublade des Schreibtisches fand ich eine Taschenlampe. Ich trat ans Fenster und ließ den Lichtstrahl auf der Suche nach dem kleinen Tier über den Rasen und das Gebüsch wandern. Zwischen den Büschen bewegte sich etwas, etwas Weißes mit roten Tupfen. Meine Mutter kam den Weg entlang und neben ihr der Ingenieur. Sie schlenderten langsam nebeneinander her und hielten die Köpfe gesenkt.

Ich fragte mich, was sie einander wohl sagen mochten. Vermutlich war es nichts Definitives, denn der Mann hielt Abstand, als scheute er sich, zu nahe an sie heranzutreten. Vielleicht versuchte er sie zu überreden und mußte feststellen, daß das nicht so leicht war. Vielleicht entdeckte er auf einmal, wie sie, daß es alle möglichen Hindernisse gab und daß sich nicht alles mit einem Darüberstreicheln glätten läßt, wie das Fell eines Tieres, das sich gehorsam unter der Hand duckt, sondern daß man eben manchmal auf Widerstand stößt. Einer, der Brücken baut, muß wissen, wie schwierig es ist, zwei Ufer miteinander zu verbinden, zwischen denen der Strom der Zeit dahinfließt von der Quelle bis zur Mündung, das Geschiebe der Vergangenheit mit sich schleppend in die Zukunft, immer weiter bis zu der Stelle, wo die Zeit ins Zeitlose mündet. Wasser läßt sich nicht so leicht aufhalten. Sogar ich, der noch nahe an der Quelle war, wußte, daß man den einmal eingeschlagenen Lauf nicht so leicht ändern kann und daß es um so schwieriger wird, je weiter man sich von der Quelle entfernt.

Plötzlich vertrat er ihr den Weg und legte ihr beide Hände auf die Schultern. Mehr durfte er sich nicht erlauben. Sie wich ein wenig vor ihm zurück, und daran konnte ich erkennen, daß sie ihm bisher noch nichts erlaubt hatte als das: ihr die Hände auf die Schultern zu legen. Sie drehte den Kopf zur Seite, als getraute sie sich nicht, ihm in die Augen zu schauen, und als wollte sie nicht hören, was sie nicht hören durfte. Sie befürchtete, daß jemand sie beobachten könnte, denn sie blickte ängstlich zum Haus hinüber.

Ich löschte hastig die Taschenlampe aus und starrte in die Dunkelheit hinaus. Drüben im Wald ertönte der Ruf eines Käuzchens. Ich kam mir vor wie ein Voyeur, der in den Sachen anderer herumstöbert. Dann mußte ich wieder an Baudelaire und seine wollüstigen Frauen denken. War es denn nicht allen Männern gegeben, das Geheimnis der Weiblichkeit zu ergründen, sondern nur einigen wenigen? Mußte man dazu so etwas wie ein Ingenieur sein, der weiß, wie die weibliche Seele funktioniert, der sich in diesem komplizierten Mechanismus auskennt?

Wenig später kam Mutter herauf, um mich abzuholen. Sie sei fertig mit der Arbeit, wir könnten nach Hause, verkündete sie. Sie hatte ganz rote Wangen, und ihre Augen funkelten.

«Matthias wartet drunten auf uns», sagte sie. Es war das erste Mal, daß sie den Ingenieur beim Vornamen nannte, sie sprach diesen Namen geradezu andächtig aus, als sei er etwas sehr Kostbares. Sie schien beinahe zu schweben, während sie vor mir die Treppe hinunterlief.

«Hast du inzwischen gefunden, was du gesucht hast?»

«Ich glaube schon.»

«Gut», meinte sie befriedigt. «Diese Bibliothek ist einfach fabelhaft. Unglaublich, was man hier alles findet. Ich komme oft hierher.»

«Ja, zum Lernen eignet sich der Ort ausgezeichnet. Nicht zuletzt wegen der Aussicht auf den Park.»

Sie fuhr herum. «Hast du von dort oben irgend etwas im Park gesehen, vorhin?»

Wir starrten uns einen Moment schweigend an. Niemand konnte meiner Mutter nachspionieren, ohne daß sie es spitzkriegte.

«Antworte mir, Tommy! Was hast du von der Bibliothek aus gesehen?»

«Nichts Besonderes. Nur, daß ihr euch dort draußen miteinander unterhalten habt.»

«Hast du was dagegen, daß wir uns miteinander unterhalten?»

Nein, eigentlich hatte ich nichts dagegen, ich hatte ja auch nichts gegen den Ingenieur. Genau das sagte ich ihr.

«Du magst ihn also», stellte sie fest.

Ich gestand ihr, daß ich später mal auch gerne so jemand sein würde wie er. Das schien sie irgendwie zu rühren.

«Auch ich hätte es gerne, wenn du später mal so jemand wirst wie er.»

Sie kniff mich in die Wange, drehte sich um und lief beschwingt den letzten Treppenabsatz hinunter.

Der Ingenieur erwartete uns im Entree; er hatte seinen Trenchcoat über dem Arm. «Es hat wieder angefangen zu regnen», sagte er. «Mina, ich fürchte, morgen werden Sie ohne Fahrrad auskommen müssen. In den Kofferraum geht es nicht, und mein Auto hat keinen Dachgepäckträger.» Er bemerkte, daß Mutter die Stirn runzelte, und setzte hinzu: «Ich könnte ja morgen ein bißchen früher aufstehen und Sie abholen.»

«Morgens arbeite ich nie hier», sagte Mutter.

«Gut, dann hole ich Sie eben nach dem Mittagessen ab.» Er half ihr in den Mantel. «Oder auch vorher, dann könnten wir irgendwohin miteinander essen gehen.»

«Und wer soll dann Tommy füttern, wenn er aus der Schule kommt?»

«Wer sagt denn, daß Tommy nicht mitkommt? Er ist natürlich auch eingeladen, versteht sich. Das wär ja noch schöner, wenn der arme Junge nichts zu essen bekäme!» Er legte mir mit dieser väterlich-freundschaftlichen Geste, die mir inzwischen schon vertraut war, den Arm um die Schulter. «Deine Mutter hat vielleicht Ideen! Sie denkt doch wahrhaftig, ich wolle nur mit ihr ausgehen.»

«Wär ja möglich, daß ihr etwas unter vier Augen miteinander zu besprechen habt», sagte ich herausfordernd.

«So, meinst du?» erwiderte er lachend. «Daran hab ich gar nicht gedacht. Aber vielleicht hast du recht. Vielleicht hat sie mir tatsächlich etwas unter vier Augen zu sagen.» Er zog mich unter seinen Trenchcoat, und wir rannten durch den strömenden Regen zu seinem Auto.

Auf dem Weg nach Hause wollte der Ingenieur wissen, ob ich etwas von Baudelaire auswendig könne. Ich mußte einen Augenblick überlegen, dann fielen mir diese Verse ein:

> «So möcht' ich einst zur Nacht,
> Wenn der Wollust Stunden klingen,
> Zu deinen Schätzen dringen,
> Ein Feigling zu dir kriechen stumm und sacht.
>
> Dich züchtigen, du Gesunde,
> Zerpressen deine Brust,
> Ins blühende Fleisch voll Lust
> Dir schlagen eine breite, tiefe Wunde.
>
> Und – Wollust unerhört! –
> Durch dieser Lippen Reine
> Gieß' ich das süße, feine,
> Mein schändlich Gift, das, Schwester, dich zerstört.»

Jetzt, im nachhinein, ist mir natürlich bewußt, daß dieses Gedicht nicht gerade ein Hymnus auf die Liebe und die Frauen ist, aber damals, mit fünfzehn Jahren, verstand ich weder die eigentliche Bedeutung dieser Verse noch den Schmerz und die Bitterkeit, die darin lagen.

«Und so was lernen die Kinder heutzutage in der Schule», bemerkte Mutter mißbilligend.

«Diese Dinge sind doch für einen Jungen in Tommys Alter längst kein Geheimnis mehr», sagte der Ingenieur. «Ich bin sicher, daß er, was das betrifft, schon ebensoviel weiß wie wir.» Er stupste mich mit dem Ellbogen in die Seite: «Stimmt's, Tommy? Über all das weißt du doch längst Bescheid.»

«Manche Dinge weiß ich, und andere reime ich mir zusammen», erklärte ich. «Also zum Beispiel die Dinge, die man nur unter vier Augen tut oder sagt – ich weiß, worum es da geht, aber selber ausprobiert hab ich's noch nie. Darüber weiß ich nur das, was Mutter mir erzählt hat.»

«Als ob ich dir soviel darüber erzählt hätte», sagte Mutter verlegen.

«Jedenfalls hast du mir so viel erzählt, daß ich kein Trottel mehr bin, der nichts von Baudelaire versteht und vom Leben überhaupt!»

«Mina, mir scheint, Ihr Sohn ist für sein Alter schon ziemlich klug», lachte der Ingenieur. «Offenbar haben Sie ihm eine solide Bildung angedeihen lassen. Davon wird er später mal profitieren können – und seine Freundinnen auch.»

Mutter hatte auch diesmal auf dem Rücksitz Platz genommen; sie schien sich dort sicherer zu fühlen. Sie sei keine Expertin, sagte sie, aber in dieser Beziehung bringe es gar nichts, zuviel zu wissen, das sei eben je nachdem verschieden, aber jedenfalls könne man von den Dichtern am meisten lernen, die nämlich verstünden es, von körperlichen Dingen zu sprechen, ohne daß der Geist deshalb zu kurz komme. Da waren wir nun auf dieser nächtlichen Fahrt unversehens bei einem heiklen Thema gelandet. Das wurde uns allen plötzlich bewußt, und wir verstummten. Das Schweigen zog sich in die Länge. Der Ingenieur suchte im Radio einen Musiksender.

«Gestern hat mein Mann uns zur Baustelle mitgenommen», sagte Mutter auf einmal, mit einer Stimme, die anders klang als vorhin. Vielleicht hatte der gegen die Windschutzscheibe prasselnde Regen sie an gestern erinnert. «Anscheinend sind die Arbeiter mit den Bedingungen nicht zufrieden. Die Gefahrenzulage sei viel zu niedrig, hab ich gehört.»

«Ach ja», sagte der Ingenieur. Ich merkte, daß dieses Problem auch ihm Sorgen machte.

Mutter hakte nach: «Ich finde, es ist am falschen Ort gespart, wenn man die Leute nicht anständig bezahlt.»

«Stimmt, das ist keine gute Unternehmenspolitik.»

«Ich sag's Ihnen nur deshalb, weil ja vielleicht Sie dafür zuständig sind.»

«Nein, dafür bin ich eigentlich nicht zuständig. Aber ich finde auch, daß man die Leute anständig bezahlen sollte. Im Interesse des Projekts, aber auch aus Prinzip. Gut, daß Sie es mir gesagt haben.»

Bisher hatte sie dem Ingenieur gegenüber meinen Vater kaum je erwähnt; jedenfalls hatte sie noch nie «mein Mann» gesagt. Der Ingenieur hatte ein paarmal «Ihr Mann» gesagt, aber nur am Anfang, dann nicht mehr, weil das eine Tatsache war, an die keiner den anderen zu erinnern brauchte. Mutters Anspielung war vielleicht ein Zeichen dafür, daß sie ein Gespräch fortführen wollte, das Gespräch von vorhin im Park; sie wollte ihm klarmachen, daß sie nicht so ohne weiteres nachgeben würde – obschon ihre Abwehr ja nicht wirklich ernst gemeint war, im Gegenteil: Es war ihr so wenig ernst damit, daß sie mich, als wir vor unserem Haus anlangten, schon mal hineinschickte, damit sie noch ein paar Minuten mit ihm allein sein konnte.

Ich begriff, daß es etwas war, wogegen sie mit dem Verstand nichts ausrichten konnte. Etwas Körperliches, das einen hindert, so zu handeln, wie man eigentlich möchte. Ohne daß sie es wollte, schlugen alle ihre Bewegungen Wellen im Blick dieses Mannes. Sie konnte eine noch so abweisende Miene aufsetzen und noch so oft nein sagen – alles andere an ihr hatte sich gegen sie verschworen und sagte ja. Aber unter diesem Widerstreit litt nur sie selbst, er nicht. Denn ihm war bereits klar: Irgendwann, früher oder später würde geschehen, was geschehen mußte.

Jeden Abend würden Mutter und ich nach Hause zurückmüssen, in dieses Haus, das mein Vater mit eigenen Händen gebaut hatte und das genauso war wie unser Leben: grau und langweilig. Ich dachte an Vater, der jetzt dort in diesem Arbeiterwohnheim allein im Bett lag, und an Mutter, die nicht mit ihm hatte schlafen wollen, weil sie ihm nichts vormachen wollte. Befürchtete sie, daß sie ihm nicht geben könne, worauf er ein Recht hatte, und daß er dies merken würde? Muß eine Frau dem Mann, den sie geheiratet hat, zu Willen sein, obschon ihr Körper sich dagegen sträubt? Ist es richtig, daß sie sich ihm zuliebe dazu zwingt? Ich grübelte die längste Zeit über dieses Problem nach, aber ich fand keine Lösung. Der Ingenieur täuschte sich: Ich war nicht so klug, wie er sich dachte, trotz der weisen Lehren meiner Mutter. Heute abend fand ich mich überhaupt nicht mehr zurecht und Mutter auch nicht – wie wenn man in einem dunklen Zimmer herumtappt und erst dann merkt, wo man sich befindet, wenn man über einen Gegenstand stolpert oder mit dem Kopf gegen die Wand stößt.

Ich hörte Mutter aufstehen, in die Küche hinuntergehen und wieder heraufkommen, mehrere Male. Neuerdings hatte sie die Gewohnheit, die Lösung ihrer Probleme in Schlafmitteln zu suchen. Sie nahm nicht viel, nie mehr als eine Vierteltablette aufs Mal. Nur soviel, wie sie brauchte, um nicht von ihren ruhelosen Gedanken gequält zu werden. Auch ich konnte nicht einschlafen. Wir waren sehr spät nach Hause gekommen, ich hatte den richtigen Moment zum Einschlafen verpaßt, und jetzt mußte ich, wie jemand, der den Zug verpaßt hat, auf den nächsten warten. Ich versuchte zu lesen, um mich abzulenken. Nach einer Weile begann ich einzunicken. Drüben in Mutters Zimmer war es ruhig geworden. Ich knipste das Licht aus.

Etwa eine Stunde später weckte mich ein Gewitter. Gewitter im Mai waren eher selten, aber meistens sehr heftig; Vater pflegte in solchen Fällen vorsorglich den Strom abzuschalten, wegen der Blitzschlaggefahr. Er hatte gesagt, in seiner Abwesenheit sei ich für das Haus verantwortlich. Der Sicherungskasten befand sich im unteren Flur. Als ich auf dem Treppenabsatz stand, drang plötzlich ein seltsamer Laut aus Mutters Zimmer – ein Murmeln, eine Art Stöhnen. Das beunruhigte mich, vielleicht war ihr übel geworden, oder sie hatte einen Alptraum. Ich drückte behutsam die Klinke herunter und spähte durch den Türspalt.

Im Schlafzimmer war es dunkel. Aber die Laute waren nicht die eines Menschen, der im Schlaf redet oder Schmerzen hat. Ich hörte die Bettlaken rascheln, ein ersticktes Stöhnen, als hätte sie das Gesicht im Kissen verborgen, einen hohen, klagenden Ton, einen tiefen Seufzer. Dann war alles still. Ich stand da und wagte mich nicht zu bewegen.

Was ich von der Bibliothek aus im Park beobachtet hatte, war ihr nicht so wichtig gewesen, daß sie es vor mir zu verheimlichen versuchte. Aber ich hätte niemals unaufgefordert die Tür zu ihrem Schlafzimmer öffnen dürfen. Und wenn ich es trotzdem getan hatte, aus Sorge, es sei ihr vielleicht schlecht, dann hätte ich nicht auf der Schwelle stehenbleiben und sie belauschen dürfen.

Ich zitterte vor Kälte, denn trotz der Feuchtigkeit wurde die Heizung nachts immer abgestellt, und wartete. Ich wartete mit angehaltenem Atem darauf, daß sie wieder einschlief. Ich hatte keine Ahnung, wie sie reagieren würde, falls sie mich bemerkte. Vielleicht hätte es etwas zwischen uns zerstört, und das wollte ich nicht riskieren. Es war ihr gutes Recht, sich selbst die Befriedigung zu verschaffen, die andere ihr nicht geben konnten oder die zu verlangen sie sich untersagte; es war ihr gutes Recht, wenn sie meinte, damit ein Problem zu lösen, das in Wirklichkeit nicht zu lösen war. Vielleicht schien ihr das besser, als einem Fremden, einem Mann, den sie kaum kannte, zu geben, was sie ihrem Mann verweigerte. Auf diese Weise gab sie niemandem etwas außer sich selbst. Vielleicht glaubte sie, auf diese Weise allen gerecht zu werden.

Ich weiß nicht, wie lange ich so dastand, an den Türpfosten gelehnt, in der kalten Dunkelheit. Es dauerte jedenfalls lange, bis ich nicht mehr an ihr Stöhnen denken mußte und an das Beben ihres Körpers – ein Musikinstrument, das von niemandem gespielt wird, das nur mitschwingt mit einem fernen Klang.

Ich schlich in mein Zimmer zurück und schlüpfte zwischen die kalten Laken. Ich fragte mich, was der Ingenieur wohl denken würde, wenn er wüßte, was ich entdeckt hatte. Ich hätte mich lieber fragen sollen, was mein Vater denken würde, doch das fiel mir erst später ein. Wahrscheinlich, weil ich meinen Vater für unfähig hielt, sich über so etwas Gedanken zu machen; der Ingenieur dagegen schien ein Mann zu sein, der alles wußte über die Frauen und die Überraschungen, die man mit ihnen erlebt. Von einem solchen Mann, dachte ich, könnte ich eine Menge lernen über die Dinge, wie sie nun mal sind, und die Dinge, wie man möchte, daß sie wären. Zusammengekrümmt zwischen den kalten Laken dachte ich daran, wie schade es doch war, daß ich nicht mit einem Mann wie dem Ingenieur über all das reden konnte. Und wie traurig, daß ich lieber einen anderen Vater gehabt hätte als den, der nun einmal mein Vater war. Dabei konnte ich ihm ja gar nichts vorwerfen, er tat doch alles, was er konnte. Ich fragte mich, ob so etwas normal war, daß man sich einen anderen Vater wünscht.

Plötzlich ging die Tür auf. Mutter stand auf der Schwelle, im gedämpften Licht, das aus dem Zimmer gegenüber kam. Ihr Gesicht konnte ich nicht sehen, nur ihre golden schimmernden Haarsträhnen und die dunkle Silhouette ihres Körpers unter dem dünnen Nachthemd.

«Schläfst du?» Sie flüsterte, um mich nicht zu wecken, falls ich tatsächlich schlafen sollte. Ich knipste die Nachttischlampe an. «Ich kann kein Auge zutun», seufzte sie und strich sich die Haarsträhnen aus der Stirn. «Vielleicht liegt es daran, daß es heute abend so spät geworden ist. Den Dabovals wird es bestimmt nicht recht sein. Und dem Ingenieur auch nicht, nach dem langen, anstrengenden Tag.»

«Er heißt Matthias», sagte ich. «Vorhin hast du ihn doch auch so genannt.»

Sie setzte sich auf den Bettrand und sah mich forschend an:

«Ja. Gefällt dir der Name?»

Ich hob den Kopf und stützte mich auf die Ellbogen. «Und dir?»

«Doch, der Name gefällt mir.» Ihr Nachthemd war hochgerutscht, sie zog es über die Knie herunter, warf mir einen Blick zu, sah wieder weg. «Und er – er gefällt mir auch.» Sie schwieg einen Moment. «Verstehst du das – daß mir ein Mann wie dieser gefällt?»

«Ja, das verstehe ich sehr gut.»

Sie verzog den Mund. «Es wäre besser, du würdest es nicht verstehen.»

Ich ließ mich wieder auf die Kissen zurückfallen, überlegte, während ich sie von der Seite her beobachtete, warum sie zu mir gekommen war und was sie eigentlich von mir hören wollte. Ich fragte, warum sie das gesagt habe.

«Weil man es dir vorwerfen könnte.»

Ich sagte, diesen Vorwurf hätte ich mir sowieso schon gemacht.

«Und?»

«Ich glaube, es gibt nun einmal Dinge, die man nicht verhindern kann. Da nützt es überhaupt nichts, sich Vorwürfe zu machen.»

Sie lächelte. «Der Ingenieur hat recht, für dein Alter bist du ziemlich klug.»

Ich musterte sie so eindringlich, daß sie rot wurde.

«Ich hab doch schließlich Augen im Kopf», sagte ich. Und dann, aber jetzt mit abgewandtem Blick, weil ich nicht sehen wollte, wie sie es aufnehmen würde, fügte ich hinzu: «Im übrigen weiß ich auch, daß man gewisse Dinge besser zu zweit macht als allein.»

Sie knipste hastig die Nachttischlampe aus.

«Du wirst mir ein bißchen zu schnell erwachsen, Tommy», flüsterte sie. «Laß uns beiden noch ein wenig Zeit. Laß mich wenigstens noch ein paar Geheimnisse vor dir haben, ehe du dich ganz von mir lösen wirst.»

Und dann gab sie mir einen Kuß auf die Wange, da, wo mein Bart zu sprießen begann.

11

Sie fuhr jetzt schon frühmorgens nach Héricourt in der Hoffnung, ihn noch anzutreffen, bevor er zur Arbeit mußte. Die paar Stunden am Nachmittag, behauptete sie, würden ihr nicht ausreichen, um alles zu erledigen: einkaufen, das Essen vorbereiten, die Zimmer saubermachen, dazu noch die viele Wäsche, da der Ingenieur jeden Morgen ein frisches, tadellos gebügeltes Hemd brauchte. Ihn täglich zu sehen war ihr zur Notwendigkeit geworden. Auch für ihn war es zur Notwendigkeit geworden. Es verging jetzt kein Tag, an dem er nicht mittags von Le Havre nach Héricourt und wieder zurück raste, nur um sie kurz zu sehen. Zu Madame Daboval sagte er, das Mittagessen im Freundeskreis sei für ihn eine Erholung, zudem könne er nicht mehr auf Minas gepflegte Küche verzichten, das Essen in der Werkskantine sei scheußlich und und obendrein ungesund.

«Das solltest du nicht vor Mina sagen!» meinte Madame Daboval. «Jetzt wird sie sich Sorgen machen um ihren Mann. Der hat keine andere Möglichkeit, als in die Kantine zu gehen.»

Sie hatte es im Spaß gesagt, doch Mutter fand es alles andere als lustig; sie hatte Tränen in den Augen, als sie in die Küche zurückkam. Sie fühlte sich schuldig, wenn sie daran dachte, daß ihr Mann sich mit dem ungesunden Kantinenessen begnügen mußte, während sie den anderen mit ihren Kochkünsten verwöhnte. Ihre Gewissensbisse waren verständlich. Auch ich verstand das, und auch mir verging der Appetit, wenn ich daran dachte, genau wie ihr. Aber Liebe hat nun einmal nichts mit Moral zu tun, und Pflichterfüllung erfordert viel Kraft. Meine Mutter fand nicht mehr die Kraft, ihre Pflicht zu erfüllen. Sie war müde, schon seit langem. Sie hatte schon viel zu lange auf eine Veränderung gewartet, die niemals eintreten konnte. Es lag nicht in ihrer Natur, einfach aufzugeben, aber sicherlich gab es Frauen – jedenfalls stellte ich mir vor, daß es solche Frauen geben mußte –, die etwas mehr als sie an sich selbst gedacht und verlangt hätten, was ihnen zustand.

Der Ingenieur hatte wohl erraten, was Mutter empfand, denn er kam kurz darauf in die Küche und entschuldigte sich für seine dumme Bemerkung: Das Essen in der Kantine sei ganz in Ordnung, er habe ihr doch nur ein Kompliment machen wollen, weil sie eine so fabelhafte Köchin sei.

Er faßte sie unters Kinn und wischte ihr die Tränen ab: «Nicht weinen, Mina, bitte, ich ertrag's nicht, Sie weinen zu sehen.»

«Es ist nur, weil ich so durcheinander bin», stammelte sie. «Weil ich mit mir selbst einfach nicht mehr klarkomme.»

Dieser Satz, dachte ich, ist wie eine Tür, die einen Spaltbreit geöffnet wird, und wenn ich ein Mann wäre, dann würde ich sie jetzt ganz aufmachen. Seit jener Nacht, als ich an der Schlafzimmertür gelauscht hatte, war mir klar, daß meine Mutter nach diesem Mann verlangte. Sie hatte noch nicht mit ihm geschlafen, aber in Gedanken hatte sie sich ihm bereits hingegeben. Und dieses Verlangen, bisher in ihrem Innersten verborgen, war ihr jetzt anzusehen, es war ihren Augen anzusehen und ihrem Mund und jeder Bewegung ihres Körpers. Er selbst brauchte gar nichts mehr zu tun, als ruhig dort zu warten, wohin ihr Verlangen sie trieb.

An diesem Wochenende lief im Kino ein amerikanischer Kriegsfilm, den wir bereits kannten: so ein Männerfilm, in dem Heldenmut und Heldenehre über das Böse triumphieren. Mutter hatte für Philosophien dieser Art nur ein spöttisches Lächeln übrig. Nach ihrer Überzeugung waren die Menschen in der Regel weder so heroisch noch so tugendhaft, daß sie Kopf und Kragen riskierten, um dem Guten zum Sieg zu verhelfen. Als junges Mädchen, während des Krieges, hatte sie feststellen müssen, daß die meisten Menschen Feiglinge waren und eher geneigt, Vorräte in ihren Kellern zu verstecken als verfolgte Juden. Sie hatte auch festgestellt, daß es nach der Befreiung merkwürdigerweise plötzlich viel mehr Widerstandskämpfer gab als in den dunklen Tagen der Besetzung.

Der Ingenieur war ganz ihrer Meinung. Er schlug uns vor, anstatt ins Kino zu gehen einen Ausflug nach Honfleur zu machen, mit einem Abstecher zur Baustelle auf dem Rückweg. Er wolle uns sein Büro und die Pläne zeigen, damit wir uns eine Vorstellung machen könnten, wie die fertige Brücke aussehen würde. Aufgrund der Skizzen, die in den Zeitungen erschienen waren, hatten wir bereits eine ungefähre Vorstellung davon; aber es war natürlich viel interessanter, zu dem Glaskäfig hinaufzusteigen, von dem aus man das ganze Areal überblickte. Hier wurden alle wichtigen Entscheidungen getroffen, hier mußte der Ingenieur jedesmal, wenn unvorhergesehene Probleme auftraten, seine Berechnungen revidieren, hier nahm das Projekt Gestalt an. Noch war die Brücke erst auf dem Papier zu sehen, doch an beiden Ufern wuchsen aus den Fundamenten bereits die Pylone, die sie einmal tragen würden, in die Höhe.

Im Osten, unter dahintreibenden Wolken, floß die Seine träge, in langgezogenen Schleifen, zwischen den Hügeln von Saint-Jean-de-Folleville und dem flachen Wiesenufer; gegen Westen zu überflutete sie den Marais Vernier, tat sich auf, als wollte sie alle Zwänge von sich abschütteln und alles vergessen, was hinter ihr lag, um sich ins Meer zu ergießen und sich im Unendlichen zu verlieren.

Dieses Bild entsprach den Gefühlen, die meine Mutter an jenem Spätnachmittag bewegten. Ihr Blick, während sie den Erklärungen des Ingenieurs lauschte, drückte dieselbe gespannte Erwartung und Herausforderung aus wie die Pylone, von denen die künftige Brücke getragen werden sollte, von nichts im leeren Raum gehalten als von den nach oben strebenden Kräften. Was meine Mutter für diesen Mann empfand, trat jetzt so einfach und selbstverständlich zutage wie die aus der Tiefe emporragenden Pfeiler. Sie machte nicht einmal mehr den Versuch, es zu verhehlen.

«Also, jetzt ist alles nur noch eine Frage von Zeit und Arbeit», sagte der Ingenieur. Er sah Mutter an, während er seine Konstruktionszeichnungen auf dem Tisch ausbreitete, sah ihre leuchtenden Augen, fuhr in seinen Erklärungen fort, ohne den Blick von ihr zu wenden, ohne darauf zu achten, was er sagte. Seine ganze Aufmerksamkeit war auf eine andere Konstruktion gerichtet, eine, von der er jetzt wußte, daß sie auf soliden Fundamenten ruhte. «Als nächstes nehmen wir das Tragwerk in Angriff.» Er deutete auf eine Zeichnung, wobei seine Hand unwillkürlich die ihre berührte. Seine Stimme klang ein wenig belegt, als er lächelnd präzisierte: «Das heißt, die Montage der Stahlarmaturen ...»

Mutter wollte wissen, wie lange es dauern würde, bis die Brücke fertig sei, wie lange er sich hier aufhalten würde. Seine Antwort, mit drei Jahren müsse man mindestens rechnen, freute und verwirrte sie zugleich. Diese Antwort verlieh dem engen Horizont ihrer Erwartungen eine ungeahnte Weite. Drei Jahre schienen ihr eine unendlich lange Zeit, eine Ewigkeit, so wie alles, was noch vor uns liegt und von dem wir naiverweise annehmen, es enthalte unendlich viele Möglichkeiten, obschon es fast immer nur die Fortsetzung dessen enthält, was schon vor langem begann, ohne daß wir es wußten, so daß wir nicht ausweichen konnten. Trotzdem müßten wir wissen: Welchen Umweg wir auch nehmen, er führt uns wieder auf den vorgezeichneten Weg zurück. Nicht das Schicksal entscheidet, sondern die Zeit, die bereits hinter uns liegt.

Einige Tage später erkrankte mein Französischlehrer ganz plötzlich, so daß die letzte Lektion an diesem Nachmittag ausfiel. Ich hatte keine Lust, bei dem schönen Wetter zwei Stunden in der Schule rumzusitzen und auf Lisbeth und ihr Motorrad zu warten, und so beschloß ich, mich zu Fuß auf den Weg zu machen, unterwegs würde mich bestimmt irgendein netter Autofahrer mitnehmen. Ich brauchte nicht weit zu gehen: Gleich nach der Eisenbahnüberführung hielt ein Mann an, der nach Héricourt wollte. Unterwegs stellte sich heraus, daß er meinen Vater kannte. Er habe sein Hausdach von ihm reparieren lassen, berichtete er, und mich habe er gesehen, als er damals wegen des Kostenvoranschlags in die Werkstatt gekommen sei. Offenbar hatte er mich – und Mutter – auch noch bei einer anderen Gelegenheit gesehen, nämlich an jenem Samstag abend bei der Veranstaltung mit Willy Hurt und seiner Band. Das erwähnte er aber erst, als er mich vor dem Parktor absetzte und ich ihm fürs Mitnehmen dankte. Er erwähnte es ganz beiläufig, als sei weiter nichts dabei, aber ein wenig beunruhigte mich die Sache doch. Alles hatte an jenem Samstag abend begonnen, nur weil Vater nicht mit Mutter tanzen gehen wollte. Das war ein Fehler gewesen. Ein Ehemann sollte sich wirklich hin und wieder die Mühe nehmen, mit seiner Frau tanzen zu gehen, dann braucht sie nicht mit einem anderen zu tanzen. Diese Lektion wollte ich mir hinter die Ohren schreiben, mir würde dieser Fehler bestimmt nie passieren!

Der Mann wendete den Wagen und fuhr davon. Jetzt hörte ich nichts mehr als den Gesang der Amseln und Finken, das Flügelschlagen der Stockenten, die sich im Bach tummelten, und das Plätschern des Wassers. Um diese Zeit war Mutter noch nicht mit ihrer Arbeit fertig, und so beschloß ich, einen Spaziergang zu machen. Ich schlenderte den sonnigen Kiesweg entlang; der Rasen war vom letzten Regenschauer noch feucht. Nach einer Weile kehrte ich um und betrat den gepflasterten Hof, den man von der Einfahrt her nicht sehen konnte, weil ein großer Kirschbaum davorstand. Dort stand der Wagen des Ingenieurs. Ich wunderte mich, denn so früh kehrte er sonst nie von der Arbeit zurück. Unwillkürlich blickte ich zum Fenster seines Zimmers hoch. Die Gardinen waren zugezogen. Vielleicht war ihm plötzlich schlecht geworden, wie meinem Französischlehrer, und er hatte sich hinlegen müssen. Mutter würde sich um ihn kümmern ...

Daß sie sich tatsächlich um ihn kümmerte, wenn auch nicht ganz so, wie ich im ersten Moment gedacht hatte, schwante mir schon, als ich im Flur Mutters Kopftuch auf dem Boden liegen sah. Und es wurde mir vollends klar, als ich die Küche betrat und sah, daß sie das offenbar als Abendessen gedachte Kaninchenragout hatte anbrennen lassen. Hier also hatte die Sache sich entschieden. Als Mutter aus der Küche in den Flur gelaufen kam. Im selben Moment mußte der Ingenieur aus dem Eßzimmer gekommen sein oder die Treppe herunter, um zur Arbeit zu fahren. Sie wollten aneinander vorbei, aber in der Hast stießen sie zusammen, er hielt sie an den Schultern fest, sah sie besorgt an und wollte wissen, wie damals an dem ersten Abend im Kino, ob sie sich weh getan hatte. Sie stammelte irgend etwas, oder vielleicht sagte sie gar nichts und sah ihn nur an, unfähig, sich der Berührung seiner Hände zu entziehen, deren Wärme sie auf den Schultern spürte; sie verlangte mit jeder Faser ihres Körpers nach seiner Berührung und seiner Wärme, er sah das Verlangen in ihren Augen und spürte es in den winzigen Härchen auf ihren Armen, die sich unter seinen Händen aufrichteten. So also hatte es sich zugetragen. Oder so ähnlich ...

Ich goß etwas Wasser in den Schmortopf. Eine Dampfwolke zischte hervor und stieg bis zur Decke hoch. So kommt's heraus, wenn etwas zu lange geschmort hat und man plötzlich Wasser nachgießt, dachte ich. Mit einer Gabel wendete ich vorsichtig die auf einer Seite schon halbverkohlten Fleischstücke und stach hinein, um festzustellen, wieviel noch zum Abendessen übriggeblieben war. Dann schenkte ich mir ein Glas Apfelsaft ein und wartete.

Außer den beiden oben im Gästezimmer war niemand da. Die Hausherrin hatte angekündigt, sie werde zum Einkaufen nach Rouen fahren und den ganzen Nachmittag abwesend sein, der Hausherr nahm an einer Senatssitzung in Paris teil. Der Ingenieur mußte es gewußt haben. Vermutlich hatte er heute weniger zu tun als sonst, und so hatte er sich einen freien Nachmittag genommen und nach dem Mittagessen gewartet, bis Madame Daboval fort war. Oder er hatte die Arbeit Arbeit sein lassen, weil die Gelegenheit gerade günstig war. Er mußte gespürt haben – so wie ich einige Tage zuvor –, daß der Moment zum Handeln gekommen war. Es gibt für alles den richtigen Moment und nur diesen einen, nicht vorher und nicht nachher. So wie sich zwei Linien an einem bestimmten Punkt schneiden und nur an diesem. Auch wenn die Ausgangspunkte der beiden Linien so weit voneinander entfernt liegen, daß man auf den ersten Blick nie vermuten würde, sie könnten sich jemals irgendwo schneiden, ist es kein Zufall. Aber das begreift man immer erst im nachhinein.

Das Ragout mußte noch fast eine Stunde lang vor sich hin köcheln, bis Mutter hereingestürzt kam. Sie hatte sich offensichtlich in aller Eile angezogen, und ihre Haare waren zerzaust.

«Was, du bist schon hier?» rief sie. Es klang vorwurfsvoll und erschrocken zugleich.

«Mein Franzlehrer ist krank, deshalb fiel die letzte Stunde aus», sagte ich und blätterte scheinbar konzentriert eine Seite meines Buches um. «Ich dachte mir, ich könne ja ebensogut hier lernen.»

Sie band hastig ihre Schürze um und trat an den Herd, unsicher, ob die Bemerkung anzüglich gemeint sei oder nicht.

«Wann bist du denn gekommen?»

«Gerade noch rechtzeitig, um etwas Wasser nachzugießen, damit das Kaninchenragout nicht völlig verkohlt.»

Sie begann im Schmortopf herumzustochern. «Verflixt noch mal, dieses Zeug kann ich heute abend unmöglich auf den Tisch bringen!»

«Der Ingenieur wird dir bestimmt keinen Vorwurf machen. Der weiß schließlich, warum es angebrannt ist.»

Ich saß mit dem Rücken zu ihr, aber ich konnte ihren Blick im Nacken spüren.

«Hast du den Wagen bemerkt?»

«Klar hab ich den Wagen bemerkt, ich bin doch nicht blind! Der Wagen war das erste, was mir auffiel, als ich ankam.»

«Was du da vorhin gesagt hast ... So etwas sagt man einfach nicht zu seiner Mutter, ich sollte dir eine runterhauen dafür!»

Dann solle sie mir eben eine runterhauen, sagte ich, ich wüßte schon, daß ich es verdient hätte. Sie packte mich beim Schopf, wie sie es auch sonst oft tat.

«Du hast kein Recht, über mich zu urteilen, Tommy. Ich bin nur eine Frau, die vom Leben nicht gerade verwöhnt wurde und die sich nimmt, was das Leben ihr noch zu bieten hat – bevor ihr das Leben auch noch das wenige, was es ihr gegeben hat, wieder wegnimmt. Verstehst du?»

«Ja, ich verstehe», erwiderte ich.

Sie hielt mich so fest am Schopf gepackt, daß mein Stuhl umzukippen drohte, und ich bat sie, mich loszulassen, sonst würden wir alle beide auf dem Fußboden landen. In diesem Moment kam der Ingenieur herein.

«Oh, eine Überraschung!» Sein Ton und sein Blick machten deutlich, daß er Überraschungen dieser Art nicht schätzte.

«Ja, das Essen ist angebrannt», sagte ich.

«So ein Pech», meinte er im selben Ton.

«Meine Mutter kann nichts dafür. Schließlich kann man nicht alles gleichzeitig tun, hier unten in der Küche nach dem Rechten sehen und oben die Schlafzimmer aufräumen. Man muß sich entscheiden können, was wichtiger ist, das Essen oder etwas anderes.»

«Stimmt, man muß sich entscheiden können», sagte er. «Was mich betrifft, so stört es mich nicht im geringsten, mal was Angebranntes zu essen. Schließlich läuft nicht immer alles so, wie es sollte. Manchmal brennt eben etwas an. In manchen Fällen ist es sogar notwendig, daß man etwas anbrennen läßt.»

Auch er sah ziemlich unordentlich aus. Er stopfte einen heraushängenden Hemdzipfel in den Hosenbund, beugte sich über den Schmortopf, schnupperte ein wenig und schnitt eine Grimasse.

«Hat Christine fest mit dem hier gerechnet?»

«Allerdings», seufzte Mutter.

«Na, dann wird sie diesmal enttäuscht sein.»

«Ein Glück, daß keine Gäste zum Essen kommen! Und Monsieur Daboval ist in Paris. Dann stehe ich wenigstens nur vor Ihnen als schlechte Köchin da. Stimmt ja auch. Aber ärgern wird sie sich trotzdem.»

«Hauptsache, sie schmeißt dich deswegen nicht raus», bemerkte ich im Hinausgehen. «Denn dann würde alles noch komplizierter, nicht wahr?»

Ich verzog mich in die Bibliothek, damit die beiden allein sein konnten. Mir war klar, daß ich allein mit dieser Situation zurechtkommen mußte. So schwierig konnte das ja nicht sein. Man mußte einfach so tun als ob. Erwachsene beherrschen die Kunst, nicht zu sagen, was sie tun, und nicht zu tun, was sie sagen. Auch das war eine Lektion, die ich mir hinter die Ohren schreiben wollte: daß man sich nicht auf etwas versteifen darf, nur weil man es für richtig hält, sondern sich den Umständen anpassen muß. Ich redete mir ein, daß sich seit gestern nichts verändert hatte, daß alles seinen gewohnten Lauf nahm, daß überhaupt kein Anlaß bestand, sich den Kopf zu zerbrechen. Der Ingenieur würde sich von jetzt an eben etwas mehr Ruhe gönnen und gelegentlich mal, wenn er nichts Dringenderes zu tun hatte, einen Nachmittag blaumachen.

Ungefähr so stellte ich mir unser Leben für die nächsten paar Monate vor. Und ich glaube nicht, daß meine Mutter und der Ingenieur es sich anders vorstellten. Ich weiß nicht, ob sie überhaupt an die Zukunft dachten. Für sie gab es im Moment ein dringenderes Problem zu lösen: wann und wo sie sich treffen konnten und wie sie es anstellen mußten, damit niemand etwas merkte. Nur das beschäftigte sie, alles übrige war Nebensache. Dieses Problem erforderte ihre ganze Aufmerksamkeit und Phantasie, da blieb keine Zeit für weitergehende Überlegungen. Beide waren entschlossen, zu tun, was für sie gut war, aber so, daß niemand anderes darunter zu leiden hatte.

«Verstehst du?» sagte der Ingenieur, der mir in die Bibliothek gefolgt und mir gegenüber Platz genommen hatte. Er schien sich Sorgen zu machen. «Es ist wichtig, daß deine Mutter sich auf dich verlassen kann, jetzt, wo du es weißt. Du mußt das alles für dich behalten. Es muß unter uns bleiben.»

Damit machte er mich nicht nur zum Mitwisser, sondern auch zum Mittäter. Ich sagte, wenn ich das Gefühl gehabt hätte, irgend etwas tun zu müssen, um das Ganze zu verhindern – was aber eben nicht der Fall sei –, dann hätte ich es schon längst getan. Er legte mir mit einer fast zärtlichen Geste die Hand auf den Kopf.

«Ich liebe deine Mutter. Egal, was morgen sein wird – ich liebe sie. Glaubst du mir?»

Natürlich glaubte ich ihm. Meine Mutter gehörte zu den Menschen, die man einfach lieben muß und die geliebt werden wollen. Aber nicht auf die unverbindliche Art, die zwischen Männern und Frauen so häufig vorkommt. Sie suchte kein flüchtiges Abenteuer. Sie war dazu geschaffen, demjenigen alles zu geben, der dafür offen war.

Ich begriff, daß die Liebe zwischen ihnen von anderer Art war als diejenige zwischen ihr und Vater, daß ein Mensch nur ein einziges Mal in seinem Leben so liebt und daß eine solche Liebe stärker ist als alle Vernunft. Und ich dachte, daß auch ich später einmal auf diese Art lieben wollte, weil man nur so herausfinden kann, ob man wirklich liebt.

Er griff nach meiner Hand und sah mich an. In seinem Blick lag eine tiefe Müdigkeit und auch Angst.

«Ich weiß nicht, wie das alles enden wird», sagte er. Und mit diesen Worten machte er mich, ohne es zu wollen, zu seinem Weggefährten. Aber das war unvermeidlich. Soviel weiß ich heute. «Ich weiß nur, daß es so kommen mußte. Ich kann es dir nicht besser erklären.»

Ich versicherte ihm, er brauche mir nichts zu erklären. Auch ich hätte gewußt, daß es so kommen mußte, schon an dem Abend, als wir uns im Kino begegnet waren und er uns in dieses Lokal eingeladen hatte. Vom ersten Moment an hätte ich es gewußt, obwohl ich ja in diesen Dingen keine Erfahrung besaß; es sei logisch, sozusagen.

«Ja», bestätigte er, überrascht, daß ich ihn verstanden hatte. «Es ist genau, wie du sagst: logisch. Und deshalb nicht zu verhindern.»

Ich glaube, es tat ihm fast ein wenig leid, daß er nicht wenigstens versucht hatte, es zu verhindern; jetzt fühlte er sich Mutter und mir gegenüber schuldig. Denn die Folgen entzogen sich seiner Kontrolle. Und es lag nicht in seiner Natur – auch das begriff ich –, sich auf Konstruktionen einzulassen, die er nicht zuvor genau studiert hatte, einfach so, ohne Plan und ohne berechnet zu haben, ob die Konstruktion auch halten wird.

12

Er fand einen Weg, einen anderen Weg. Das entsprach seinem Temperament. Konnte man ihm zum Vorwurf machen, zu sein, was er nun einmal war? Ich glaube nicht. Man kann niemandem vorwerfen, daß er anders ist, als man sich wünscht. Auch Mutter machte Vater keinen Vorwurf daraus, daß er anders war, als sie es sich wünschte. Sie akzeptierte ihn so, wie er war. Nur wollte sie jetzt deswegen nicht mehr auf ihre eigenen Ansprüche verzichten. Auch sie konnte nun einmal nicht aus ihrer Haut heraus.

All das war nur eine Frage der Einstellung. Die Wirklichkeit entspricht eben nicht immer unserem Ideal, das war mir klar, damit muß man sich abfinden und einen Weg suchen, der die Wirklichkeit erträglich macht. Genau das taten meine Mutter und der Ingenieur: Sie suchten einen Weg, indem sie der Logik ihrer Gefühle folgten. Und diese Logik erforderte, daß sie sich von nun an bei uns zu Hause trafen. Sie brauchten einander so sehr, daß sie sich nicht mit einem Nachmittag hin und wieder begnügen konnten, das ließ sich wegen seiner Arbeit auch schlecht einrichten.

Ich entdeckte es eines Nachts, kurze Zeit nach meinem Gespräch mit dem Ingenieur in der Bibliothek, als ich plötzlich aus dem ersten Tiefschlaf erwachte, dem Schlaf, der einen alles vergessen läßt, das Gute wie das Schlimme. Mir kam vor, jemand habe das Haus betreten, aber ich war mir nicht sicher, ob ich nur geträumt oder tatsächlich etwas gehört hatte, die Haustür, Schritte. Ich spitzte die Ohren, aber alles blieb still. Also hatte ich wohl doch nur geträumt. Ich drehte mich auf die Seite und nickte wieder ein. Da – abermals dieses Geräusch. Diesmal nicht von unten, sondern vom Treppenhaus her, die Holzstufen knarrten unter dem Gewicht von jemandem, der die Treppe heraufkam. Ich schlug die Decke zurück und sprang aus dem Bett.

Unter der Tür sickerte kein Licht durch. Meine Mutter konnte es also nicht sein, sie ging nie hinunter, ohne Licht zu machen. Ich öffnete behutsam die Tür, überzeugt, daß es ein Einbrecher sei. Das war nicht sehr logisch gedacht, denn was hätte man bei uns schon stehlen können? Aber bei Leuten, die wenig besitzen, ist es eine fixe Idee, daß man das wenige, das sie besitzen, auch noch stehlen könnte. Mein Vater jedenfalls war davon überzeugt, und damals dachte ich noch genauso wie er.

Das Geräusch der Schritte kam näher. Ich spähte durch den Türspalt und überlegte fieberhaft. Wenn Vater plötzlich mitten in der Nacht nach Hause gekommen wäre, dann hätte er sich bestimmt keine Mühe gegeben, leise zu sein. Abgesehen davon wäre Vater bestimmt nicht mitten in der Nacht hergekommen, um Mutter einen Überraschungsbesuch abzustatten, so etwas wäre ihm gar nicht in den Sinn gekommen. Es sei denn, er hätte irgend etwas erfahren ...

Der Eindringling, den ich in der Dunkelheit nicht erkennen konnte, klopfte zweimal leise an Mutters Tür. Und da wußte ich, wer es war. Im Schlafzimmer ging das Licht an, die Tür wurde aufgemacht, und da stand der Ingenieur, tropfnaß, mit den Schuhen in der Hand.

Mutter umarmte ihn. «Du bist ja ganz durchnäßt», flüsterte sie.

«Nur vom Auto bis zur Haustür – es gießt wie aus Kübeln», sagte er und küßte sie. Er hielt die tropfenden Schuhe zur Seite. «Ich hab sie ausgezogen, um keinen Lärm zu machen und keinen Schmutz.» Sie murmelten etwas Unverständliches.

«Tommy ...?» Er wandte den Kopf in meine Richtung.

«Der schläft schon. Komm herein», sagte Mutter. Und dann ging die Schlafzimmertür zu.

Ich blieb stehen, wo ich war, und horchte auf ihre Stimmen, auf ein verräterisches Geräusch, wobei ich mir immer wieder sagte, daß ich das eigentlich nicht durfte. Was hinter dieser Tür geschah, ging mich nichts an, das ging nur sie und ihn etwas an. Und beide verhielten sich sehr diskret, jedenfalls hörte ich nichts, sosehr ich mich auch bemühte, etwas zu hören. Schließlich schlüpfte ich wieder ins Bett.

An die Möglichkeit, daß Mutter und er hier miteinander schlafen könnten, im Bett, in dem sie sonst mit meinem Vater schlief, an diese Möglichkeit hatte ich nicht gedacht. Aber es blieb ihnen ja sonst nichts übrig. Tagsüber mußten sie beide arbeiten, und die Nacht konnten sie nicht zusammen im Hause Daboval verbringen, auch nicht in einem Hotel, das hätte sich bald herumgesprochen. Und dann – ob sie hier oder anderswo miteinander schliefen, was änderte das schon? Jedenfalls redete ich mir ein, daß sich dadurch nichts änderte. Im Grunde war es mir sogar lieber, sie taten es hier anstatt anderswo, dann brauchte ich wenigstens nicht wach zu liegen und die Stunden zu zählen, bis Mutter nach Hause kam. Ja, es war besser, wenn ich Bescheid wußte, es war auch irgendwie normal, sie konnten ja sonst nirgendwo miteinander schlafen, also war es eigentlich vollkommen logisch, daß sie es hier taten. Aber ich lag trotzdem wach und zählte die Stunden, bis ich die Schritte des Ingenieurs im Treppenhaus hören würde.

Er ging kurz vor fünf wieder weg, es begann eben zu dämmern. Ich schlich zur Tür, die ich nur angelehnt hatte, und spähte auf den Flur hinaus. Mutter und er standen da, eng umschlungen, und küßten sich. Dann lösten sie sich zögernd voneinander, nur um sich sogleich wieder zu umarmen und zu küssen, als könnten sie einfach nicht anders, als wäre es der Körper, der über alles entschied.

«Hör auf, Mina, du machst mich ganz verrückt», seufzte er.

«Ach, jetzt soll ich daran schuld sein? Wenn es nach dir ginge, würdest du gar nicht erst nach Hause fahren.»

Er preßte sie an sich. «Stimmt, am liebsten würde ich die ganze Zeit mit dir im Bett liegen, schrecklich ist das ... Ich muß unbedingt zur Ruhe kommen.»

Er sagte es, als sei das eine vernünftige Lösung, nur eben eine, mit der sie sich nicht abfinden wollten. Sie wollten weder vernünftig sein noch zur Ruhe kommen, das konnte ich daran sehen, wie sie sich umschlungen hielten.

«Was soll nur aus uns werden, Matthias?» flüsterte sie und schmiegte den Kopf an seine Schulter.

«Ich weiß nicht ... Ich mag nicht daran denken. Wir sollten nehmen, was uns heute gegeben ist, und nicht an das denken, was morgen sein wird.»

«Ja, du hast recht. Wir wollen nur an uns denken, alles andere ist unwichtig.»

Sie wollte ihn hinunterbegleiten, aber er schüttelte den Kopf und sagte, mit einem Blick auf meine Tür, ich könnte etwas hören und aufwachen. Dann ging er.

Mutter verschwand im Bad. Ich schlich mich auf Zehenspitzen ins Schlafzimmer. Es war unaufgeräumt, wie immer, wenn Vater fort war. Bücher auf dem Bettvorleger – sie ließ sie gerne noch eine Weile herumliegen, nachdem sie sie gelesen hatte –, Modezeitschriften in einer Ecke, Haarnadeln überall, Kleider auf allen Stühlen. Obwohl sie nicht viele Kleider besaß, trug sie nie zwei Tage hintereinander dasselbe. Ein anderes Kleid anzuziehen gab ihr das Gefühl, daß jeder Tag ein wenig anders sei und sie selbst auch. Das war ihre Art, sich über das tägliche Einerlei hinwegzutrösten. Für meinen Vater dagegen hatten Kleider keine Bedeutung. Er stammte von Kleinbauern ab, und bei denen wechselte man seine Sachen erst dann, wenn sie schmutzig oder kaputt waren. So kaufte er sich nur einen neuen Pullover, wenn der alte an den Ellbogen völlig durchgescheuert war, und seine Schuhe trug er, bis man sie wirklich nicht mehr flicken konnte. Nicht aus übertriebener Sparsamkeit, sondern weil es ihm gleichgültig war, wie er aussah, solange die Sachen nur sauber waren. Er war ein Mensch, der keinen Sinn für Schönheit oder Eleganz besaß und nicht begreifen konnte, daß das etwas mit Lebensgefühl zu tun hatte.

Auf Mutters Nachttisch stand ein gerahmtes Foto von ihm, eines der wenigen, auf denen er als junger Mann zu sehen war, als Rekrut, steif und linkisch in seiner Uniform. Das fahle Licht der Nachttischlampe umgab ihn mit einer Art Glorienschein, weiß und seltsam unwirklich. Mutter hatte sich nicht die Mühe gemacht, das Bild in die Schublade zu legen oder umzudrehen. Jetzt wurde mir auf einmal bewußt, daß sie unter dem Blick meines Vaters einen anderen Mann geliebt hatte. Sie hatte einfach vergessen, daß es ihn überhaupt gab. Ich betrachtete dieses kantige Gesicht, die kurzgeschorenen Haare, den treuherzigen Ausdruck seiner Augen unter den buschigen Brauen, das gezwungen wirkende Lächeln. Und ich fragte mich, was Mutter an diesem jungen Mann begehrenswert gefunden hatte: die kräftigen Schultern, den muskulösen Nacken, die breite Brust, die Ruhe und Sicherheit versprach? Denn irgendwann einmal mußte sie ihn doch begehrt haben – zumindest ein wenig, jedenfalls genug, um seinem Werben nachzugeben, ohne die Folgen zu bedenken. Ich versuchte mir vorzustellen, wie sie ihn mit leuchtenden Augen ansah, wie sie nach seinen Küssen verlangte, wie sie ihn mit gierigen Armen umschlungen hielt und den Bauch an seine Hüften preßte, so wie vorhin mit dem Ingenieur. Aber wie sehr ich mir dieses Bild auch vorzustellen versuchte, meine Vorstellungskraft kapitulierte vor dem, was ich vorhin tatsächlich gesehen hatte, als sei der Gedanke, daß meine Mutter meinen Vater je geliebt hatte, nur eine Illusion, der meine eigene Existenz ein fadenscheiniges Dementi entgegenzusetzen versuchte. War ich denn nichts als das Resultat eines dummen Fehlers, eines Mißverständnisses?

Ich vergrub das Gesicht in Mutters Sachen. Alle verströmten diesen Duft. Die Röcke, die Blusen. Und auch das Laken, auf dem sie sich geliebt hatten und das noch warm war von ihren Körpern. Mir fiel ein, daß ich unbedingt eine Flasche von dem Eau de Cologne besorgen mußte, das der Ingenieur benutzte. Ich würde Vater erklären, ich hätte jetzt ein neues. Es sei denn, Mutter hatte nicht im Sinn, ihm etwas vorzumachen. Das war gut möglich, denn sonst wäre sie bestimmt vorsichtiger gewesen. Diesen Aspekt hatte ich noch gar nicht bedacht. Eigentlich hatte ich ja keine Ahnung, was in ihr vorging, ob wir beide, Vater und ich, ihr überhaupt noch etwas bedeuteten. Und der Gedanke, daß er, dieser Fremde, meiner Mutter mehr bedeuten könnte als Vater und ich, dieser Gedanke machte sie plötzlich zur Fremden.

Ich hatte mich auf ihr Bett gelegt. Ich hielt ihre Kleider im Arm und starrte die Zimmerdecke an. Immerzu gingen mir die Worte durch den Kopf, die sie vorhin zum Ingenieur gesagt hatte: «Wir wollen nur an uns denken, alles andere ist unwichtig.» Dachten sie etwa daran, miteinander fortzugehen? Wenn sie bis jetzt noch nicht auf diese Möglichkeit gekommen waren, früher oder später mußten sie darauf kommen. Und dann würde sie mit ihm gehen, weit fort von hier, in andere Länder, wo es andere Brücken zu bauen gab. Vielleicht würde der Ingenieur seine Frau verlassen, vielleicht würde meine Mutter meinen Vater verlassen, vielleicht würde sie mich verlassen. Vielleicht mußte, bevor man etwas Neues bauen konnte, das Alte zerstört werden. Der Ingenieur kannte sich gewiß aus in solchen Dingen, das gehörte zu seinem Beruf. Es war geplant. Es war von Anfang an so geplant gewesen. Vielleicht ... vielleicht auch nicht.

Ich bedeckte meinen Kopf mit Mutters Sachen. Ich hatte die ganze Nacht kein Auge zugetan und war todmüde. Jetzt wollte ich an etwas anderes denken, ich wollte mir vorstellen, daß es trotz allem für meine Eltern und mich noch eine gemeinsame Zukunft gab, hier in diesem Haus. Vielleicht war ja alles gar nicht so schlimm. Vielleicht spielte Mutter nur mit der Idee, uns zu verlassen, ohne es wirklich zu wollen. Man spielt ja oft mit solchen Ideen, und wenn es soweit ist, tut man es doch nicht ... Mir wurden die Lider schwer, und dann dachte ich an nichts mehr.

Mutter fand mich schlafend auf ihrem Bett, als sie aus dem Bad kam. Sie zog das Kleiderbündel von meinem Gesicht, setzte sich auf den Bettrand und sagte verwundert: «Was ist denn mit dir los? Das sind mir ja ganz neue Manieren! Schläft in meinem Bett und nimmt meine Kleider als Decke!»

«Du schläfst ja auch mit dem Ingenieur.»

Sie stand abrupt auf und machte sich an dem Tischchen zu schaffen, das ihr als Frisiertoilette diente. Als sie bemerkte, daß ich sie im Spiegel beobachtete, wich sie meinem Blick aus und begann, in einer Schublade herumzuwühlen. «Was hat das miteinander zu tun?»

Ich schnupperte an ihren Sachen. «Schließlich muß ich mich doch daran gewöhnen, daß du nach ihm riechst. Und das Bett auch.»

Sie fuhr herum, verschränkte die Arme und funkelte mich zornig an. «Na schön, du hast es also mitgekriegt. Du weißt, daß er diese Nacht hier war. Wenn du noch mehr wissen willst, dann frag halt, und ich sag's dir!»

«Ich möchte nur wissen, was du vorhast.»

«Wieso, was soll ich denn vorhaben?»

«Du wirst dir doch Gedanken über deine Zukunft gemacht haben! Ob du mit dem Ingenieur fortgehst oder nicht – ob du uns verlassen willst, Papa und mich», erklärte ich und stand auf.

Jetzt begriff sie, was mich plagte. Sie trat auf mich zu, griff nach meinen Armen und legte sie um ihre Taille.

«Aber Tommy, du hast vielleicht komische Ideen! Ich verlasse dich doch nicht, niemals, ganz egal, was passiert. Hast du wirklich geglaubt, ich würde einfach fortgehen, ohne dich?»

Das hatte ich nicht angenommen, aber ich wollte Gewißheit haben.

«Ich weiß nicht recht», sagte ich. «Das mit dir und dem Ingenieur – da siehst du wohl nicht mehr ganz durch? Ich jedenfalls nicht.»

Sie drückte mich an sich und fuhr mir mit den Fingern durchs Haar. «Natürlich würde ich niemals ohne dich gehen – falls überhaupt. Wie kommst du nur auf die Idee, ich würde meinen Jungen verlassen!»

«Aber Papa – den würdest du verlassen?»

Sie ließ mich los. Ihr Gesicht wirkte plötzlich müde. Sie zog einen Stuhl heran und setzte sich an den Frisiertisch. Ihr Haarknoten war verrutscht, sie hatte sich gestern nacht nicht die Mühe genommen, die Nadeln herauszunehmen.

«Matthias ist verheiratet, das weißt du doch. Er hat eine Familie. Wir können nicht miteinander fort. Nirgendwohin ...» Sie fuhr sich mit dem Zeigefinger über die Lider. «Deswegen brauchst du dir keine Sorgen zu machen. In einem gewissen Alter ist es eben für manche Dinge zu spät.»

Für welche Dinge, wollte ich wissen.

«Für einen Neubeginn, zum Beispiel», sagte sie und begann ihren Haarknoten zu lösen. «In einem gewissen Alter kann man nicht mehr neu anfangen. Weil das, wovon man einmal geträumt hat, längst hinter einem liegt. Um neu anzufangen, müßte man es noch vor sich haben. Wasser kann nicht aufwärts fließen. So ist das nun mal. Alles Wasser fließt ins Meer. Verstehst du, was ich meine?»

«Aber wenn er dich wirklich liebt, will er dich mitnehmen! Ich an seiner Stelle würde dich auf jeden Fall mitnehmen wollen.»

«Ach, Tommy, du Kindskopf», sagte sie. Und die Art, wie sie es sagte, gefiel mir nicht. Sie sagte es, als ob ich mir vom Leben total kindische Vorstellungen machte, als ob es völlig abstrus sei, so zu handeln, wie man wollte. Dann mußte ich an Vater denken, der ganz allein sein würde, falls wir beide ihn verließen. Und da erst begriff ich, was sie sagen wollte. Was es bedeuten würde, einfach fortzugehen, um anderswo sein Glück zu finden, und ihn hier allein zu lassen mit seinem tristen Leben. Das würde ihn umbringen. Und wir würden unser schönes Leben gar nie genießen können, sondern uns immer ein wenig wie Mörder vorkommen. Man kann nichts zerstören, ohne daß die Trümmer jemanden unter sich begraben. Also darf man nichts zerstören, egal wie, nur weil man es nicht mehr braucht. Ehe man fortgeht, muß man sich überlegen, was man zurückläßt. Ob man dadurch etwas zerstört, was niemand mehr braucht, oder etwas, was man gemeinsam mit einem anderen Menschen aufgebaut hat, was also nicht nur einem selbst, sondern auch dem anderen gehört. Das Bauwerk hat den anderen viele Jahre seines Lebens gekostet, und man kann ihm diese Jahre nicht zurückgeben, wenn man neu anfängt. Es war schrecklich kompliziert, und ich kam mir so hilflos vor wie mein Vater, als er versucht hatte, seine verhedderten Angelschnüre zu entwirren. Mit ihrer Bemerkung hatte Mutter mir sagen wollen, ich sei noch zu jung für solche Probleme, und sie hatte recht.

Ich ließ mich wieder aufs Bett fallen und schaute zu, wie sie sich die Haare bürstete. Ihr Arm hob und senkte sich langsam, auf eine Art, die ihre Müdigkeit verriet. Ich ahnte, daß Mutter nur zu gerne neu angefangen hätte. Und sie hätte nicht gezögert, wenn alles anders gewesen wäre. Wenn der Ingenieur nicht verheiratet gewesen wäre, wenn niemand zu Schaden gekommen wäre, dann, glaube ich, hätte sie keinen Augenblick gezögert. Aber sie wollte ihr Glück nicht mit dem Unglück eines anderen erkaufen. Das hätte sie höchstens für mich getan, wenn Vater nicht gut zu mir gewesen wäre oder mir keine Möglichkeit gegeben hätte, mich zu entfalten. Doch in dieser Hinsicht konnte sie ihm nichts vorwerfen. Er hatte sein Leben lang alles, was in seinen Kräften stand, für mich getan. Nein, man konnte ihm wahrhaftig nichts vorwerfen. Außer vielleicht, daß er so verschieden war von ihr. Zu verschieden.

Mit einer routinierten Bewegung drehte sie ihre Haare zu einer Rolle zusammen und steckte sie am Hinterkopf fest. Die zarte Linie ihres Nackens, der glatte blonde Knoten, die regelmäßigen Zähne, der Mund, dessen fast spöttisches Lächeln nicht zu den traurigen Augen passen wollte – all das erinnerte mich an die Heroinen in englischen Romanen. Und ich fragte mich, während ich ihr zusah, ob ich eines Tages genug Geld verdienen würde, um ihr das Leben zu bieten, das sie eigentlich verdiente. Ich wünschte mir so sehr, ihr ein solches Leben zu bieten, auch wenn sie dann nicht mehr jung genug sein würde, um es wirklich auskosten zu können, auch wenn sie dann keine strahlende Schönheit mehr sein würde. Wenn ich das tun wollte, mußte ich mich beeilen. Vielleicht blieb nicht mehr viel Zeit. Vielleicht wollte das Schicksal ein Versäumnis gutmachen, indem es sie gerade an diesem Punkt in ihrem Lebens mit diesem Mann zusammenführte. Damit sie sich noch einmal jung und schön und begehrenswert fühlen durfte, bevor es dafür zu spät war.

Ich fragte sie, wie sie reagiert hätte, wenn ich weniger verständnisvoll gewesen wäre, ob sie es dann trotzdem getan hätte? Sie hob den Kopf, und unsere Blicke trafen sich im Spiegel. Ja, sie hätte es trotzdem getan, sagte sie. Sie habe sich nicht dagegen wehren können, auch er nicht. Und da hätten sie beschlossen, es zu genießen, ohne an die Zukunft zu denken. Ihre Beziehung habe ohnehin keine Zukunft, dessen sei sie sich bewußt. Aber schließlich gehe jede Beziehung, auch eine, die auf Dauer angelegt sei, irgendwann einmal auf die eine oder andere Weise zu Ende, und vielleicht sei es besser, wenn man sich gar nichts Dauerhaftes wünschte.

Sie drehte sich um und verschränkte die Arme auf der Stuhllehne. «Begreifst du, was ich damit sagen will? Manchmal muß man einfach nehmen, was das Leben einem gibt, ohne lange zu fragen. Es ist so, wie wenn man dir einmal im Laden zuviel herausgibt. Dann nimmst du das Geld und steckst es ein, ohne etwas zu sagen, weil du schon oft viel zuviel hast zahlen müssen für etwas, was seinen Preis nicht wert war.»

13

Jetzt stand diese Lüge zwischen Vater und uns. Sie roch nach dem Eau de Cologne des Ingenieurs, mit dem ich mich nun jeden Morgen besprühte, und nach den Blumen, die der Ingenieur meiner Mutter mitbrachte. Blumen waren das einzige, was er ihr schenken konnte, weil sie rasch verwelkten. Trotzdem behielt Mutter sie so lange wie möglich, erst Freitag abend, kurz bevor Vater zurückkam, warf sie sie in die Mülltonne, in Papier gewickelt, damit niemand etwas bemerkte. Es waren immer riesige Buketts, meistens Rosen, ihre Lieblingsblumen. Der Ingenieur gab alles Geld, das er nicht für andere Geschenke ausgeben konnte, für Blumen aus. Er wollte ihr damit beweisen, wie sehr er sie liebte, und sie nahm die Blumen mit einer sonderbaren Mischung aus Freude und Traurigkeit entgegen, wie etwas, was für das Gefäß, in dem man es aufbewahren möchte, zu reichlich bemessen und deshalb ein wenig vergeudet ist. Sogar wegen der Blumen gab es Komplikationen. Er konnte sie nicht durch das Geschäft schicken lassen, das wäre den Nachbarn aufgefallen; er konnte sie erst spätabends mitbringen, und er konnte sie auch nicht bei den Dabovals ins Wasser stellen, sondern mußte sie tagsüber im Kofferraum lassen, so daß sie noch rascher verwelkten, so wie alles, was in einem engen, luft- und lichtlosen Raum eingesperrt bleibt.

Im Juni hatte ich Geburtstag. Der Ingenieur hätte mir gerne den teuren Fotoapparat geschenkt, den ich mir wünschte und den Mutter sich nicht leisten konnte. Nachdem wir eine Weile hin und her überlegt hatten, wie wir ein solches Geschenk Vater gegenüber rechtfertigen könnten, verzichteten wir und fanden uns damit ab, daß der Ingenieur uns nur Sachen schenken konnte, die keinen Bestand hatten. Blumen, die ein paar Tage lang schön sind und dann verwelken, ein feines Essen im Restaurant, das man eine Stunde lang genießt, das

Kino, zuweilen auch ein Konzert oder einen Museumsbesuch in Rouen. Er konnte uns nichts anderes schenken als diese vergänglichen Freuden, denn alles, was ihn mit meiner Mutter verband, gehörte in die Kategorie des Vergänglichen. Das schmerzte ihn, und eines Tages erwähnte er, wie gerne er ihr etwas anderes geschenkt hätte, ein persönliches Andenken. Sie erwiderte, sie wünsche sich gar nichts anderes und es sei besser so. Alles, was er ihr schenken könne und was sie immer bei sich haben dürfe, ohne Gefahr zu laufen, es zu verlieren oder sich damit zu verraten, sei die Erinnerung.

Unsere Vorsicht war keineswegs übertrieben. Mein Vater gehörte nicht zu den Menschen, die in andere hineinsehen können, er hatte kein Gespür für Veränderungen, die im Inneren vor sich gehen. Aber er hatte einen Blick für äußere Veränderungen. Ein neuer, wertvoller Gegenstand in unserem Haus wäre ihm sofort aufgefallen. Dieses Risiko wollte Mutter nicht eingehen. So ließ sie sich nie etwas anmerken, und an unserem Leben schien sich nichts geändert zu haben. Sie verhielt sich Vater gegenüber nur etwas geduldiger, etwas aufmerksamer als früher, als sei sie ihm dankbar für seine Ahnungslosigkeit. Aber mich quälte seine Ahnungslosigkeit. Es quälte mich zu sehen, wie ruhig und zufrieden er war. So ruhig und zufrieden wie einer, der ein Brett vor dem Kopf hat und nichts merkt von dem, was vor seiner Nase geschieht.

Als ihm endlich auffiel, daß ich ein neues Eau de Cologne benutzte, begann er mich aufzuziehen. Er glaubte erraten zu haben, was dahintersteckte: Ich interessierte mich neuerdings für Mädchen! Bestimmt gab es in der Schule eine, auf die ich Eindruck machen wollte. Jedenfalls machte er sich nun einen Spaß daraus, mich wegen meiner Verliebtheit zu necken. Eines schönen Tages, sagte er, würde er unangemeldet aufkreuzen, um festzustellen, wie mein Schwarm aussehe. Ich hätte ihm am liebsten gesagt – aber natürlich sagte ich kein Wort –, wenn er sich so schlau vorkomme, solle er doch feststellen, ob nicht vielleicht Mutter, obwohl sie kein neues Eau de Cologne benutzte, sich plötzlich für einen anderen interessierte und wie der aussah. Er konnte einem wirklich leid tun, dieser Mann, der mein Vater war. Dieser arme Kerl, wie Mutter sagte, der Bescheid zu wissen glaubte und nicht die leiseste Ahnung hatte, wovon er überhaupt redete.

Eines Sonntagmorgens kam er ins Badezimmer, als ich eben Toilette machte, schnupperte herum und meinte:

«Riecht wirklich nicht übel, dieses Zeug. Vielleicht sollte ich es auch mal probieren. So einen Duft mögen Frauen bestimmt, vielleicht würde ich damit bei deiner Mutter gut ankommen.»

«Das glaube ich nicht», sagte ich und mußte an den Ingenieur denken. «Ich glaube nicht, daß eine Frau es mag, wenn ihr Mann so riecht wie ihr Sohn.»

Worauf er zu Mutter bemerkte, die gerade mit einem Stapel Wäsche eintrat:

«Mir scheint, unser Tommy hat Feuer gefangen. Man kann's förmlich riechen, was, Mina? Höchste Zeit, daß man ihn über gewisse Dinge aufklärt.»

«Vielen Dank, aber darüber weiß ich mehr, als du denkst», sagte ich und klatschte mir Eau de Cologne auf den Hals. «Ich kann mich ganz gut alleine informieren.»

«So? Dann möchte ich aber wissen, wie. Und vor allem – mit wem? Ich war immer der Meinung, daß man sich über so etwas besser zu zweit informiert. Es sei denn, du hast deine Informationen vom Hörensagen. Oder vom Zuschauen ... Wenn das so ist, kannst du mir gleich die Adresse geben!»

Er klopfte mir augenzwinkernd auf die Schulter, während Mutter und ich einen besorgten Blick wechselten. Vater schien das Thema sehr amüsant zu finden.

«Ist sie auch hübsch? Ich will doch hoffen, daß du dir die Richtige ausgesucht hast, eine mit allem dran, sowohl oben» – er wölbte die Hände über der Brust – «als auch unten.»

«Laß ihn doch», sagte Mutter unwillig. «Man kann sich auch zum eigenen Vergnügen parfümieren, ohne irgendwelche Absichten.»

«Na, jedenfalls ist er bisher ohne dieses Vergnügen ausgekommen», brummte er und musterte das Etikett auf dem Flakon. Ich hatte in weiser Voraussicht das teure Eau de Cologne in ein gewöhnliches Fläschchen umgeschüttet. «Hat sicher eine Menge gekostet, dieses Vergnügen. Glaubst du eigentlich, Mutter und ich sparen an allen Ecken und Enden, damit du dich mit teuren Duftwässerchen begießen kannst?»

Mutter, die sehr wohl wußte, wer mir dieses Vergnügen ermöglicht hatte, versuchte ihn zu beschwichtigen: «Ach was, das ist keine teure Marke ... Und wenn's auch eine wäre», setzte sie irritiert hinzu, «man will doch nicht dauernd mit dem Pfennig rechnen müssen!»

«Wir tun's aber, schon seit Jahren», sagte er. «Wir haben immer mit dem Pfennig rechnen müssen, und das wird sich so bald nicht ändern.»

Er sagte es in demselben schulmeisterlichen Ton, den er anschlug, wenn er mir mein Taschengeld gab. Mutter drückte mir ganz beiläufig und ohne Kommentar einen Geldschein in die Hand, aber er tat es nie, ohne mir unter die Nase zu reiben, daß er dieses Geld sauer verdient hatte und ich ihm dafür dankbar sein mußte. Und gerade weil er Dankbarkeit von mir verlangte, steckte ich das Geld ein, ohne danke zu sagen. Das sagte ich nur zu Mutter – weil sie keinen Dank erwartete.

Ich glaube, es wäre klüger gewesen, wenn Vater nicht gerade in diesem Moment vom Sparenmüssen geredet hätte. Er brachte ihr damit etwas, was ihre Ehe belastete, nur um so schmerzlicher zum Bewußtsein. Damals, ich erinnere mich noch gut daran, schnitt sie aus ihren Zeitschriften Anzeigen von Hotels in fernen Ländern aus, um sie in einer Schublade der Kredenz aufzubewahren, zusammen mit anderem Krimskrams: alten Champagnerkorken und Ansichtskarten, die ich aus den Ferien nach Hause geschrieben hatte, damals, als ich meine Ferien noch bei Onkel Edouard verbrachte. Dort bewahrte sie auch die Speisekarte vom Festessen anläßlich meiner Erstkommunion auf, meine Medaillen, alle möglichen Erinnerungen, die ihr viel bedeuteten ... Auf den Hotelanzeigen waren exotische Landschaften zu sehen: die Steppen Afrikas, die Palmenstrände der Karibik, die Märkte des Orients – Bilder zum Träumen. Bisweilen holte sie diese Reliquien hervor – diesen Papierkram, wie Vater spöttisch bemerkte – und betrachtete sie voller Sehnsucht. Vater hatte niemals den Wunsch verspürt zu reisen. Oder er hatte den Wunsch unterdrückt, weil er wußte, daß er sich eine solche Reise ja doch nie leisten konnte. Genau das war es, worin sich meine Eltern unterschieden: Vater fand sich damit ab, daß man auf manches verzichten mußte, Mutter dagegen klammerte sich an die Illusion, daß es trotz allem möglich sein würde, später, irgendwann ...

Er hatte sie schon oft gemahnt, diesen ganzen nutzlosen Papierkram endlich wegzuschmeißen, aber sie weigerte sich hartnäckig. Ich glaube, er hätte sie nicht so oft an die graue Wirklichkeit erinnern sollen. Träume erhalten die Hoffnung lebendig. Meine Mutter träumte von der großen weiten Welt, das war nun einmal ein Teil von ihr, man mußte ihr diese Träume lassen. Sie waren die Quelle, aus der sie ihre Kraft schöpfte.

Von jetzt an mußten wir mit dieser Lüge leben oder vielmehr: mit dem Verschweigen einer Tatsache, die wir ignorierten und die uns, gerade weil wir sie ignorierten, gar nicht so wichtig schien. Und sie war möglicherweise auch weniger wichtig, als man hätte annehmen können, solange sie unter uns blieb. In unseren Augen zählte nicht die Tatsache selbst, sondern daß niemand etwas davon erfuhr. Unser Leben hatte sich allmählich eingependelt, auf eine unerwartete Weise und eigentlich ohne unser Dazutun, jetzt kam es nur darauf an, dieses prekäre Gleichgewicht aufrechtzuerhalten. Doch dann, durch einen an sich unbedeutenden Zwischenfall, geriet plötzlich alles gefährlich ins Wanken.

An meinem Geburtstag wollte der Ingenieur uns abends zum Essen ausführen, in ein luxuriöses Restaurant in Deauville. Mutter besaß kein Kleid, das ihr für einen solchen Anlaß und ein solches Lokal passend schien. So beschloß sie nach einigem Hin und Her, sich heimlich ein Abendkleid von Madame Daboval auszuborgen, eines, das diese schon längere Zeit nicht mehr getragen hatte. Das ließ sich auch problemlos bewerkstelligen, denn an dem bewußten Tag war die ganze Familie Daboval abwesend, so daß niemand etwas bemerken würde.

Ich begriff, warum Mutter gerade dieses Kleid ausgewählt hatte. Es war aus Satin, in einem Türkis, das genau zu ihren Augen paßte, und so eng geschnitten, daß sie mit ihrer schlanken Figur darin fast provokant wirkte. Das geraffte, tief ausgeschnittene Oberteil ließ Arme und Schultern frei. Mutter war es wahrhaftig nicht gewohnt, solche Kleider zu tragen, aber sie tat es mit so viel Natürlichkeit, daß man hätte meinen können, sie trüge nie etwas anderes.

Der Ingenieur stutzte einen Moment, als er sie in diesem Kleid erblickte, verkniff sich aber die Frage, woher es kam; schließlich war er ein Mann von Welt, der niemals eine Frau mit indiskreten Fragen in

Verlegenheit gebracht hätte. Er bemerkte lediglich, so elegant habe sie noch nie ausgesehen.

«Nicht wahr?» sagte Mutter kokett, vollführte ein paar Schritte wie ein Mannequin auf dem Laufsteg, wirbelte herum, warf sich das Abendjäckchen über die Schulter, erstarrte in einer Pose und sagte hoheitsvoll: «Man wird in Deauville doch wohl irgendwo tanzen können?»

«Aber sicher», meinte der Ingenieur lächelnd. «Irgendwo finden wir bestimmt ein Tanzlokal, wo Mina ihr Talent unter Beweis stellen kann.»

Sie fanden eines, nach dem Essen. Ein Dancing gleich neben dem Casino, und dort tanzten die beiden wie damals am ersten Abend – nur daß Mutter diesmal keinen Schwips hatte und daß weder sie noch der Ingenieur ihre Verliebtheit zu bemänteln brauchten. Und daß sie so lange tanzen konnten, wie sie wollten, weil es ein Wochentag war und niemand zu Hause wartete und die ganze Nacht vor ihnen lag.

Wir verließen das Lokal erst gegen drei Uhr morgens. Der Strand war ganz in der Nähe, die Wellen schwappten im Mondlicht träge gegen das Ufer. Hinter uns sang Ray Charles: *I can't stop loving you ...* Die Stimme wurde leiser und verebbte im Morgendunst. Mutter ging voraus. Sie taumelte ein wenig, vor Müdigkeit, in letzter Zeit hatte sie nicht genügend Schlaf bekommen.

«Laß uns nach Hause fahren, Mina, du kannst dich ja kaum noch auf den Beinen halten», sagte er. Sie schüttelte heftig den Kopf, ohne sich umzudrehen. Er sah ihr nach, wie sie davontänzelte, mit diesem Funkeln in den Augen, von dem ich mittlerweile wußte, was es bedeutete.

«Du bist wirklich unvernünftig!»

«Ich will aber nicht vernünftig sein!»

Sie ging weiter und schwenkte herausfordernd die Hüften; sie brauchte sich nicht umzudrehen, um zu wissen, mit welch einem Blick er ihr nachschaute. Dann bekam sie plötzlich Lust auf ein Fußbad, und da sonst niemand in der Nähe war, schlüpfte sie aus den Sandaletten, streifte den Rock hoch und zog ihre Strümpfe aus, völlig ungeniert, so wie sie es vor meinem Vater getan hätte.

«Los, Tommy, mal sehen, wer schneller im Wasser ist!» rief sie und begann zu laufen.

Ich zog ebenfalls Schuhe und Strümpfe aus und rannte ihr nach. Ich brauchte mich nicht anzustrengen, um sie einzuholen, in dem engen Kleid konnte sie nicht schnell laufen. Plötzlich stolperte sie und fiel hin. Ich hörte Stoff reißen. Jetzt setzte sich auch der Ingenieur in Trab. Er half ihr auf die Beine, sah erleichtert, daß ihr nichts passiert war, aber sie stellte erschrocken fest, daß das Abendkleid von Madame Daboval vorn in der Mitte – und nicht etwa an der Seitennaht, wo man den Schaden leicht hätte reparieren können – gut zwanzig Zentimeter gerissen war.

«O Gott, was bin ich doch blöd!» begann Mutter zu jammern. «Verhauen sollte man mich! Menschenskind, schau dir das an! Das schöne Kleid! Bloß ein einziges Mal getragen, und jetzt ist es hin! Ein einziges Mal bin ich ein bißchen übermütig, und das hab ich jetzt davon ...»

Sie war so verzweifelt, daß der Ingenieur versprach, er werde ihr ein neues Kleid kaufen. Aber für Mutter, die sich vor allem wegen Madame Daboval aufregte, war das kein Trost. Alles schien sich gegen sie verschworen zu haben, als hielte das Schicksal den richtigen Zeitpunkt für gekommen, ihr eine Lektion zu erteilen.

Zu Hause fragte ich sie, was sie wegen des kaputten Kleides zu tun gedenke.

«Ach, irgendwie wird es sich schon flicken lassen», sagte sie mit gespieltem Gleichmut. «So schlimm ist die Sache nicht. Und Madame Daboval zieht das Kleid sowieso nie an, sie hat in letzter Zeit zugenommen, jetzt ist es ihr viel zu eng. Wahrscheinlich weiß sie inzwischen nicht mal mehr, daß sie es noch hat.»

Sie täuschte sich: Madame Daboval kam bereits am folgenden Abend, während sie, ihr Mann und der Ingenieur im Salon den Aperitif nahmen, darauf zu sprechen. Eine ihrer Nichten war zu einer Hochzeit eingeladen, und sie wollte ihr das Kleid leihen. Sie hatte es vergeblich in allen Schränken gesucht, und jetzt wollte sie von Mutter wissen, ob sie eine Ahnung habe, wo es sei. Mutter wurde kreideweiß.

«Was für ein Kleid ... welches meinen Sie?» stammelte sie. «Im Moment kann ich mich nicht erinnern.»

«Aber Mina, das türkisfarbene, Sie wissen doch, das mit dem gerafften Oberteil», sagte Madame Daboval. «Das mit dem ganz gerade geschnittenen Rock. Es ist mir ein wenig zu eng geworden, darum hab ich es schon lange nicht mehr getragen.» Und, zum Ingenieur gewandt: «Es ist ein ziemlich gewagtes Kleid, weißt du, eins, das alle Männerblicke auf sich lenkt ... Aber meine Nichte ist noch jung und schlank genug, um so etwas tragen zu können.»

Der Ingenieur hatte in einem Polstersessel Platz genommen. Mutter wagte ihn nicht anzusehen, während sie ihm nachschenkte. Sein Blick fiel auf ihre zitternden Hände und wanderte dann aufwärts zu ihrem Gesicht. Ich beobachtete ihn vom Flur aus. Er hatte begriffen, daß Mutter in der Klemme steckte, und versuchte ihr zu helfen.

«Hast du es nicht vielleicht bereits weggegeben, Christine, und jetzt erinnerst du dich nicht mehr daran?»

«O nein, ich weiß genau, daß ich es nicht weggegeben habe», versicherte Madame Daboval. «Irgendwo muß es sein, ganz bestimmt. Für mich sind eine Menge schöner Erinnerungen mit diesem Kleid verbunden, schon deshalb hätte ich es nicht weggegeben.»

Es wäre schwierig gewesen, ihr etwas anderes einreden zu wollen. Noch schwieriger würde es sein, ihr zu beichten, was mit dem kostbaren Erinnerungsstück geschehen war.

«Ich seh später nach», sagte Mutter, jetzt nicht mehr weiß, sondern feuerrot im Gesicht. «Es muß in einem der Schränke sein, wahrscheinlich haben Sie es übersehen.»

Mit abgewandtem Gesicht, damit niemand ihre Verlegenheit bemerken sollte, verließ sie hastig den Salon.

Mutter beschloß, das zerrissene Kleid einfach um zwanzig Zentimeter kürzer zu machen. Das war ein kühnes Unterfangen, aber eine bessere Lösung fiel uns nicht ein. Kaum waren wir zu Hause, machte sie sich am Küchentisch an die Arbeit. Der Ingenieur sah ihr mit skeptischer Miene zu; ihm schien die Sache ziemlich riskant.

«Hätte ich ihr vielleicht sagen sollen, was tatsächlich passiert ist?» fauchte Mutter und zückte die Schere.

«Nein, aber du hättest mir sagen sollen, daß du ein neues Kleid brauchst! Dann hätte ich dir eins gekauft, und die ganze Aufregung wäre dir erspart geblieben.»

«Ich hab keine Lust, dauernd daran erinnert zu werden, daß du Geld hast und ich nicht! Warum mußt du es mir noch unter die Nase reiben? Reicht es dir nicht, daß ich vor dir das Dienstmädchen spielen muß?»

Daran wollte jedoch er nicht dauernd erinnert werden.

«Jetzt fang nicht wieder damit an, Mina! Du weißt ganz genau, daß mir das völlig schnuppe ist. Wem willst du es also unter die Nase reiben?» Sein Blick fiel auf mich. «Tommy vielleicht? Dem ist es doch auch völlig schnuppe. Er weiß, und ich weiß es auch, was du wert bist, das wissen wir genausogut wie du!» Er war tatsächlich wütend.

Jetzt lächelte sie. «Klar, das wissen wir alle», sagte sie und griff nach Nadel und Faden. «Ich wollte dich nur ein bißchen ärgern. Im übrigen, was nützt es dir schon, dein Geld? Ein Kleid kannst du mir sowieso nicht kaufen, das würde mein Mann doch sofort bemerken. Deshalb habe ich mir eins von Madame Daboval ausgeborgt. Deshalb – und weil ich es mir im Gegensatz zu Madame Daboval leisten kann, hautenge Kleider zu tragen. Was das betrifft, weiß ich auch, was ich wert bin.»

Sie biß den Faden ab, machte einen Knoten hinein und begann zu nähen.

Der Ingenieur goß sich am Spülbecken ein Glas Wasser ein. «Nächsten Samstag fahren wir nach Rouen. Du suchst dir ein Abendkleid aus, und das bleibt dann bei mir. Wenn wir ausgehen, kannst du es dir von mir borgen. Auf diese Weise erfährt dein Mann nichts davon.» Er trank sein Glas leer. «Könntest du dich damit einverstanden erklären?»

Mutter gab keine Antwort und nähte weiter, den Kopf über ihre Arbeit gebeugt, mit angespanntem Nacken.

«Und schlag dir die Idee aus dem Kopf, daß ich mir jedesmal, wenn ich dir etwas schenke, damit etwas anderes erkaufe. Diese Idee stört mich nämlich auch. Jemandem etwas zu geben und dafür etwas zu bekommen ist wirklich kein Problem. Es ist nur eine Möglichkeit, das Gleichgewicht herzustellen.» Er schickte sich an zu gehen. «Ich bin sicher, dein Sohn versteht das. Falls du Mühe hast, es zu verstehen – er kann es dir vielleicht besser erklären als ich.»

Er hatte uns nach Hause gebracht – seit einiger Zeit tat er das jeden Abend – und fuhr danach wieder nach Héricourt. Manchmal, je nach den Umständen, kam er dann später zurück, um über Nacht zu bleiben. Aber er mußte vorsichtig sein, sonst hätten seine Gastgeber Verdacht geschöpft.

Er und Mutter waren sich einig, daß wir nach der gestrigen langen

Nacht unseren Schlaf dringend nötig hatten; heute nacht würde er also nicht zurückkommen. Es war nicht seine Art, sich so brüsk zu verabschieden, und ich dachte, er sei gekränkt, weil Mutter ihren Stolz ein bißchen zu sehr herausgekehrt hatte – sie besaß ja nichts außer ihrem Stolz. Aber er kam dann doch zurück. Vielleicht wollte er sie um Verzeihung bitten, daß er so hastig verschwunden war. Oder er wollte ihren Stolz auf andere Art besiegen.

Wie auch immer: Nach dem zu schließen, was ich durch die Tür hören konnte, war das Gleichgewicht zwischen den beiden bald wieder hergestellt. Auf diesem Gebiet schien das Verzeihen ebenso wirksam zu sein wie das Nachgeben oder gar eine Kombination von beidem. Offenbar störte es sie jetzt auch nicht mehr, daß ich sie hören konnte. Wahrscheinlich hatten sie inzwischen begriffen, daß es mich nicht störte, wenn sie hier miteinander schliefen.

Ich wunderte mich selbst, daß es mich nicht störte. Offenbar, dachte ich, kennt man sich mit sechzehn Jahren weniger gut, als man glaubt. Und man kennt sich wohl auch später nie richtig, dachte ich weiter: Meine Mutter hatte sicherlich geglaubt, sich zu kennen, und nun entdeckte sie auf einmal die leidenschaftliche Frau in sich, sie, die in ihrem ganzen Leben noch nie einen anderen Mann gehabt hatte als meinen Vater. Das sollte mir eine Lehre sein: daß nicht alle Männer, obwohl sie ja eigentlich alle gleich sind, in einer Frau die gleichen Gefühle hervorrufen, sondern daß es vom einen zum anderen Unterschiede gibt, die zu ganz unterschiedlichen Reaktionen führen.

Die Bemühungen meiner Mutter, den Schaden an Madame Dabovals Abendkleid zu beheben, stießen nicht auf einhellige Begeisterung. Außer bei der Nichte, die ungemein schöne Beine hatte und sie auch gerne zeigte. Sie fand, das Kleid habe genau die richtige Länge, und damit war der Fall erledigt.

Am folgenden Samstag fuhren wir nach dem Kino mit dem Ingenieur nach Rouen, um ein Abendkleid für Mutter zu kaufen. Wir fuhren jetzt öfter nach Rouen. Dort kannte uns niemand, so daß wir nicht riskierten, ins Gerede zu kommen. Der Ingenieur behielt das Kleid bei sich und versprach hoch und heilig, es so gut zu verstauen, daß Madame Daboval es bestimmt nicht entdecken würde.

Mit allem mußten sie es jetzt so halten, Mutter und er, egal, ob es sich um Dinge oder Gesten, um Blicke, Worte oder Gefühle handelte. Sie mußten peinlich genau auf alles achten, was andere Leute sehen oder hören und woraus sie irgendwelche Schlüsse ziehen konnten. Auch ich mußte von jetzt an darauf achten, daß mir ja kein unbedachtes Wort herausrutschte, weder vor Vater noch vor den Dabovals oder Lisbeth. Und jetzt wurde mir klar, daß meine Mitwisserschaft mich um ein Stück Freiheit gebracht hatte. Aber vielleicht mußte es so sein. Vielleicht konnte man im Leben nicht immer so frei handeln, wie ich immer geglaubt hatte. Wäre es nur auf uns angekommen, dann hätten wir diese Freiheit gehabt. Aber es kam eben auch auf die Umstände an, und in den allermeisten Fällen waren es die Umstände, die unser Handeln bestimmten.

14

So also standen die Dinge Anfang Juli, zwei Monate nachdem der Ingenieur in unser Leben getreten war. Jetzt führten wir eine Art Doppelleben: Mutter zwischen meinem Vater und dem Ingenieur, ich zwischen ihr und meinem Vater – und auch ein wenig zwischen meinem Vater und dem Ingenieur, den ich jetzt täglich sah und der mir immer wieder zu verstehen gab, daß auch ich ihm viel bedeutete und in seinen Augen keineswegs der unerwünschte Dritte war.

Ich fühlte mich also nicht nur unfrei, sondern auch ständig hin- und hergerissen. Und ich glaube, auch Mutter fühlte sich so. Nur daß in ihrem Fall der Körper auf seine Art entschied: In jeder Nacht, die sie mit dem Ingenieur verbrachte in dem Bett, das auch das Bett meines Vaters war, traf ihr Körper die Entscheidung, vor der sie sich im Grunde genommen fürchtete. Und ich entschied mich für das Schweigen. Das war unverfänglich. Ich weiß nicht, ob diese Entscheidung richtig war, ob es eine bessere gegeben hätte. Ich weiß nur dies: daß ich meine Mutter niemals verraten hätte, aber auch meinen Vater nicht. Sogar heute noch, im Rückblick, kann ich die Situation nicht anders beschreiben. Es war nun einmal so, man konnte es drehen und wenden, wie man wollte, es ließ sich nicht ändern. Nichts von dem, was uns in diese Situation gebracht hatte, konnte rückgängig gemacht werden.

Am folgenden Samstag blieb Vater zu Hause. Mutter und ich hatten geplant, mit dem Ingenieur nach Rouen zu fahren, er hatte Karten für ein Chopin-Klavierrezital besorgt, aber unsere Nachbarn machten uns einen dicken Strich durch die Rechnung. Bei Madame Duval – deren Mann das Recht einer Frau, «sich zu verweigern» (die damals übliche Definition für Empfängnisverhütung), selten respektierte und ihr ein Kind nach dem anderen machte –, bei Madame Duval hatten die Wehen vorzeitig eingesetzt, so daß sie notfallmäßig ins Krankenhaus mußte. Aus der Kartenpartie wurde also nichts und aus dem Konzert auch nicht, weil Vater darauf bestand, mit uns nach Héricourt zu kommen, wo Mutter – wie er annahm – jetzt jeden Samstagnachmittag zu tun hatte.

Zum Glück war niemand da außer dem Ingenieur, der es sich draußen auf einer Sonnenliege bequem gemacht hatte. Er sah erschrocken von seinem Buch hoch, als wir zu dritt ankamen; offenbar befürchtete er Schlimmes. Doch sein Gesicht entspannte sich, als Mutter lächelnd über den Rasen auf ihn zuging und in förmlichem Ton sagte:

«Darf ich Sie mit meinem Mann bekannt machen? Er wollte heute mit uns kommen.» Und zu Vater: «Monsieur Backmann ist der Ingenieur, von dem ich dir bereits erzählt habe, der Brückenkonstrukteur. Ein guter Bekannter der Familie Daboval, er wohnt hier.»

«Sehr erfreut – ja, meine Frau hat mir schon von Ihnen berichtet», sagte Vater und schüttelte ihm die Hand. Er strahlte übers ganze Gesicht. «Ich hab gehört, daß Sie sich für die Bauarbeiter eingesetzt haben. Dafür möchte ich Ihnen auch persönlich danken. Ich hatte meine Frau gebeten, es Ihnen auszurichten, hoffentlich hat sie es nicht vergessen.»

Mein Vater legte großen Wert darauf, sich persönlich bei Leuten zu bedanken, die etwas für ihn getan hatten, und wie Mutter pflegte er es ein wenig zu übertreiben, um ja nicht für undankbar gehalten zu werden. Außerdem kam es nicht oft vor, daß sich jemand für ihn einsetzte.

Die überschwenglichen Dankesbezeugungen des Mannes, mit dessen Frau er ein Verhältnis hatte, brachten den Ingenieur in Verlegenheit. «Ja, sie hat es mir ausgerichtet», sagte er ziemlich kurz angebunden; offenbar wollte er sich nicht weiter darüber auslassen.

Es war das erste Mal, daß ich alle drei zusammen vor mir hatte. Und auch ich empfand die Situation als peinlich. Nicht so sehr wegen der Art, wie der Ingenieur meinen Vater musterte – obwohl er sich, aus Rücksicht auf Mutter, nicht anmerken ließ, was er von ihm hielt. Aber wegen der Art, wie mein Blick zwischen den beiden Männern hin- und herwanderte und Punkte verteilte. Ein solcher Vergleich war nicht statthaft, das war mir bewußt, aber ich konnte einfach nicht anders, als in Gedanken aufzulisten, was der eine besaß und der andere nicht, und alle Minuspunkte kamen auf dieselbe Seite.

Vater hatte es nicht eilig. Es war ein heißer Tag, ein Tag zum Faulenzen. Wir waren auf der kurzen Fahrt hierher klatschnaß und durstig geworden. Vater wischte sich mit dem Taschentuch den Schweiß von der Stirn und erkundigte sich, ob es nicht irgendwo ein kühles Bier gebe für einen Mann, der sich die Mühe gemacht hatte, uns bei dieser Hitze herzufahren.

«Klar gibt's das», sagte Mutter. Wir überließen den Ingenieur seiner Lektüre, gingen in die Küche und setzten uns an den Tisch. An diesem Tisch saßen sonst immer Mutter und der Ingenieur, für mich war es jetzt ein Ort, der nur ihnen gehörte. Während Mutter zwei Flaschen Bier aus dem Kühlschrank nahm und mit einer schwungvollen Handbewegung öffnete, stimmte sie ein Loblied auf den Ingenieur an. Er sei nicht nur ein Meister in seinem Fach, er sei auch ein Mensch mit Herz. Sobald er erfahren habe, wie schlecht die Leute bezahlt wurden für die harte und gefährliche Arbeit auf der Brückenbaustelle und mit welch einer lächerlichen Entschädigung sie abgespeist wurden, wenn sie einen Unfall hatten, wo doch das, was einer von der Versicherung kriegte, vorn und hinten nicht reichte – da sei er sofort für die Arbeiter eingetreten. Er wisse nämlich genau, welchen Einsatz ein solches Großprojekt erfordert, und da habe er die Verantwortlichen so lange bearbeitet, bis sie bereit waren, den Arbeitern bessere Bedingungen zu gewähren.

Vater, der nicht merkte, daß in ihren begeisterten Worten noch etwas ganz anderes mitschwang, war voll und ganz ihrer Meinung: Ja, sicher, sagte er, dieser Ingenieur sei wirklich ein guter Mensch, einer, der die Arbeiter respektiere und deshalb auch ihren Respekt verdiene. Das sei den Leuten klar, und deshalb sei er auch bei allen beliebt und geachtet ... Vater beugte sich übers Spülbecken und ließ kaltes Wasser über sein verschwitztes Gesicht laufen. Dann richtete er sich auf und griff nach einem Handtuch. Er habe ja den Ingenieur bisher nicht persönlich kennengelernt, fuhr er mit offensichtlicher Genugtuung fort, und nun sei er wirklich froh, daß sich diese Gelegenheit ergeben hatte – dank der Tatsache, daß Mutter im Gutshaus arbeitete –, denn nun habe auch er das Recht, den Ingenieur mit einem Händedruck zu begrüßen, wenn er ihm auf dem Bau zufällig begegne, so wie all die anderen Leute, die ihn persönlich kannten. So etwas könne man nicht hoch genug schätzen. Ein Kleinunternehmer wie er habe ein bißchen Protektion dringend nötig in diesen schwierigen Zeiten.

All das sagte er, während er sich bedächtig einen Finger nach dem anderen trockenrieb, mit der hoffnungsvollen Miene eines Menschen, der es immer wieder mit neuen Tricks versucht und doch nur einen Mißerfolg nach dem anderen eingesteckt hat. Und ich dachte, halb mitleidig und halb verächtlich, daß dies wohl der einzige Vorteil war, den er von der ganzen Sache hatte – ohne daß er dafür dem Ingenieur die Hand zu drücken brauchte.

Eigentlich hätte ich zu dem Konzert mitgehen sollen, aber so wie die Dinge standen, hatte ich den Eindruck, daß Mutter gerne auf meine Gesellschaft verzichtete und sich mit derjenigen des Ingenieurs begnügte. Ohnehin waren die beiden wohl kaum erpicht darauf, bei der Hitze nach Rouen zu fahren und jemanden Chopin spielen zu hören, ihnen schwebte wahrscheinlich ein anderes Spiel vor, eines, bei dem sie mich nicht dabeihaben wollten.

Vater hatte seine eigenen Vorstellungen davon, wie man sich die Zeit vertreiben könnte. «Hast du Lust, mitzukommen zum Fischen?» schlug er vor. «Du wirst doch nicht den ganzen Nachmittag hier bei Mutter bleiben und lesen wollen, ist doch sterbenslangweilig.»

Er konnte einfach nicht begreifen, daß ich mich beim Lesen ebensowenig langweilte wie in Mutters Gesellschaft. Aber ich stimmte zu, obwohl ich zum Fischen nicht die mindeste Lust hatte. Prima, meinte er, dann würden wir also gegen Abend wieder zurück sein, um Mutter abzuholen. Er trank sein Bier aus, stand auf und legte mir den Arm um die Schultern, sichtlich erfreut, daß ich ausnahmsweise einmal mitkommen wollte. «Na, dann los, Junge! Lassen wir Mutter ihre Arbeit tun, während wir zwei ein bißchen die Forellen kitzeln. Die sollen sich mal in acht nehmen, die werden nicht mehr lange im Bach rumflitzen! Ich weiß schon, wo ich die Leine auswerfen muß, glaub mir.»

Und so warfen wir die Leine aus, immer wieder, aber ohne viel Erfolg. Die Forellen schienen bei dieser Hitze lieber auf dem Grund zu bleiben, anstatt herumzuflitzen. Zweifellos war dieser Samstag nachmittag für Mutter unterhaltsamer als für mich. Zum Glück hatte ich mein

Buch mitgenommen, und so konnte ich zwischendurch ein bißchen lesen, wenn das Gespräch stockte oder Vater glaubte, unter der glitzernden Wasseroberfläche einen verräterischen Schatten entdeckt zu haben, der sich dann meistens als ein dahintreibendes Blatt entpuppte. Er starrte so konzentriert auf seine Leine, daß ich beinahe erschrak, als er plötzlich bemerkte: «Mir kommt vor, sie sieht neuerdings besonders hübsch aus, deine Mutter. Ich weiß nicht, ob es der schöne Sommer ist, der sie so hübsch macht.»

Ich klappte mein Buch zu und schielte zu ihm hinüber. Was erwartete er jetzt von mir, eine Bestätigung, ein Geständnis? Aber ich hatte nicht den Eindruck, daß ihn irgend etwas beunruhigte. Er war einfach glücklich und stolz darauf, eine schöne Frau zu haben – welcher arme Schlucker kann sich schon rühmen, eine so schöne Frau zu haben? –, und vielleicht war ihm plötzlich bewußt geworden, daß er sich etwas mehr um sie kümmern sollte.

«Diese zusätzlichen Stunden bei den Dabovals – vielleicht hätte ich nicht zulassen dürfen, daß sie das macht. Mit der Zeit könnte es ihr doch zuviel werden. Und außerdem ... jetzt, wo ich die ganze Woche weg bin, bleibt uns wenig Zeit füreinander.»

Auf diese Idee hätte er eigentlich schon längst kommen müssen, dachte ich. Aber offenbar war dazu eine Abweichung von der Routine nötig gewesen: ein Samstagnachmittag, den er anstatt beim Kartenspiel mit den Nachbarn beim Angeln mit seinem Sohn verbrachte. Ich wollte es ihm schon sagen, als mir einfiel, daß ich Mutter damit wohl kaum einen Gefallen getan hätte. Ich beobachtete ihn, während er die Leine einholte. Kein Fisch hatte angebissen, dafür war der Köder weg. Du hast reichlich lange gebraucht, um zu sehen, daß Mutter eine schöne Frau ist, dachte ich. Und jetzt, wo du es endlich siehst, müßte dir doch klarwerden, daß auch andere Männer Augen im Kopf haben.

«Ja, es wird wohl am Sommer liegen», sagte ich schließlich. «Es ist eine Jahreszeit, die ihr besonders gut steht.»

Vater wühlte in der Bonbondose herum, die er für seine Köder benutzte, und befestigte mit nachdenklicher Miene einen Wurm am Angelhaken. «Eigentlich bin ich schön blöd! Ich hätte drüben bleiben sollen, bei ihr. Die sind ja alle fort. Wir hätten Gescheiteres tun können als angeln und staubsaugen ... Sie hätten bestimmt nichts gemerkt, sie sehen doch nicht in jedem Winkel nach.» Er zwinkerte mir zu. «Na ja, manchmal fällt einem eben erst hinterher ein, was man eigentlich hätte tun sollen!» Aber der Ingenieur sei da, wandte ich ein. Was ihm jetzt erst eingefallen sei, wäre also nicht so leicht zu bewerkstelligen gewesen. «Das stimmt», sagte er. Dann warf er die Leine von neuem aus. «Na also, dann habe ich ja nichts verpaßt. Dann gab es eben nichts Gescheiteres zu tun, als angeln zu gehen. Alles in Ordnung.»

Ich beobachtete die Leine, die von der Strömung mitgerissen wurde, und hatte das Gefühl, auch ich würde mitgerissen von einer Logik, die nicht meine war, sondern die der Ereignisse. Nicht ich bestimmte die Richtung, sie wurde mir vorgegeben von Elementen, über die ich keine Macht besaß. Ich versuchte, mich auf die Lektüre zu konzentrieren, aber meine Gedanken wanderten immer wieder zu meinem Vater, der schweigend neben mir saß.

Ich hatte mich schon oft gefragt, was eigentlich in ihm vorging, was ihn daran hinderte, darüber zu sprechen. Manchmal, wenn ich seine breiten, schwieligen Hände mit den stumpfen Fingernägeln betrachtete, seine muskulösen Schultern unter dem schlechtsitzenden Hemd, tat es mir leid, daß wir uns nicht ähnlicher waren. Wenn ich ihm ähnlicher gewesen wäre, dann hätten wir unseren Weg gemeinsam gehen können. Wir hätten miteinander Zukunftspläne geschmiedet, miteinander auf dem Bau gearbeitet, miteinander über das schlechte Wetter geklagt. Wir hätten miteinander über Aufträge geredet, über Materialprobleme, Akontozahlungen, Investitionen ... Spannendere Themen als die Literatur, für die ich ihn erfolglos zu interessieren versuchte. Für ihn existierten Wörter nur in ihrer konkreten Bedeutung, sie verloren jeden Sinn, wenn sie sich auf Abstraktes bezogen. Jedesmal, wenn ich ihm berichtete, was ich gelesen hatte, nahm sein Gesicht den angespannten Ausdruck eines Schwerhörigen an. Er mußte sich derart anstrengen, um meinen Überlegungen zu folgen, daß ich es bald aufgab, ihn in Tiefen zu lotsen, wo er den Boden unter den Füßen verlor, und lieber wieder ans sichere Ufer unverfänglicher Themen zurückkehrte. Dort langweilte ich mich zwar, aber ich konnte ihm wenigstens Gesellschaft leisten. Das Wetter, das Geld, das Haus, die Arbeit – Mutter und mir kamen diese ewig gleichen Themen vor wie die ewig gleichen Kartenpartien, die einen schon längst nicht mehr interessieren und die man doch immer wieder spielt, weil man nichts anderes hat, um den Geist zu beschäftigen. Ich versuchte diesen Gesprächen auszuweichen, wo es nur ging.

«Ist es spannend, was du da liest?» fragte Vater und beugte sich über meine Schulter.

Ich hielt ihm das Buch hin. «Moravia, *Die Verachtung.* Eine Geschichte über das Scheitern einer Ehe.»

«Aha – und was ist schuld, daß sie scheitert?»

«Das Geld. Und auch die Langeweile, glaube ich. Ich bin erst am Anfang, aber ich hab so ein Gefühl, daß es darauf hinausläuft.»

«Soso, du fühlst also, auf was es hinausläuft, noch bevor es passiert?» fragte er belustigt.

«Ich glaube, das sollte man. Sofern man kann ... Das ist so, wie wenn man unter einem Dach vorbeigeht, auf dem ein Ziegel locker ist. Besser, man merkt es, bevor es knallt.»

«Sicher», meinte Vater, dem dieses praktische Beispiel sofort einleuchtete. «Es tut weniger weh, wenn man rechtzeitig merkt, wo der Ziegel hinfällt, als wenn man ihn voll auf den Schädel kriegt.» Er schwieg ein Weilchen und fragte dann: «Und woran merkt man, deiner Meinung nach, daß eine Ehe kaputtgeht?»

Diese Frage überraschte mich ein wenig, und ich mußte einen Augenblick nachdenken. «Daran, daß die beiden Partner nicht mehr in die gleiche Richtung ziehen.»

«Wie meinst du das?»

Wieder mußte ich überlegen. «Kannst du dir einen Menschen vorstellen, bei dem ein Bein in die eine Richtung laufen möchte und das andere in die entgegengesetzte?»

«Nein, sicher nicht», sagte Vater. «Auf diese Weise fällt einer unweigerlich auf die Schnauze.»

«Eben, so ungefähr stelle ich es mir vor, wenn eine Ehe kaputtgeht. Was du auf die Schnauze fallen nennst. Beide sollten immerzu in die gleiche Richtung ziehen, möglichst bis zum Schluß. Aber ich nehme an, das ist sehr schwierig. Weil doch jeder Mensch, ob er verheiratet ist oder nicht, ein Individuum ist. Er kann seine Natur und seine Wünsche und Hoffnungen nicht einfach ändern.»

Vater nickte andächtig, anscheinend imponierte ihm meine Art, über Dinge zu philosophieren, die ich selbst noch gar nicht erlebt hatte.

«Mutter hat schon recht», meinte er, «du hast Grips, mein Junge. Sag mal, wo hast du das alles bloß her?»

«Aus den Büchern, nehme ich an, woher sonst? Die paar Bekannten, die wir haben, reden nie über solche Dinge, und sonst hab ich ja mit niemandem Umgang.»

Er fragte nicht weiter, das Thema schien damit für ihn erledigt zu sein. Ich steckte die Nase in mein Buch, und er widmete sich wieder seiner Angelleine, für die sich die Forellen nicht im mindesten interessierten. Gegen acht Uhr packten wir zusammen und fuhren zum Gutshaus zurück. Der Panhard hatte stundenlang in der Sonne gestanden, und obwohl die Fensterscheiben heruntergekurbelt waren, stank alles nach Dieselöl. Es war eben nicht der elegante, komfortable DS des Ingenieurs. Ich konnte mir lebhaft vorstellen, mit welchem Widerwillen Mutter einsteigen würde.

Der Ingenieur war nicht mehr da. Wahrscheinlich hatte er das Feld geräumt, weil er befürchtete, Vater würde zwei und zwei zusammenzählen, wenn er ihn und Mutter zusammen sah. Bei Menschen ist es oft wie bei einem Puzzle: Einzeln ergeben die Stücke keinen Sinn, aber sobald man sie zusammensetzt, kommt das darin verborgene Bild zum Vorschein. Und wenn zwei sich gerade geliebt haben, sind sie immer noch so eng miteinander verbunden, daß der Abglanz ihrer Liebe auf ihrem Gesicht zu sehen ist. Ich sah es Mutter sofort an, dieses Strahlen, das sie, wie Vater gesagt hatte, so hübsch machte und dessen Ursache nicht, wie ich gesagt hatte, der Sommer ganz allgemein war, sondern dieser besondere Sommer, der sich von allen früheren unterschied. Was immer sie an diesem Nachmittag im Hause der abwesenden Dabovals gemacht hat, dachte ich, vom Putzen sieht sie jedenfalls nicht so strahlend aus.

«Ach herrje», rief sie mit einem Blick in unseren Eimer, in dem drei mickrige Weißfischchen zappelten, «ist das alles, was ihr mir zum Abendessen mitbringt? Und davon soll ich nach der anstrengenden Arbeit wieder zu Kräften kommen?»

Ich fand, diese spöttische Bemerkung hätte sie sich denn doch sparen können, und sagte patzig: «Mit dem Fischen ist es eben so eine Sache. Die einen geben sich alle Mühe und fangen trotzdem nichts, die anderen brauchen bloß die Leine auszuwerfen, und schon beißt ein Prachtexemplar an. Nicht daß ich es ihnen nicht gönnte.»

«Hör mal, mein Lieber», sagte sie und kniff mich recht unsanft ins Ohr, «mir scheint, du bist in letzter Zeit deiner Mutter gegenüber reichlich vorlaut. Wird wohl an der Pubertät liegen, was?»

«Schon möglich», sagte Vater lachend, «er legt ja neuerdings auch so großen Wert auf seine Körperpflege. Du solltest ihn besser an die Kandare nehmen, Mina, der Junge wächst uns sonst plötzlich über den Kopf.» Und er gab mir seinerseits, nur zum Spaß, eins hinter die Ohren, so daß ich nun, sozusagen mit dem elterlichen Segen versehen, einen neuen Lebensabschnitt beginnen konnte.

15

Nach diesem Wochenende schaltete Mutter, was ihr Liebesleben betraf, eine längere Pause ein. Um diese Zeit herum entdeckte ich in ihrer Nachttischschublade ein Medikament gegen Harnweginfektionen, und sie trank auch mehr als sonst – wegen der Hitze, behauptete sie, aber ich wußte, daß der Durst etwas mit den kleinen weißen Pillen zu tun hatte, die sie heimlich nahm. Also mußte es zwischen ihrer Enthaltsamkeit und den Pillen einen Zusammenhang geben.

Vater merkte zum Glück nichts. Er kehrte nach Le Havre zurück, ohne Verdacht geschöpft und, wie ich vermutete, ohne sie angerührt zu haben. Da er bestimmt kein Mann war, der ohne weiteres auf seine ehelichen Rechte verzichtete, lag der Schluß nahe, daß Mutter sich ihm nach wie vor verweigerte, vielleicht mit der Begründung, die zusätzliche Arbeit im Gutshaus sei eben doch ermüdend. Dieses Argument würde Vater einleuchten: Leute wie wir müssen mit ihren Kräften haushalten, sind sie doch unser einziges Kapital ...

Der Ingenieur kam trotzdem jeden Abend und blieb über Nacht. Er kam, obwohl sie nicht miteinander schliefen, weil beide das Bedürfnis hatten, wenigstens nebeneinander im gleichen Bett zu schlafen. Er kam, weil sie es jetzt einfach ohne einander nicht mehr aushielten. Unter solchen Bedingungen ist es schwierig, sich die Zukunft vorzustellen; denn der Bau einer Brücke mag zwar Jahre dauern, aber einmal wird sie doch fertig; eine Ehefrau kann ihrem Mann nicht allzulange vorenthalten, was sie ihrem Geliebten nur zu gerne gibt; man kann nicht ewig mit einer Lüge leben, sondern muß sich irgendwann entscheiden. Aber Mutter konnte sich nicht zwischen Vater und dem Ingenieur entscheiden, ebensowenig wie ich mich zwischen meiner Mutter und meinem Vater entscheiden konnte, ebensowenig wie der Ingenieur sich zwischen seiner Frau und meiner Mutter entscheiden konnte. Dieses Problem beschäftigte mich so sehr, daß ich oft nicht einschlafen konnte und mich ängstlich fragte, wo uns das noch hinführen sollte, denn meine Mutter, das war mir klar, hatte längst die Kontrolle verloren, über sich selbst und auch über unsere Existenz. Wir trieben hilflos dahin, wie ein ruderloses Boot.

Aber auch tagsüber grübelte ich über diese Fragen nach. Eines Nachmittags lag ich im Park des Gutshauses unter einer Weide, deren Zweige sich im Ostwind sanft hin und her bewegten, und war so in meine Gedanken vertieft, daß ich Lisbeth nicht kommen hörte. Auf einmal fiel ein Schatten auf mich, zwei Hände legten sich über meine Augen, und dann beugte sich Lisbeth über mich und küßte mich auf den Mund. Sehr vorsichtig, als wollte sie nur prüfen, wie ich darauf reagieren würde. Ich lag ganz still und ließ mich von ihr küssen, denn ich fand es ausgesprochen angenehm, so geküßt zu werden. Die Idee war wirklich nicht schlecht; merkwürdig, daß ich nicht selbst darauf gekommen war – oder hatte ich mich bloß nicht getraut?

Nach einer Weile hob Lisbeth den Kopf und sah mich an. Ich sah sie ebenfalls an und spitzte die Lippen, um ihr zu zeigen, daß ich bereit war weiterzumachen. Sie lächelte und beugte sich wieder zu mir herunter. Der zweite Kuß fühlte sich noch angenehmer an. Und beim dritten umschlang ich sie und zog sie neben mich ins Gras. Ihre Lippen waren weich und nachgiebig, und jetzt berührten sich auch unsere Zungen.

Es war nicht das erste Mal, daß ich ein Mädchen auf den Mund küßte, aber es war das erste Mal, daß ich es nicht aus reiner Neugier tat, nur um herauszufinden, was man beim Küssen fühlt. Von allen Mädchen in der Schule gefiel mir Lisbeth am besten. Wir verbrachten nicht nur deshalb soviel Zeit miteinander, weil sie die Tochter der Leute war, denen Mutter den Haushalt besorgte. Wenn sie mir nicht so gut gefallen hätte, wären wir bestimmt nicht so oft beisammen gewesen; es hatte also schon seine Gründe. Bereits seit einigen Jahren machten wir unsere Schularbeiten stets gemeinsam, wir lasen dieselben Bücher und tauschten unsere Eindrücke aus, kurz, wir waren gute Freunde. Vielleicht hatte ich deshalb bisher in ihr nie etwas anderes gesehen – obwohl ich mir durchaus bewußt war, daß sie eigentlich viel hübscher aussah als andere Mädchen, mit ihrem kastanienroten Haar, das sie immer offen trug, den grau und blau gesprenkelten Augen und dieser hellen, fast durchsichtigen Haut, die das Merkmal der jungen Mädchen in unserer Gegend ist.

«Was hat dich denn auf einmal gepackt?» fragte ich, denn ich war mir nicht sicher, was diese gänzlich unerwartete Zärtlichkeit eigentlich zu bedeuten hatte.

«Hat's dir Spaß gemacht?» fragte sie zurück und steckte mir ein Gänseblümchen zwischen die Lippen.

Ja, allerdings, erwiderte ich, und falls sie das des öfteren zu tun gedenke, hätte ich bestimmt nichts dagegen.

«Wenn du es für dich behalten kannst und meine Eltern nichts davon erfahren, dann können wir auch ... na ja, dann bin ich bereit, noch mehr mit dir zu tun», sagte sie. Ich wußte nicht recht, was ich dazu sagen sollte – schließlich hatten wir uns doch vor kaum einer Minute zum erstenmal geküßt. «Weißt du, ich bin nicht erst heute darauf gekommen, ich hab schon eine ganze Weile daran gedacht. Aber du hast ja nie etwas merken wollen. Na, und da dachte ich mir eben, wenn ich nicht den Anfang mache ...»

Sie drehte sich herum und sah mir in die Augen. Ich sah in ihren Augen, daß sie lange genug gewartet hatte und jetzt nicht mehr länger warten wollte. Und ich sah auch: Wenn eine Frau von sich aus beschließt, daß sie einen Mann haben will, braucht er sie nicht lange zu überreden. Ich fragte mich, wann meine Mutter beschlossen hatte, daß sie den Ingenieur haben wollte: gleich bei der ersten Begegnung im Kino oder erst später? War es schon in dem Moment geschehen, als sie stolperte und er sie auffing? Lag es an der Art, wie er sie unwillkürlich festhielt, an der Berührung einer Hand, die sie noch gar nicht kannte? Oder hatte die Hand nichts damit zu tun, lag es vielmehr an seinem Lächeln, seiner besorgten Frage, ob sie sich weh getan hatte, an der beflissenen Art, wie er den Sitz für sie herunterklappte? Oder an den verstohlenen Blicken, der flüchtigen Berührung ihrer Arme auf der Sessellehne, dem Geruch ihrer Haut, während sie nebeneinandersaßen, an all diesen Kleinigkeiten, die bewirken, daß zwei Menschen sich zueinander hingezogen fühlen, ohne es zu wollen und ohne sich dagegen wehren zu können? Irgend etwas Derartiges mußte es gewesen sein. Es mußte gleich bei der ersten Begegnung passiert sein, noch bevor er uns in das Lokal einlud und mit ihr tanzte, noch bevor sie begriff, wie sehr sie es genoß, mit ihm zu tanzen, und wie sehr sie sich wünschte, mit diesem Mann noch mehr zu tun, als nur zu tanzen.

Wir hätten an jenem Abend im Kino genausogut auf anderen Plätzen sitzen können. Dann wäre es nie zu dieser Begegnung gekommen. Sie hätten sich nie gesehen, nie miteinander gesprochen; sie hätten nie auch nur geahnt, daß irgendwo ein Teil ihrer selbst existierte, der nur darauf wartete, den fehlenden Teil zu finden. Dann hätte sich nichts verändert. Sie hätten sich den Film zu Ende angesehen und wären dann nach Hause gegangen, jeder für sich, und die Dinge hätten ihren gewohnten Lauf genommen.

Ich zog Lisbeth an mich, nachdem ich mich vergewissert hatte, daß Mutter nirgends zu sehen war, weder im Garten noch an einem der Fenster. Außer ihr befand sich niemand im Haus; Lisbeths Eltern waren für zwei Tage nach Paris und der Ingenieur zur Arbeit gefahren. Wir hatten Ferien und fühlten uns frei zu tun, was wir wollten.

Sie kuschelte sich in meinen Arm. Ich berührte vorsichtig die feinen Härchen, die sich in ihrem Nacken kräuselten. Sie preßte sich noch enger an mich und hakte ein Bein um meine Beine. Meine andere Hand glitt zögernd über ihren Schenkel und wurde nicht weggestoßen. Jetzt wurde ich kühner und begann, an Lisbeths Bluse herumzufingern. Sie hatte nichts darunter an, nicht mal einen BH. Sie dehnte und reckte sich, und ich konnte ihre Brüste fühlen; ich konnte fühlen, wie sehr ihr Körper sich nach meinem sehnte, und da wurde ich wieder unsicher: Ging das nicht alles ein wenig zu schnell? Aber für Lisbeth ging es offenbar nicht zu schnell, sie war in ihrer Vorstellung schon ein gutes Stück weiter als ich.

Ich dachte mir, daß es wahrscheinlich doch besser sei, erst einmal mit dem Ingenieur über diese Sache zu sprechen. Er würde mir gewiß sagen können, wie ich mich verhalten mußte. Merkwürdig, daß ich auf die Idee kam, mir gerade bei ihm Rat zu holen. Mit meinen Eltern wollte ich jedenfalls nicht darüber reden, die würden mir bestimmt davon abraten ...

Mutter fand es trotzdem heraus. Wie und wann genau, wußte ich nicht; ich war mir jedenfalls sicher, daß wir uns nichts hatten anmerken lassen, Lisbeth und ich. Vielleicht hatte Mutter gespürt, daß wir uns auf eine andere Art ansahen als früher. Wie auch immer: Abends, als ich bereits im Bett lag, kam sie zu mir ins Zimmer, setzte sich auf den Bettrand und sagte ohne Umschweife:

«Wie ich sehe, macht ihr neuerdings nicht nur eure Hausaufgaben gemeinsam, Lisbeth und du.»

Ich warf ihr einen argwöhnischen Blick zu. «Spionierst du mir etwa nach?»

«Glaubst du, ich hab's nötig, dir nachzuspionieren, um das zu merken? Schließlich kenne ich dich in- und auswendig.»

Ich murrte, vor ihr sei aber auch gar kein Geheimnis sicher. Das brachte sie zum Lachen. «Hab ich vielleicht Geheimnisse vor dir?»

«Nein. Aber du tust es ja auch nicht im versteckten. Jedenfalls gibst du dir wegen mir keine große Mühe.»

Ob das ein Vorwurf sei, wollte sie wissen. Nein, sagte ich. Und im übrigen würde ich es trotzdem bemerkt haben, auch wenn sie versucht hätte, es zu verheimlichen.

Der letzte Zug nach Le Havre fuhr vorbei, und wir schwiegen. Nachdem er die Eisenbahnbrücke passiert hatte, beschleunigte er das Tempo, dann verklang das Dröhnen der Räder in der Nacht. Ich mußte an Vater denken. Wenn er von Lisbeth und mir erfuhr, würde er es womöglich ihren Eltern erzählen, nur um nicht etwa Schwierigkeiten zu bekommen, und dann war für uns alles aus. Mutter versprach mir, sie werde ihm nichts davon sagen. Das Ganze werde unter uns bleiben. Sie jedenfalls habe gegen unsere Beziehung nichts einzuwenden, im Gegenteil, Lisbeth sei wirklich ein nettes Mädchen.

«Jetzt haben wir also beide unser Geheimnis», meinte sie lächelnd und stand auf.

Und dieses verschwörerische Lächeln machte mir klar, daß mein Geheimnis bei ihr genauso sicher aufgehoben war wie ihr Geheimnis bei mir.

Kurz darauf fuhr der Ingenieur für einige Zeit weg. Er wollte zwei Wochen mit seiner Familie in Nizza verbringen, wo er ein Haus besaß. Über seine Familie wußten Mutter und ich lediglich, was Madame Daboval uns erzählt hatte, und das war nicht viel, denn Leute wie sie pflegen nicht mit dem Personal über das Privatleben ihrer Freunde zu reden. Wir wußten nur, daß der Ingenieur eine Wohnung und ein Büro in Paris hatte und daß seine Frau das ganze Jahr über in Nizza wohnte.

Er selbst verbrachte nur die Ferien dort, er konnte es aus beruflichen Gründen nicht anders einrichten. Seine Frau bekam ihn wohl nicht oft zu sehen, und seine Kinder, die in Paris studierten, auch nicht. Sie riefen regelmäßig im Gutshaus an, aber diese Gespräche dauerten nie sehr lange; meistens wurde nur über Geldangelegenheiten gesprochen, nachdem man sich gegenseitig nach dem Befinden erkundigt hatte. Wenn man zu Besuch ist, dachte ich, führt man eben keine langen Telefonate, da beschränkt man sich auf das Notwendige, wie die Regelung praktischer Fragen. Ich war mir nicht sicher, ob sie sich unter anderen Umständen mehr zu sagen gehabt hätten; man vertraut seine Geheimnisse ja oft lieber Außenstehenden an als seinen Angehörigen.

Für Mutter und den Ingenieur bedeuteten diese zwei Wochen die erste längere Trennung, und ich begriff, wie ihnen zumute sein mußte, denn auch Lisbeth sollte mit ihren Eltern in den Süden fahren, und jetzt wurde mir bewußt, wie schlimm es ist, wenn man gerade erst zueinandergefunden hat und sich trennen muß. Lisbeth wollte mit mir nach Les Petites Dalles, bevor die Sommergäste aus Paris in die Villa einziehen würden. Mir blieben also nur noch zwei Tage, um zu einem Entschluß zu kommen.

Am Vorabend des letzten Tages klopfte ich beim Ingenieur an, der oben in seinem Zimmer die Koffer packte. Ob er einen Augenblick Zeit für mich habe, fragte ich, ich hätte nämlich dringend etwas mit ihm zu besprechen. Er hatte bestimmt etwas anderes erwartet als das, womit ich dann herausrückte, und ich glaube, meine Liebesnöte brachten ihn mehr in Verlegenheit, als wenn es um Mutter gegangen wäre. Lisbeth sei noch nie mit einem Jungen ins Bett gegangen, erklärte ich, sie habe sich in den Kopf gesetzt, daß ich der erste sein sollte, und ich hätte Angst, nicht alles richtig zu machen, so, wie es beim ersten Mal sein müsse, und sie womöglich zu enttäuschen.

«Bist du wirklich dazu entschlossen?» wollte er wissen.

Ich merkte, daß ihm dieses Gespräch nicht sehr gelegen kam, andererseits wollte er mich auch nicht abwimmeln.

«Na ja», gab ich zu, «für mich kommt das alles ein bißchen überraschend. Aber sie – sie will nun mal.»

«Wenn das so ist, dann liebt sie dich wohl tatsächlich», meinte er lächelnd. Er überlegte einen Moment. «Und was sagt deine Mutter dazu?»

«Sie sagt, jetzt hätten wir eben beide unser Geheimnis.»

Er blieb mitten im Zimmer stehen, ein Hemd in der Hand, und bedeutete mir, ich sollte mich hinsetzen. Ich schob ein paar Kleidungsstücke beiseite und setzte mich aufs Bett.

«Na schön», sagte er, «dann laß uns darüber reden.» Er zog ein Päckchen Zigaretten aus der Brusttasche und sah mich prüfend an. Zuerst müsse ich ihm versprechen, daß dieses Gespräch unter uns bleiben würde, vor allem dürften die Dabovals nichts davon erfahren, mit denen er schließlich befreundet sei. Niemand außer meiner Mutter dürfe es erfahren, er werde es ihr selbst sagen, schließlich habe sie das Recht, zu wissen, was für Ratschläge er ihrem Sohn in einer so wichtigen Frage erteilt habe.

«Ich kann ein Geheimnis für mich behalten, das wissen Sie doch», sagte ich.

Er verstand meine Anspielung.

«Ja, das weiß ich», bemerkte er, zündete sich eine Zigarette an und ließ mich – das war uns inzwischen zur Gewohnheit geworden – ein-, zweimal daran ziehen. «Deine Mutter hat Glück, einen Sohn wie dich zu haben.»

«Gut, daß sie wenigstens dieses Glück hat. Ich meine, es gibt genug Dinge, die auch ein Sohn, der seine Mutter liebt, leider nicht ändern kann.»

«Stimmt. Ich weiß schon, was du meinst. Nur, siehst du, im Leben muß man sich eben damit abfinden, daß gewisse Dinge nicht geändert werden können. Wenn man noch so jung ist wie du, will man das nicht wahrhaben, aber so ist es nun mal: Hat man einmal angefangen zu bauen, dann ist es schwierig, nachträglich etwas zu ändern. Wenn die erste Ziegelschicht nicht lotrecht ist, wird die Mauer unweigerlich schief. Nur ist es verhältnismäßig einfach, eine Mauer lotrecht hinzukriegen, weil man mit Meßlatte und Senkblei arbeiten kann und weil für alle Mauern dieselben Regeln gelten. Aber die Menschen sind alle verschieden, und jedes Menschenleben wird aus einem anderen Material gebaut.»

«Ja, ich finde auch, daß man nicht einfach draufloswursteln, sondern sich im voraus alles genau überlegen soll. Gerade darum bin ich ja hergekommen.»

Er nahm mir die Zigarette aus der Hand und sagte schmunzelnd:

«Richtig, mein Junge, so vermeidet man Fehler und spart Zeit. Mach nur weiter so, dann wird deine Mauer bestimmt lotrecht.»

Obwohl er müde war und eine lange Reise vor sich hatte, nahm er sich Zeit für ein ausführliches Gespräch. Er erklärte mir alles, was er über die Frauen wußte, und in dieser Beziehung wußte er eine ganze Menge. Auch über die Art, wie sie geliebt werden wollten. Eines dürfe ich nie vergessen, sagte er: Das, was eine Frau uns mit ihrem Körper gibt, ist meistens viel mehr, als wir zu nehmen verstehen, denn für die Frauen bedeutet Liebe etwas Bleibendes, während sie für uns Männer oft nur etwas Flüchtiges ist, das wir ein paar kurze Momente genießen, um dann etwas anderem nachzujagen, ohne es zu erreichen; sie dagegen bringen es fertig, sich mit Klugheit und geschickten Händen eine Wirklichkeit nach dem Muster ihrer Träume zurechtzuschneidern, indem sie uns Männer so akzeptieren, wie wir sind, während wir die Wirklichkeit nie so sehen wollen, wie sie ist ... All das sagte er mir und noch vieles andere. Daß sich Frauen immer auf ihr Gefühl verlassen, weshalb sie auch viel klüger sind als wir Männer, die Gefühle für überflüssig halten, obwohl gerade die Gefühle das Wichtigste sind im Leben, der Balsam, der die Wunden heilt, welche das Leben uns zufügt. Daß Männer deshalb zu Kriegern werden, weil sie glauben, ihre Stärke mache sie überlegen, wo doch gerade ihre Stärke vielleicht ihre schwächste Seite ist. Daß wir Männer ganz allgemein viel von den Frauen lernen können – sofern wir lernwillig sind –, weil Frauen all jene Wahrheiten kennen, die wir Männer mangels Beweisbarkeit nicht gelten lassen wollen, und daß wir von den Frauen immer nur das bekommen, was sie uns zu geben bereit sind.

Und deshalb, sagte er, solle ich gar nicht erst versuchen, bei einer Frau groß anzugeben. Denn früher oder später liefe ich unweigerlich einer über den Weg, die mir im Handumdrehen beibringe, daß es mit meiner Schlauheit nicht so weit her war.

Als ich mich vom Ingenieur verabschiedete, hatte ich immer noch keinen definitiven Entschluß gefaßt, aber etwas sicherer fühlte ich mich trotzdem. Er fuhr noch am selben Abend weg. Zum Trost gingen Mutter und ich ins Kino, während Vater bei den Duvals Karten spielte.

Vor seiner Abreise hatte der Ingenieur noch mit Mutter gesprochen. Jetzt wußte sie also, was ich im Sinn hatte, und das beschäftigte sie derart, daß sie im Kino immer wieder davon anfing. Sie habe nicht gedacht, daß die Sache mit Lisbeth und mir schon so weit gediehen sei, sagte sie, und es wäre besser, wir ließen uns noch etwas Zeit damit. Ich maulte, sie solle sich mit dieser Diskussion doch wenigstens Zeit lassen bis nach dem Film, sonst hätten wir uns das Geld für die Karten sparen können. Aber das brachte sie erst recht in Fahrt.

«Nein, Tommy, über so etwas müssen wir unbedingt reden», widersprach sie. «So etwas darf man nicht auf die leichte Schulter nehmen, das kann Folgen fürs ganze Leben haben!» Klar, bemerkte ich anzüglich, sie müsse ja wissen, wie das sei. «Allerdings weiß ich das, schließlich war ich noch nicht verheiratet, als ich schwanger wurde. Ich weiß, was das für eine Frau bedeutet, glaub mir. So kann man sein ganzes Leben verpfuschen!» Das war ihr sicherlich nur in der Aufregung herausgerutscht, aber es tat trotzdem weh.

«Jaja, ich weiß, daß du nur wegen mir geheiratet hast», zischte ich. «Du brauchst mich nicht dauernd daran zu erinnern! Und ich weiß auch, daß du lieber einen anderen möchtest als Vater und daß du mich lieber gar nicht zur Welt gebracht hättest!»

Das hätte ich nicht sagen dürfen, obschon auch ich aufgeregt war. Rundherum begannen die Leute zu reklamieren, wir sollten endlich still sein, und so sagte Mutter nichts mehr. Sie warf mir nur einen Blick zu, der mich tief beschämte. Dann legte sie den Arm um meine Schultern, drückte mich an sich und gab mir einen Kuß auf den Nakken. Als der Film zu Ende war, sah ich, daß sie geweint hatte. Sie weinte zwar oft im Kino, doch diesmal war es etwas anderes: Sie hatte geweint, weil der Ingenieur fort war und weil ich diese Dinge zu ihr gesagt hatte. Auf dem Nachhauseweg machte sie mir deswegen Vorwürfe.

«Sag nie wieder so etwas zu mir, Tommy. Das habe ich denn doch nicht verdient.» Sie blieb stehen, legte mir beide Hände auf die Schultern und sah mir in die Augen. «Wenn es etwas gibt, was ich in meinem ganzen Leben noch nie bedauert habe, dann die Tatsache, daß es dich gibt. Kein Mensch auf der ganzen Welt bedeutet mir soviel wie du, das darfst du niemals vergessen.»

Sie drückte mich an sich, so wie früher, wenn wir uns nach einem Streit wieder versöhnten. Wir hatten uns nicht oft gestritten und uns jedesmal bald wieder ausgesöhnt. Ich rührte mich nicht. Ich spürte die Berührung ihrer Hand und mußte daran denken, daß diese Hand jetzt auch einen anderen streichelte, daß die Berührung nicht mehr so war wie früher.

Sie flüsterte mir ins Ohr: «Und was Lisbeth angeht – ich vertraue dir ja, glaub mir. Schließlich bin ich auch einmal jung gewesen. Ich weiß doch, wie es ist, wenn man sich zum ersten Mal richtig verliebt und einfach nicht mehr warten will.»

Lisbeth und ich verbrachten den nächsten Tag also in Les Petites Dalles, in der kleinen Villa, die Mutter dem Ingenieur gezeigt hatte an jenem Abend, als er mit uns ans Meer gefahren war. Es war eines der hübschesten Häuser der Gegend mit seinen grüngestrichenen Fensterläden und den hölzernen Balkonen. Und Lisbeth, das hübscheste Mädchen weit und breit, wollte gerade mich haben, obwohl sie aus Kreisen stammte, die sonst nur unter sich verkehrten. Jetzt durfte ich sie zu einer dieser privaten Partys begleiten, die im Sommer fast allabendlich hier stattfanden – die Sprößlinge begüterter Eltern sollten nicht etwa auf die Idee kommen, sich unters gemeine Volk zu mischen. Auf diesen Partys roch es förmlich nach Geld, sie waren die Treffpunkte künftiger Notare und Apotheker, Ärzte, Juristen und Architekten.

Daß ich dank Lisbeth Zugang zu dieser illustren Gesellschaft erhielt, mußte Mutter, trotz gewisser Bedenken, mit Genugtuung erfüllen. Lisbeth war nicht nur hübsch und intelligent, sie bedeutete für mich auch einen Schritt aus unserem Milieu hinaus. Ich glaube, Mutter freute sich über die Aussicht, daß ich – nicht zuletzt auch dank ihr – später einmal ein besseres Leben haben würde als sie. Dieses Leben, in dem alles schön geradlinig zu verlaufen scheint, während in Wirklichkeit, wie wir beide wußten, alles kreuz und quer geht. Die Mauer, an der ich baute, hatte eine solide Basis, die mir einen Platz in der Gesellschaft verschaffen würde. Für Mutter war das eine Art Trost, der einzige Trost in ihrem Leben: daß ihr Sohn es einmal besser haben würde als sie. Eine Zukunft, die besser ist als die Vergangenheit, das nennt man Fortschritt, und für den Fortschritt hatte Mutter sehr viel übrig, wie auch für Menschen, die immer wieder Neues schaffen. Die Dichter und Denker und auch die Ingenieure ...

Ich hatte ihr hoch und heilig versprechen müssen, daß Lisbeth mit mir nichts riskieren würde. Darin waren wir uns einig, Mutter und ich: Es gab so etwas wie eine natürliche Reihenfolge, und man tat gut daran, sich entsprechend zu verhalten. Jedes Ding zu seiner Zeit. Ein Baum trägt nicht gleichzeitig Blüten und Früchte. Für Lisbeth und mich war die Zeit gekommen, uns an den Blüten zu freuen, nicht die, Früchte zu pflücken. Das würde uns nur Schwierigkeiten bringen.

Das Bewußtsein, daß ich dafür verantwortlich war – und auch dafür, daß Lisbeth diesen Moment ihres Lebens in guter Erinnerung behalten würde –, gab mir das Gefühl, etwas von dem Vorsprung gutgemacht zu haben, den sie anscheinend vor mir hatte. Was ich im einzelnen tun mußte, war mir immer noch nicht ganz klar, aber eines hatte ich dank der Ratschläge des Ingenieurs kapiert: Ich mußte versuchen, sie zu einem bestimmten Punkt zu bringen, aber ohne sie zu drängen; ich mußte ihr geben, was sie sich wünschte und erwartete, ohne daß sie es ausdrücklich zu verlangen brauchte. Was das war, wußte ich – jedenfalls glaubte ich es zu wissen. In Wirklichkeit war es dann sie, die mich lenkte, durch die Art, wie sie sich an mich schmiegte und mich spüren ließ, daß ich es richtig machte. Frauen können so etwas. Wenn du sie wirklich liebst und begehrst, merkst du dann schon, was du tun mußt, hatte mir der Ingenieur versichert. Und so war es auch: Auf einmal wußte ich, was ich tun mußte, eines ergab sich aus dem anderen, in der richtigen Reihenfolge und auf ganz natürliche Weise, so als hätte ich es immer schon gewußt, obwohl ich es eben erst herausfand. Vielleicht war ich ja schon lange in Lisbeth verliebt gewesen und hatte es nur nicht gemerkt. Jetzt, da ich ihren Körper unter meinem Körper spürte, konnte ich einfach nicht begreifen, daß ich so lange nichts gemerkt hatte.

Mutter stellte mir keine Fragen, als ich an jenem Abend nach Hause kam. Erst am nächsten Tag beim Frühstück tauschten wir hinter Vaters Rücken ein paar Blicke. In ihren Augen lag ein Lächeln, dasselbe Lächeln wie früher, als ich noch ein Kind gewesen war und sie sich auf dem Bahnsteig von mir verabschiedet hatte, wenn ich zu meinem Onkel in die Ferien fuhr. Das Lächeln bedeutete, daß sie verstanden hatte: Ich bewegte mich von ihr fort, wir bewegten uns jetzt in verschiedene Richtungen, und nie mehr würde es zwischen uns so sein wie früher.

Mir wurde das erst im Lauf der folgenden Tage richtig klar. Mutter vermied jetzt gewisse Gesten, die sich früher ganz spontan ergeben hatten, und auch ihre Art, mit mir zu sprechen, war nicht mehr dieselbe wie früher. Ich gehörte jetzt nicht mehr nur ihr, sondern auch einer anderen Frau, und sie war jetzt nicht mehr nur meine Mutter, sondern auch eine Frau, die genommen wird, die sich hingibt, bis sie schreit vor Lust. Bisher hatte ich diese Vorstellung immer verdrängt, obwohl ich ja wußte, was sie und der Ingenieur miteinander machten, obwohl ich ihre Schreie gehört hatte. Von jetzt an würde ich das nie mehr hören können, ohne mir meine Mutter vorzustellen, wie ich Lisbeth gesehen und gefühlt hatte: auf dem zerwühlten Bett liegend mit zurückgeworfenem Kopf, ihre Finger in meine Schultern krallend, und ich, der mich in ihr bewegte, bis sie erbebte und aufschrie vor Lust.

Meine Mutter wußte es. Und sie zog sich vor mir zurück, wie man sich auf Zehenspitzen aus einem Zimmer zurückzieht, in dem man nichts zu suchen hat. Bisher hatte ich einfach von ihr genommen, was sie mir zu geben hatte, ohne darüber nachzudenken, was eine andere Frau mir geben konnte. Sie hatte mir alles gegeben, was ich brauchte. Jetzt aber waren wir an dem Punkt angelangt, wo unsere Wege sich trennten. Von hier aus mußte ich allein weitergehen. Und irgendwie tat es mir leid, daß ich diese Grenze überschritten hatte, ohne es mir genau zu überlegen, ein wenig zu früh vielleicht trotz meiner Neugier auf das, was mich auf der anderen Seite erwartete. Denn auch das ist ein Gesetz des Lebens: Wer diese Grenze einmal überschritten hat, kann nie mehr zurück.

16

Tags darauf reisten auch die Dabovals ab. Mutter fand, es sei für uns beide bequemer, während ihrer Abwesenheit im Gutshaus zu wohnen und nur die Wochenenden daheim zu verbringen, wenn Vater hier war. Auf diese Weise brauchten wir nicht täglich hin- und zurückzufahren, ich mit dem Fahrrad, sie mit dem Moped, das Lisbeth ihr dagelassen hatte. Mutter wollte das Haus von oben bis unten gründlich putzen, während ich mich um den Rasen und die Blumen kümmern würde, denn auch der Gärtner machte Ferien. Das Taschengeld, das ich mir damit verdiente, kam mir sehr gelegen.

Obwohl es im zweiten Stock mehrere Gästezimmer gab, zog Mutter es vor, sich im Zimmer des Ingenieurs einzurichten. Das war mir irgendwie unangenehm, aber ich wußte nicht recht, warum – schließlich schlief der Ingenieur ja auch im Bett meines Vaters. Was mich beunruhigte, war wohl die Erkenntnis, daß sie im Bett des Ingenieurs schlief, weil sie sich so sehr nach ihm sehnte, und dazu hatte sie kein Recht. Sie hatte doch von Anfang an gewußt, daß er seit Jahren verheiratet war. Seine Frau hatte gute und schlimme Zeiten mit ihm geteilt, sie hatte Kinder geboren und großgezogen, sie hatte ihm ihre besten Jahre geschenkt. Man verläßt eine Frau nicht, wenn sie kein neues Leben mehr beginnen kann oder will – nicht, wenn man wenigstens noch so etwas wie Freundschaft für sie empfindet. Und deshalb würde der Ingenieur seine Frau niemals verlassen. Er hätte dadurch ihr Leben zerstört, und das wollte er nicht, ebensowenig wie Mutter meinen Vater verlassen und dadurch sein Leben zerstören wollte. Außerdem ging es hier um mehr als nur um Freundschaft, es war eine Frage des Ehrgefühls.

Aber noch etwas anderes machte mir Sorgen. Nach einigen Tagen fiel mir auf, wie dünn Mutter geworden war. Sie aß weniger als sonst, nahm fast nur noch Joghurt und etwas Obst zu sich. Bei dieser Hitze habe sie einfach keinen Appetit, behauptete sie.

«Wenn der Ingenieur zurückkommt und feststellen muß, daß du nur noch Haut und Knochen bist, wird er sich bestimmt nicht freuen», bemerkte ich eines Tages, als sie mittags überhaupt nichts essen wollte. «Männer mögen keine spindeldürren Frauen.»

«Du hältst dich jetzt offenbar für einen Experten in solchen Dingen», meinte sie belustigt.

«Das nicht gerade, aber man lernt ja immer was dazu.»

«Na prima», sagte sie lächelnd, «das freut mich aber.» Sie setzte sich neben mich und fuhr mir mit der Hand leicht über den dichter gewordenen Flaum auf meinen Unterarmen. «Das Erwachsenwerden bekommt dir nicht schlecht.»

«Mit dem Erwachsenwerden hätte ich eigentlich uns beiden lieber noch etwas mehr Zeit gelassen.»

Ich betrachtete nachdenklich ihr spitzer gewordenes Gesicht und berührte flüchtig ihre eingefallenen Wangen. Sie war bestimmt nicht nur wegen der Hitze so dünn geworden. Ihre Augen lagen tief in den Höhlen, ihre Haut sah welk aus; sogar ihr sonst immer so lebhafter Blick wirkte matt. Es war, als hätte der Ingenieur ein Stück von ihr mitgenommen, etwas, was ihr nicht mehr gehörte, worauf auch ich keinen Anspruch mehr hatte. Jetzt wartete sie darauf, daß er zurückkehren und ihr dieses Etwas wiederbringen würde, damit sie wieder diejenige sein konnte, die sie eigentlich war.

Die ganzen zwei Wochen waren ein einziges Warten auf seine Rückkehr. Sie arbeitete von morgens bis abends, damit ihr keine Zeit zum Nachdenken blieb. Schlafen konnte sie nur mit Tabletten, und am nächsten Morgen sahen ihre Augen dann trüb aus, wie Fenster mit zugezogenen Vorhängen. Sie wußte, daß er sie in diesen zwei Wochen nicht anrufen konnte, und sie hatte auch Verständnis dafür. Sie wußte, für ihn gab es zwei Leben, eines dort im Süden mit seiner Familie, die er liebte, und eines hier im Norden mit ihr, die er ebenfalls liebte, auf eine andere Weise zwar, aber ebenso tief und vorbehaltlos. Eine Zweiteilung war für ihn möglich, eine Trennung nicht. Und deshalb wollte er weder auf der einen noch auf der anderen Seite etwas riskieren, wollte, aus ganz unterschiedlichen Gründen, weder auf die eine noch auf die andere Frau verzichten. Und auch sie, meine Mutter, konnte sich nichts anderes vorstellen als diese Zweiteilung, auch sie wollte diesen Zustand aufrechterhalten, um die Menschen, die sie liebte, nicht zu verlieren.

Aber trotzdem quälte sie diese eine Frage, jede Nacht, wenn sie in seinem Bett lag und den vertrauten Geruch einatmete: Was sollte aus ihr werden, wenn die Brücke einmal fertig war und der Ingenieur wieder zurückkehrte in sein gewohntes Leben?

Eines Tages stellte ich ihr diese Frage. Wir hatten beschlossen, am Nachmittag blauzumachen, und waren mit dem Autobus an den Strand gefahren. Nach dem Schwimmen suchten wir uns ein Plätzchen oben auf den Klippen, wo man eine herrliche Aussicht auf die Bucht hatte. Ich lag auf dem Rücken und blinzelte in die Sonne, und dann fragte ich plötzlich, wie sie sich das alles vorstelle.

«Ich weiß nicht», erwiderte sie.

Ich drehte mich zu ihr um und sah sie forschend an. «Irgendwann muß er doch wieder fort, und dann mußt du Schluß machen.»

Sie bedeckte das Gesicht mit den Händen, vielleicht weil die Sonne sie blendete, vielleicht weil sie die Augen verschließen wollte vor dem Abgrund, der sich vor ihr auftat, viel schrecklicher als die Tiefe unter uns. «Dann muß ich Schluß machen, ja ... Das heißt nein, nicht ich werde Schluß machen. Unsere Beziehung wird dann eben zu Ende sein. Und wahrscheinlich werden viele andere Dinge dann auch zu Ende sein.»

Was für Dinge, wollte ich wissen, aber sie wußte es selbst nicht genau. Dinge, die sie in sich fühle, sagte sie, Dinge, die sich auflösen würden, so wie die Dunstschleier, die über uns dahinzogen, sich in der Sonnenhitze auflösten, aber woraus sie eigentlich bestanden, das wisse sie jetzt noch nicht. Sie wolle es auch nicht wissen. Nicht, solange er noch hier sei und sie die Freiheit hätten, beisammenzusein ...

Wahrscheinlich dachte sie an Vater, der ahnungslos war, und an die Frau des Ingenieurs, die wohl auch nichts Bestimmtes wußte. Nur daß diese ihrem Mann stillschweigend die Freiheit zugestand, mit anderen Frauen ins Bett zu gehen – solange sonst niemand davon erfuhr. In diesen Bereich seines Lebens mischte sie sich nicht ein, sie wollte gar nicht wissen, wie es aussah und was ihr Mann machte in diesem Raum, wo sie selbst nicht existierte.

Aber das macht es auch nicht leichter, dachte ich. Weder für denjenigen, der nichts wissen will, noch für denjenigen, der davon profitiert, denn die wirkliche Freiheit ist doch nur die, welche man bedingungslos genießen kann.

Und dann waren die zwei Wochen vorbei. Mutter hatte den Ingenieur erst am Montag im Lauf des Tages zurückerwartet, aber er kam bereits am Sonntag, spätnachts. Ich hörte das Brummen eines Motors und wußte gleich, daß er es war; ich kannte die Art, wie er vor der Abzweigung herunterschaltete und dann auf der geraden Strecke bis zum Gutshaus wieder Gas gab. Niemand außer ihm fuhr so. Auch Mutter hatte das Geräusch gehört. Als ich aus dem Fenster schaute, stand sie bereits drunten vor der Haustür, im Bademantel. Der Ingenieur trat so brüsk auf die Bremse, daß der Kies knirschte, und war mit zwei Sätzen bei ihr. Er schloß sie in die Arme, und es sah aus, als könnten sie nicht mal warten, bis sie im Haus waren, und wollten sich gleich draußen auf dem Treppenabsatz lieben.

Er war völlig ausgehungert – in jeder Beziehung. Er war die ganze Strecke durchgefahren, ohne etwas zu essen, und hatte nur zum Auftanken gestoppt, so eilig hatte er es gehabt, wieder bei ihr zu sein. Mutter – nur in ihrem dünnen Batistnachthemd, den Bademantel hatte sie ausgezogen, da es in der Küche immer noch drückend heiß war – öffnete eine Flasche Rosé und begann, ein paar Eier für ein Omelett zu quirlen. Während sie am Herd stand, schlang der Ingenieur beide Arme um sie.

«Ach, Mina, ich hab dich ja so vermißt ...» Sein Mund berührte ihre nackten Schultern. «Mina, Mina ... Die ganze Zeit ist mir dieser Name im Kopf herumgegangen – woher hast du ihn überhaupt, diesen komischen Namen?»

«Von einer Urgroßmutter, die aus Deutschland stammte. Einer meiner Vorfahren hat sie nach dem Deutsch-Französischen Krieg mit nach Hause gebracht. Es gab einen Riesenskandal, er war nämlich schon verheiratet.»

«Und, wie ist die Geschichte ausgegangen?»

«Er hat eben mit zwei Frauen gelebt und außer seinen ehelichen Nachkommen auch noch ein paar uneheliche gezeugt. Und ich bin sozusagen eine Konsequenz dieses skandalösen Tuns.»

Sie ließ ein Stück Butter in der Pfanne zergehen, strich den Rest auf ein Stück Brot und streckte es ihm hin.

«Recht hat er gehabt, ich würde es genauso machen», sagte ich und schenkte mir ein Bier ein. Einen kleinen Nachttrunk durfte ich mir ja wohl in ihrer Gesellschaft noch genehmigen.

«Was würdest du genauso machen?» fragte Mutter.

«Mit der Frau, die ich liebe, zusammenleben.»

«Ach, du Kindskopf! So einfach, wie du es dir vorstellst, ist das nicht.»

«So schwierig kann's auch nicht sein. Man muß nur wollen, meine ich.»

Ich fragte den Ingenieur, was er davon halte, und diese Frage schien ihn ein wenig in Verlegenheit zu bringen. Nichts im Leben sei absolut unmöglich, mal abgesehen davon, ob man etwas wolle oder nicht wolle, gab er schließlich zu. Das Problem bestehe vielmehr darin, daß man manchmal zwei verschiedene Dinge zugleich wolle und folglich in zwei entgegengesetzte Richtungen gezogen werde; aber das Prinzip der auseinanderstrebenden Kräfte, auf dem die Stabilität von Brücken beruhe, habe auf Menschen, die ihre Seelenruhe schätzten, eine ganz andere Wirkung.

«Man muß sich eben entscheiden, ob man lieber seine Seelenruhe haben will oder sein Vergnügen», sagte ich.

Er sah mich nachdenklich an und meinte, die beiden seien in der Tat nicht immer kompatibel, aber wie schwer es einem falle, sich zwischen dem einen und dem anderen zu entscheiden, das würde ich mit der Zeit auch noch lernen.

Mutter fand offenbar, über Dinge, von denen ich nichts verstand, könne ich ebensogut im Bett philosophieren. «Was hast du denn überhaupt in der Küche zu suchen, mitten in der Nacht? Das ist wirklich nicht die geeignete Zeit für solche Diskussionen.» Sie schüttete vorsichtig die Eimasse in die brutzelnde Butter. «Also laß Matthias damit in Frieden und geh ins Bett! Und merk dir eins: Niemand hat das Recht, für andere zu entscheiden. Jeder muß seine Entscheidungen selber treffen.»

«Ich hab gar nicht gesagt, ich wolle für andere entscheiden», sagte ich beleidigt und ging zur Tür. «Ich hab ja nur gesagt, wie *ich* mich entscheiden würde.»

«Na schön, jetzt wissen wir es, nur bringt uns das auch nicht weiter. Schließlich stehst nicht *du* vor dem Problem, dich entscheiden zu müssen.» Sie nahm meinen Kopf in beide Hände und gab mir einen Kuß. «Und nachdem das geklärt ist, kannst du uns jetzt allein lassen, Matthias und mich, und seelenruhig schlafen.»

In dieser Nacht liebten sie sich, ohne sich durch meine Anwesenheit im Hause auch nur im geringsten stören zu lassen. Mein Zimmer lag einen Stock höher als das des Ingenieurs und auch nicht direkt darüber, aber da wegen der Hitze die Fenster geöffnet waren, konnte ich trotzdem alles hören. Ich lag im Bett mit zurückgeschlagenem Laken und hörte meine Mutter schreien. Es war ein Schrei des Triumphs und der Revanche, und da begriff ich, daß sie in diesem Moment alle Lust auskostete, die das Schicksal ihr so lange vorenthalten hatte. Und während ich dalag im dunklen Zimmer und mit weit aufgerissenen Augen zum Nachthimmel hinausschaute, empfand auch ich ein Gefühl des Triumphs darüber, daß meiner Mutter jetzt alles gegeben wurde, was das Schicksal ihr schuldete, und daß sie es nahm und nicht fragte, ob es den Verlust von etwas Seelenruhe wert sei.

Als wir am nächsten Morgen beim Frühstück saßen, stellte der Ingenieur fest, wie ich es vorausgesehen hatte, daß sie schrecklich dünn geworden sei. Er häufte ihren Teller voll und wandte seine ganze Überredungskunst auf, um ihr dieses und jenes schmackhaft zu machen. Ob sie eigentlich beabsichtige, sich in Luft aufzulösen? Er gebe ihr eine Woche Zeit, um sich wieder aufzupäppeln, sonst müsse er sich nach einer anderen Frau umsehen. Er sagte es in einem scherzhaften Ton, aber ich spürte, daß ihr Aussehen ihn wirklich beunruhigte.

«Weißt du, Tommy», meinte er vorwurfsvoll zu mir, «wenn ich gewußt hätte, daß du dich in meiner Abwesenheit überhaupt nicht um deine Mutter kümmern würdest, dann hätte ich sie dir nicht anvertraut.»

«Ich kann doch nichts dafür», murrte ich. «Sie läßt sich ja von niemand etwas sagen. Von mir jedenfalls nicht, höchstens von dir.» Wir waren stillschweigend übereingekommen, daß auch ich ihn jetzt duzen durfte.

«Dann soll diese Fastenkur wohl eine Strafe sein, weil ich für zwei Wochen weggefahren bin, was?»

«Sei nicht albern», sagte Mutter. «Ist doch kein Wunder, daß man bei dieser Hitze keinen rechten Appetit hat.»

Er zündete sich eine Zigarette an und sah ihr durch den Rauchschleier hindurch zu, wie sie lustlos an ihrem Butterbrot knabberte. Und da sah ich den Kummer in seinen Augen. Vielleicht hatte er schon an jenem Morgen ein ungutes Gefühl, eine vage Vorahnung von dem, was damals noch keiner von uns erfassen konnte. Ich glaube, er machte sich Vorwürfe, weil er nicht nur sich selbst, sondern auch sie in eine ausweglose Situation hineinmanövriert hatte, ohne an die Folgen zu denken. Er hätte klüger sein sollen. Denn jetzt konnte er weder zurück noch vorwärts, es gab für sie beide keine gemeinsame Zukunft, keine Möglichkeit, noch einmal neu anzufangen. Er hätte, obwohl er sie liebte und obwohl sie ihn liebte, vernünftig sein müssen. Er hatte sie glücklich machen wollen und machte sie vielleicht gerade dadurch nur noch unglücklicher, als sie vorher gewesen war. Denn das Samenkorn, das zum Keimen in die Erde gelegt wurde, will zum Baum werden, der in ihm verborgen ist; der Baum will ans Licht, will wachsen, seine Äste ausbreiten und blühen und Früchte tragen, und wenn er dazu keinen Platz findet, wird er an der Wurzel selbst, die ihm Nahrung gibt, ersticken.

17

An den Wochenenden, wenn Vater zu Hause war, kam Mutter jetzt immer häufiger auf den Ingenieur zu sprechen. Aus dem Bedürfnis heraus, ihm auch in seiner Abwesenheit nahe zu sein, berichtete sie alles, was er gesagt und getan hatte, und zwar mit einer Begeisterung, die Vater irritierte. Nicht, daß er Verdacht geschöpft hätte. Aber ihre Schilderungen machten ihm schmerzlich bewußt, daß Mutter den Ingenieur bewunderte, weil er erfolgreich und angesehen war, während sie die Leistungen ihres Mannes niemals bewunderte.

Der Ingenieur hatte uns Fotos gezeigt von Brücken und Staudämmen in Afrika, die er konstruiert hatte, Bauwerke, durch welche bisher unzugängliche Gebiete erschlossen worden waren, so daß nun deren Bewohner ebenfalls an den Errungenschaften der Zivilisation teilhaben konnten. Mutter sah darin einen Beweis für den Unternehmungsgeist des Ingenieurs und sein Interesse an fernen Ländern, das sie mit ihm teilte – wie so vieles andere, von dem Vater keine Ahnung hatte.

All das führte dazu, daß mein Vater auf die überraschende Idee kam, einen Bauexperten zu konsultieren. Er wollte wissen, wieviel unser Haus einbringen würde, falls wir es einmal verkauften, und Mutter auf diese Weise klarmachen, daß auch er über Fähigkeiten verfügte, daß dieses Haus, das er mit eigenen Händen gebaut hatte, ebenfalls einen Wert darstellte, daß auch wir etwas vorzuweisen hatten. Eine solche Expertise war für jemanden wie Vater, der mit jedem Pfennig rechnen mußte, eine Extravaganz, und Mutter, ohne direkt zu widersprechen, hielt ihm vor, er werfe nur sein Geld zum Fenster hinaus für etwas, was ja doch nichts bringen würde. Aber er hatte es sich nun einmal in den Kopf gesetzt, die Expertise war für ihn zur Prestigefrage geworden.

Der Experte erschien Samstag nachmittag, was Mutter noch verdrießlicher stimmte. Sie hatte etwas Besseres vorgehabt, aber Vater bestand darauf, daß sie und ich ebenfalls anwesend wären. Diese Angelegenheit sei überaus wichtig und gehe uns alle etwas an, meinte er. Die Besichtigung zog sich bis gegen Abend hin. Mutter und ich wechselten vielsagende Blicke hinter Vaters Rücken, der mit der Miene eines Museumsführers dem Experten jeden Winkel unseres Hauses zeigte. Diesem mußte die Sache wohl ziemlich merkwürdig vorkommen, doch er ließ sich nichts anmerken; Vater war sein Klient, und einen Klienten, mag er noch so verschroben sein, behandelt man mit Respekt, so wie alles, was einem Geld einbringt. Mutter war die ganze Zeit wie auf Nadeln, weil ich mir das Grinsen kaum verbeißen konnte und sie befürchtete, Vater könnte es bemerken, mehr noch: Er könnte womöglich sogar bemerken, daß auch der Experte es bemerkt hatte.

Der Mann, er war etwa gleich alt wie Vater, untersuchte das Haus so gewissenhaft, als wäre er ein Arzt, der die Verantwortung trägt für Leben und Tod und dem sein Berufsethos verbietet, einen Kranken mit irgendwelchen Floskeln über seinen wirklichen Zustand hinwegzutäuschen. Je länger Vater auf ihn einredete und ihn von seiner Sicht der Dinge zu überzeugen versuchte – aber hier ging es ja nicht um Ansichten, sondern um eine nüchterne Beurteilung des Verkehrswertes einer Liegenschaft –, desto unsicherer wurde er, und da verging mir das Lachen; jetzt empfand ich nur noch Mitleid mit meinem Vater, der uns jahrelang die Ohren vollgepredigt hatte mit seinem Haus und dem Wert, den es darstelle.

«Hübsches Häuschen, wirklich», meinte der Experte schließlich. «Also, in Anbetracht des ursprünglichen Kaufpreises des Grundstücks und der Tatsache, daß Sie die Arbeiten ja selber ausgeführt haben, würde ich meinen, daß ein Verkauf für Sie immerhin kein Verlustgeschäft wäre.»

Vater machte ein langes Gesicht. Mit dem Wissen, daß er kein Verlustgeschäft machen würde, hatte er rein gar nichts gewonnen.

«Ich werde Ihnen das alles noch genau beziffern», fuhr der Experte fort. «Aber ich bin ziemlich sicher, daß Sie – unter Berücksichtigung der Wertminderung des Material – wenigstens Ihre Kosten herausholen würden.»

«Mehr nicht?» Vater hoffte, doch wenigstens einen Teil dessen herauszuholen, was er über all die Jahre den Banken hatte bezahlen müssen.

«Ach, wissen Sie, die Banken ... Bei so was machen natürlich immer die Banken das große Geschäft, damit muß man sich abfinden. Da kann man noch froh sein, wenn man wenigstens seine Kosten herausholt. Andere stehen schlechter da als Sie, glauben Sie mir, ich kenne welche, die haben noch draufgezahlt.»

So war das also: Vater durfte sich glücklich schätzen, wenn er nichts draufzuzahlen brauchte. Jahre lang hatte er geschuftet, und jetzt mußte er erfahren, daß menschliche Arbeit nichts zählte und das Haus, das ihn soviel Arbeit gekostet hatte, ihm nicht viel mehr einbringen würde als den Preis für das Grundstück, auf dem es stand.

«Das hast du nun davon», sagte Mutter beim Abendessen. «Bloß um zu erfahren, daß du nichts draufzuzahlen brauchst, wirst du diesem Menschen ein saftiges Honorar zahlen müssen! Warum mußtest du dir unbedingt deine Illusionen zerstören lassen? Du wirst es ja nie verkaufen, dieses Haus, du wirst bis ans Ende deiner Tage darin wohnen bleiben.»

«Jedenfalls ist es beruhigend zu wissen, was man hat», brummte Vater. «Auch wenn das, was man hat, nichts wert ist.»

«Nun ja, wenn dich *das* beruhigt ...» meinte sie ironisch und begann, den Tisch abzuräumen. «Aber wenn du mich fragst – ich finde es viel beruhigender, zu wissen, daß du solide Arbeit geleistet hast und daß die Mauern unseres Hauses noch ein paar Jährchen halten werden, trotz Wind und Regen – was ja die Häuser vorzeitig altern läßt, genau wie die Frauen, die eine so empfindliche Haut haben wie ich. Das ist es, was für mich zählt.»

Und sie legte ihm die Hand auf die Schulter, eine Geste, die bedeutete, daß sein Haus eben doch etwas wert war, jedenfalls in ihren Augen, daß sie ihm dankbar war für all seine Mühe, daß im Grunde genommen alles andere unwichtig war. Der Wert einer Sache liegt in der Mühe, die man für sie aufgewendet hat: Diese Erkenntnis wenigstens hatte die Expertise gebracht. Aber Vater hatte die Episode als Demütigung empfunden. Eine weitere, viel schlimmere Demütigung stand ihm noch bevor.

Die Tatsache, daß Mutter und ich neuerdings im Gutshaus übernachteten, sprach sich allmählich herum. Zwar fand man es durchaus begreiflich, daß wir uns auf diese Weise die tägliche Hin- und Rückfahrt ersparten, schließlich hatte der Ingenieur Besseres zu tun, als für Dabovals Hausangestellte den Chauffeur zu spielen. Aber man brauchte sie und ihn nur zusammen zu sehen, um festzustellen, wie gut sie zusammenpaßten; man hätte sich gar nicht gewundert, ja man wäre sogar fast enttäuscht gewesen, wenn zwei, die so gut zusammenpaßten, nichts miteinander gehabt hätten. Erst dachte man es nur, dann begann man auch darüber zu reden – wobei man sich freilich auf Andeutungen beschränkte, beweisen konnte es ja niemand, aber irgend etwas mußte doch sein zwischen diesen beiden, etwas, was über den Rahmen des Erlaubten hinausging. Nun ja, eigentlich konnte man dem Ingenieur nichts nachsagen, in der Öffentlichkeit jedenfalls benahm er sich nur wie ein Mensch mit tadellosen Manieren; es war ja nichts dabei, wenn er zum Beispiel abends kurz vor Ladenschluß mit dem Auto die Sachen abholte, die man nicht mit einem Moped transportieren konnte. Daß er ihr diese Mühe abnahm, mußte ja noch lange nicht heißen, daß er sich auch anderweitig um sie bemühte. Aber trotzdem ...

All diese Dinge, an die mein Vater keinen Gedanken verschwendete, beschäftigten die Leute, und zwar mehr, als wir ahnten.

Dann kam der Samstag, an dem der Ingenieur wegen irgendwelcher unvorhergesehener Schwierigkeiten auf die Baustelle mußte. Vermutlich würde es spät werden, hatte er gesagt, und wir sollten nicht auf ihn warten. Mutter stellte das Essen für ihn warm und legte einen Zettel neben seinen Teller, eines dieser Liebesbriefchen, mit denen sie einander über den langen Sonntag hinwegtrösteten. Dann machten wir uns auf den Heimweg, sie mit dem Moped, ich mit dem Fahrrad.

Wir waren an der Kreuzung, als hinter uns plötzlich Hupen ertönte. Der Ingenieur war offenbar früher als erwartet mit der Arbeit fertig geworden und hatte uns davonfahren sehen. Mutter warf einen Blick über die Schulter, bremste und machte eine abrupte Kehrtwendung, ohne auf das Auto zu achten, das in diesem Moment den Wagen des Ingenieurs überholte. Ich weiß nicht, wie sie es schaffte, noch rechtzeitig auszuweichen; das Moped prallte gegen die Böschung, Mutter stürzte und schürfte sich das Bein blutig.

Der Ingenieur rannte zu ihr, kreidebleich vor Schreck, nahm sie in die Arme und stammelte immer wieder: «Mina, Mina ...», wie um sich zu beweisen, daß er ihren Namen noch aussprechen konnte, während er sie an sich preßte. Der Fahrer des anderen Wagens stoppte in einigen Metern Entfernung und stieg aus. Auch er war fürchterlich erschrocken, und jetzt, als er sah, daß nichts Schlimmes passiert war, starrte er den Ingenieur an, der Mutter in den Armen wiegte.

«Da hat Ihre Frau ja noch mal Glück gehabt», sagte er. «Und ich auch. So was ist mir denn doch noch nie vorgekommen, schauen Sie sich nur diese Bremsspur an!» Jetzt schaute er kopfschüttelnd Mutter an. «Man fährt aber auch nicht einfach so auf die Straße hinaus, ohne zu schauen, ob etwas kommt!»

Ich glaube, dieser Zwischenfall war schuld daran, daß alles herauskam. Ganz sicher bin ich nicht, denn der Autofahrer war niemand, den wir vom Sehen kannten. Erst im nachhinein scheint mir diese Erklärung die wahrscheinlichste zu sein. Es ist also wohl eher zufällig herausgekommen: Jemand erwähnte dies, ein anderer das, und so fügten sich die Bruchstücke zusammen. Möglich, daß der Autofahrer mit unseren Nachbarn, den Duvals, bekannt war, die ja Mutter nicht besonders mochten. Vielleicht war ihnen aufgefallen, daß sie an Wochentagen nie zu Hause war, oder dann war ihnen der Wagen des Ingenieurs aufgefallen.

Und so kam es, daß mein Vater eines Nachts draußen beim Gutshaus auftauchte. Er war nicht gekommen, weil er Krach schlagen und die Welt zur Zeugin des Unrechts, das ihm geschah, anrufen wollte. Es war nicht seine Art, sein Unglück an die große Glocke zu hängen. Er war wohl eher hergekommen, weil er den Gerüchten nicht glauben wollte.

Und nun stand er vor dem Haus und hörte durchs offene Fenster die Schreie meiner Mutter, die mit dem Ingenieur zusammen war. Er hörte sie schreien, wie sie nie geschrien hatte, wenn sie mit ihm zusammen war. Oder dann hatte sie sich zurückgehalten, wegen mir; jedenfalls kann ich mich nicht erinnern, jemals etwas gehört zu haben, wenn meine Eltern miteinander schliefen. Er stand da und lauschte, bis die Schreie verstummten und er ganz sicher war – er hörte sie bis zum Ende an trotz der Qual, die er dabei empfand –, daß es nicht die Schreie irgendeiner anderen Frau waren, sondern die seiner Frau, daß er sich wirklich nicht irrte. Dann fuhr er nach Hause.

Am nächsten Morgen ging er nicht zur Arbeit. Gegen neun Uhr, kurz nachdem der Ingenieur sich verabschiedet hatte, trat er in die Küche des Gutshauses, wo Mutter gerade das Frühstücksgeschirr wegräumte. Er war unrasiert und hatte weder geschlafen noch etwas gegessen. Er ließ sich auf einen Stuhl fallen und sagte: «Ich bin gestern nacht hiergewesen.» Er sah zuerst Mutter an und dann mich, irgendwie verwundert, als sei ich ein Fremder.

«Geh raus, Mina», sagte er mit heiserer Stimme. «Ich will mit meinem Sohn reden. Unter vier Augen.»

«Wieso, was willst du von ihm?» protestierte sie. «Er hat nichts damit zu tun!»

«Geh raus», wiederholte er. «Mit dir rede ich später. Mein Sohn ist mir wichtiger.»

Sie sah ein, daß diskutieren zwecklos wäre; er hatte beschlossen, zuerst mit mir zu reden und erst dann mit ihr. Sie warf mir einen Blick zu, als wollte sie um Verzeihung bitten, daß sie mich in dieser Situation mit ihm allein ließ, und ging hinaus.

Vater goß sich eine Tasse Kaffee ein. Die Kanne in der Hand, fragte er: «Möchtest du auch noch?»

«Ja, bitte.»

Er füllte auch meine Tasse. Dann sagte er, ohne mich anzusehen:

«Du hast alles gewußt und mir nichts davon gesagt. Warum?»

«Weil man Dinge, die jemandem weh tun, nicht sagt. Außer, man hat eine Möglichkeit, sie zu verhindern.» Ich sah ihn über den Rand meiner Kaffeetasse hinweg an.

«Und das war nicht möglich?»

Ich senkte den Blick und sagte: «Nein. Sie hat nicht anders gekonnt.»

Er trank schweigend seinen Kaffee aus. Dann stand er auf, trat ans Spülbecken, stellte die Tasse hinein und fragte, ohne sich umzudrehen: «Und du – wie denkst du darüber?»

«Ich denke, daß es im Leben Dinge gibt, die man nicht zu verstehen versuchen soll. Ich glaube, in jedem von uns gibt es etwas, über das wir keine Macht haben. Und wenn dieses Etwas nicht zufriedengestellt wird, dann macht es sich eines Tages bemerkbar.»

«Du glaubst also, daß ich nicht in der Lage bin, deine Mutter zufriedenzustellen? Ist es das, was du glaubst?» fragte er ein wenig pikiert.

«Das kann ich nicht beurteilen. Wie soll ein Mann überhaupt wissen, wonach eine Frau sich sehnt und warum sie es bei diesem Mann findet und bei einem anderen nicht? Das ist eine Frage, die ich nicht beantworten kann. Du solltest lieber *sie* fragen, schließlich ist es eure Angelegenheit, ob und wie ihr miteinander finden könnt, was ihr sucht.»

Er ließ kaltes Wasser über Hände und Gesicht laufen. «Wie gut kennst du ihn eigentlich, diesen Ingenieur?»

«Mittlerweile ziemlich gut», erwiderte ich.

«Und – magst du ihn?»

«Er ist ein Mensch, den man gerne zum Freund haben möchte.»

«Bist du sein Freund?» fragte er und drehte sich um.

«Ja.» Unsere Blicke kreuzten sich. «Vielleicht fällt es dir schwer, das zu verstehen, aber ich mag euch beide, und was zwischen ihm und Mutter passiert ist, das ändert überhaupt nichts zwischen dir und mir. Das ist etwas ganz anderes, es hat nichts mit der Tatsache zu tun, daß du mein Vater bist. Ich kann das sehr wohl auseinanderhalten.»

Er schaute mich mit demselben Blick an, den er hatte, wenn er versuchte, verhedderte Angelleinen zu entwirren. Er begriff nicht, wie ich das auseinanderhalten konnte: einerseits der Ingenieur und meine Mutter, andererseits meine Mutter und mein Vater, die seit Jahren miteinander verheiratet waren und deren Sohn ich war.

«Ich kann das beim besten Willen nicht so sehen wie du, mein Junge», sagte er. «Auseinander, das heißt für mich kaputt. Und was zwischen deiner Mutter und diesem Mann passiert ist, bedeutet für mich, daß alles kaputt ist.» Und dann ging er hinaus.

Was meine Eltern sich dann alles sagten, habe ich nie erfahren. Ich beobachtete, wie sie miteinander – oder vielmehr nebeneinander – dort draußen hin- und hergingen, ein Stück am Bach entlang und dann wieder zurück, ich weiß nicht, wie oft, ohne darauf zu achten, daß sie immer wieder denselben Weg gingen und an denselben Stellen stehenblieben, zögernd und von Pausen unterbrochen wie ihr Gespräch. Es war eine merkwürdige Choreographie, die dort aufgezeichnet wurde: Worte wurden gesagt und wieder zurückgenommen, Mutter, mit nachdenklichem Gesicht, blickte abwechselnd in die Ferne und dann wieder zu Boden, aber nie auf meinen Vater, der beide Hände in die Taschen gesteckt hatte und sie von der Seite her ansah, gespannt, wie sie seine Fragen beantworten würde.

Doch die Antworten schienen nicht jene zu sein, die er hören wollte, denn seine Schultern krümmten sich immer mehr unter der Last dieses Gebäudes, das fünfzehn Jahre lang gehalten hatte und nun plötzlich eingestürzt war wie ein morscher Bretterverschlag in einem Herbststurm. Was war das für ein böser Wind, der sie beide auseinanderriß, gerade jetzt, zu einer Zeit ihres Lebens, da alles festgefügt und auf ewig gesichert schien?

Mutter grübelte die ganze Woche, nachdem er nach Le Havre zurückgekehrt war, über diese Fragen nach. Sie hatte ihm nicht die richtigen Antworten gegeben, er wußte es, und sie wußte, daß er abermals fragen würde, sobald er zurückkäme. Die Feststellung, daß sie ein Verhältnis mit dem Ingenieur hatte, weil sie sich von ihm angezogen fühlte, genügte nicht, das war eine Feststellung, die jeder hätte machen können, und sie war vielleicht gar nicht so wichtig. Aber da gab es noch all das, was sie nicht gesagt hatte, um das Bild, das sie von sich selbst hatte, nicht zu zerstören. Und deshalb wußte sie, daß die wirkliche Auseinandersetzung, bei der alle offengebliebenen Fragen beantwortet werden mußten, erst am folgenden Wochenende stattfinden würde.

Aus diesem Grund hatte sie dem Ingenieur vorerst noch nichts von Vaters Entdeckung erzählt. Sie wollte nicht eher mit ihm reden, als bis diese Auseinandersetzung vorbei war und sie die Folgen absehen konnte. Momentan hing noch alles in der Schwebe, sie hatte keine Ahnung, wie ihre Zukunft aussah und ob sie weiterhin mit Vater und mir in dem Haus, das er für uns gebaut hatte, bleiben würde. Beide hatten sich diesen Aufschub gewährt, um darüber nachzudenken, ob eine gemeinsame Zukunft noch möglich war, ob sie überhaupt noch vorstellbar sei. Ich wurde nicht nach meiner Meinung gefragt, obschon das alles doch auch mein Leben betraf.

Am folgenden Samstag ging Vater nicht zu den Duvals, und Mutter blieb bei ihm zu Hause. Mich schickte sie mit einer Nachricht für den Ingenieur nach Héricourt; nicht um ihn über die Sache mit Vater zu informieren, sondern nur um auszurichten, sie fühle sich nicht wohl und werde erst am Montag kommen. Die Enttäuschung war ihm anzumerken – jedesmal, wenn er sie erwartete und etwas Unvorhergesehenes dazwischenkam, reagierte er wie jemand, dem man etwas weggenommen hat. Wahrscheinlich war auch mir anzumerken, daß etwas nicht stimmte.

«Was fehlt ihr denn, ist es schlimm?»

«Nein, es ist nur ... sie hat bloß Halsschmerzen», stotterte ich. «Sie muß sich verkühlt haben, trotz der Hitze.»

Das war nur halb gelogen, sie war seit zwei Tagen tatsächlich ein bißchen heiser. Aber der Ingenieur wußte, daß ich nicht so leicht ins Stottern kam, und wollte mir nicht recht glauben. «Bist du ganz sicher, daß es weiter nichts ist?»

Hundertprozentig sicher, bis Montag sei sie bestimmt wieder in Ordnung, behauptete ich im Brustton der Überzeugung, obwohl ich mir gar nicht so sicher war. Dann radelte ich wieder nach Hause.

Meine Eltern waren im Garten und redeten miteinander. Sie hatten mich nicht kommen hören, und so ging ich in mein Zimmer hinauf und beobachtete sie durchs Fenster. Vater pflückte Bohnen. Irgendwie kam es mir absurd vor, daß er Bohnen pflückte, die wir vielleicht nicht mehr miteinander essen würden. Vielleicht würde Mutter uns schon heute abend verlassen und zum Ingenieur nach Héricourt fahren, um sich dort zu überlegen, wie es weitergehen und wo wir fortan leben würden, sie und ich – denn daß sie mich mitnehmen würde, ganz egal, wie es weiterging, das war das einzige, worauf ich mich verlassen konnte. Ich blieb am Fenster stehen und lauschte.

«Du brauchst ja nicht darauf einzugehen», sagte Mutter. Sie saß auf der Bank, eine Schüssel auf den Knien, und schnippelte Bohnen. «Wenn du mich deswegen verlassen willst – gut, das kann ich verstehen. Aber eines mußt du wissen: Ich werde ihn nicht verlassen – nicht, solange er hier ist.»

Er hielt inne und starrte sie an. Sie saß kerzengerade da, nicht herausfordernd, einfach nur wie ein Mensch, der genau weiß, was er will, und entschlossen ist, es auch zu tun. Sie sah nicht böse aus, sondern ruhig, ja sogar freundlich. Sie empfand keine Feindschaft gegen ihn, nur Erleichterung darüber, daß sie sich endlich von dieser Lüge befreit hatte, die viel älter war als ihr Verhältnis mit dem Ingenieur und die es unmöglich gemacht hatte, von gleich zu gleich miteinander zu reden.

«Du willst mir also nicht versprechen, ihn nicht wiederzusehen?»

«Ich müßte lügen, Georges, wenn ich dir versprechen wollte, ihn nicht wiederzusehen. Solange an dieser Brücke gebaut wird und er hier ist, werde ich zu ihm gehen, das weiß ich. Ich liebe diesen Mann. Ich liebe ihn so, wie ich noch nie jemanden geliebt habe. Da nützen keine Versprechen, ich kann einfach nicht anders.»

«Und wenn ich trotz allem bei dir bleibe», brummte Vater mit gesenktem Kopf, «wieviel bleibt dann für mich noch übrig?»

«Wir können gute Freunde bleiben – soviel bleibt für dich noch übrig», sagte sie.

Mit einer müden Geste warf er die Handvoll Bohnen, die er gepflückt hatte, auf die Erde und stieß zwischen zusammengebissenen Zähnen hervor: «Eigentlich gehörst du verprügelt für das, was du mir antust, Mina. Ich glaube, ich könnte dich wahrhaftig verprügeln, wenn du nicht die Mutter meines Sohnes wärst. Obwohl – so wie die Dinge stehen, verdient er es gar nicht, mein Sohn zu sein. Genausowenig, wie du es verdienst, meine Frau zu sein.»

Er verbrachte den Rest des Tages bei den Nachbarn und kam erst spätnachts wieder nach Hause. Er mußte mit ihnen über Mutter gesprochen haben, denn am nächsten Morgen, als ich frisches Brot holen ging, begegnete ich ihnen auf dem Weg zur Bäckerei, und beide schauten mich finster an. Wir waren uns nie sehr sympathisch gewesen, und ich hatte mich in ihrer Gesellschaft immer unbehaglich gefühlt. Es waren brave, anständige Leute, aber für mich verkörperten sie all das, was Mutter und ich verabscheuten und zu vermeiden versuchten, wie eine Gefahr, die man sich vom Leib halten muß.

Ich sehe sie heute noch vor mir: Mutter Duval mit ihren schwabbeligen Brüsten unter dem gestreiften Sonntagskleid und dem von den vielen Schwangerschaften schlaff gewordenen Bauch, Vater Duval mit seinen roten Backen, die er nicht nur der frischen Luft verdankte. Ich erinnere mich noch an ihre klebrigen Marmeladengläser und die nicht weniger unappetitlichen alten Flaschen, in die sie ihren selbstgemachten Apfelwein abfüllten, und an den Geruch des Kohls, den sie in ihrem Schrebergärtchen zogen, zweihundert Quadratmeter, welche die Stadtverwaltung an Leute verpachtete, die nichts geerbt hatten und auch nicht die Courage besaßen, sich zu verschulden wie mein Vater.

Diese Leute konnten meine Mutter nicht leiden, weil sie anders war und sie sehr wohl merkten, daß sie nichts mit ihnen zu tun haben wollte, obwohl sie ihre Abneigung nie offen zeigte. Daß sie die Samstagnachmittage lieber anderswo verbrachte als bei ihnen, sahen die Duvals als Beweis dafür an, daß Mutter sie verachtete oder langweilig fand. Was ja teilweise auch stimmte, obwohl sie das nie zugegeben hätte. Jetzt würden die Duvals mit Freuden jede Gelegenheit ergreifen, um ihr diese vermeintliche oder tatsächliche Verachtung auf ihre Weise heimzuzahlen. Dabei empfand Mutter wahrscheinlich eher Mitleid als Verachtung für sie: Sie taten ihr leid, weil sie, genau wie mein Vater, sich mit ihrer Mittelmäßigkeit zufriedengaben und nie auch nur den geringsten Versuch wagten, aus ihrem Spießbürgerdasein herauszukommen.

18

Ein böser Wind rüttelte an den Wänden unseres Hauses und brachte alles durcheinander. An den Wochenenden hielt sich Vater tagsüber bei den Duvals auf und schlief nachts allein in seinem Ehebett, Mutter blieb in Héricourt beim Ingenieur, der jetzt ebenfalls Bescheid wußte, und ich radelte als Verbindungsmann hin und her. Vater konnte sich nicht zu einer Entscheidung durchringen. Einerseits wollte er Mutter und mich nicht aufgeben, das brachte er einfach nicht fertig, andererseits verbot es ihm sein Stolz, Mutters Vorschlag zu akzeptieren und sich mit ihrer Freundschaft zu begnügen. Er suchte eine Zeitlang vergeblich nach einem Ausweg aus dieser verfahrenen Situation, und dann, eines Sonntags, glaubte er ihn entdeckt zu haben.

Mutter und ich waren mit dem Ingenieur im Konzert gewesen, Vater hatte den Tag bei den Nachbarn verbracht. Als wir nach Hause kamen, fanden wir ihn in der Küche. Er stand auf einem Hocker, einen Strick um den Hals, und starrte zur Decke empor.

«Was soll denn das nun wieder?» fragte Mutter.

«Das siehst du doch – ich suche einen Haken, an dem ich mich aufhängen kann. Diesen Strick hast *du* mir umgelegt, vor fünfzehn Jahren! Und jetzt häng ich mich dran auf, es ist ja doch alles aus.»

«Hör auf mit dem Blödsinn und steig sofort herunter», sagte Mutter ungerührt. Sie wußte, daß er es nicht ernst meinte, sondern uns nur Angst einjagen wollte. «Mach dich doch nicht lächerlich, Georges! Ich kann ja verstehen, wie dir zumute ist, ich kann auch verstehen, daß du auf eine solche Idee kommst, um mir zu zeigen, wie dir zumute ist. Aber denkst du denn überhaupt nicht an deinen Jungen?»

Vater gab keine Antwort, er sah sie nicht einmal an. Er stieg vom Hocker herunter und verschwand in den Garten; Strick und Hocker nahm er mit. Ich lief ans Fenster und sah erschrocken, daß er auf den Apfelbaum zuging.

«Keine Sorge, er tut's nicht», flüsterte Mutter. «Ich weiß doch, wie er ist.» Sie setzte sich hin, um Schuhe und Strümpfe auszuziehen, und sah mich mit einem seltsamen Lächeln an. «Wegen mir bringt er sich ganz bestimmt nicht um. Wenn er eines Tages sein Haus verlieren müßte, dann würde er es vielleicht tun ... Aber nicht wegen einer Frau, dazu ist er nicht der Typ.»

«Aber er liebt dich doch», sagte ich.

«Ja, er liebt mich – er liebt mich sogar sehr. Aber man stirbt nicht aus Liebeskummer. Außer in Romanen. Vielleicht spielt man gelegentlich mit dem Gedanken ... aber das dauert nie lange. Nein, es gibt wahrhaftig genug andere Ursachen, an denen man stirbt, ohne es zu wollen. Auch wenn es so aussieht, als wäre die Liebe daran schuld – meistens steckt etwas ganz anderes dahinter. Jeder wird mal vom Leben gebeutelt, und jeder muß selber schauen, wie er damit fertig wird.»

Sie streckte die Beine aus und tastete mit den bloßen Zehen über die angenehm kühlen Fliesen, während sie eine Haarnadel nach der anderen aus ihrem Knoten zog. «Er hat keinen Grund, sich heute umzubringen, und er hätte auch keinen Grund dazu, falls ich morgen sterben müßte. Das Leben würde weitergehen, für ihn genauso wie für dich. Weil das Leben immer irgendwie weitergeht. Verstehst du, was ich meine?»

«Ja, ich verstehe», sagte ich.

Obwohl mich ihre Worte etwas beruhigt hatten, ging ich zu Vater hinaus, der unterdessen den Strick am stärksten Ast des Apfelbaums festgemacht hatte. Ich glaubte jetzt zwar auch nicht mehr, daß er sich tatsächlich umbringen wollte, aber falls er immer noch mit dem Gedanken spielte, wollte ich ihm wenigstens zu verstehen geben, daß ich mir Sorgen um ihn machte, um seiner Selbstachtung willen. Abgesehen davon – man kann ja nie wissen. Was geht in einem Menschen vor, der seine Selbstachtung verloren hat? Wer weiß, ob sich nicht etwas in ihm danach sehnt, und sei es auch nur für einen Moment, sich aufzulösen und alles zu vergessen, um endlich Ruhe zu finden? Vielleicht, dachte ich, hat mich mein Vater in diesem Moment nötig, um weiterleben zu können, er braucht seinen Sohn, auch wenn dieser für ihn ein Fremder geworden ist und er lieber einen anderen gehabt hätte, er braucht einen Sohn, der ihm sagt, daß er seinen Vater nötig hat.

Ich ging also zu ihm hinaus, und in dieser bizarren Situation entspann sich zwischen uns ein bizarres Gespräch, eine Art Handel, bei dem es für mich darauf ankam, so zu tun, als wolle Vater sich tatsächlich das Leben nehmen, damit ich ihn von dieser Idee abbringen und ihm dadurch beweisen konnte, wie sehr ich ihn liebte.

«Nein, das hat doch alles keinen Sinn mehr», seufzte er und fingerte am Knoten des Stricks herum. «Ich habe in meinem ganzen Leben nie was Rechtes zustande gebracht. Da kann ich ebensogut gleich Schluß machen. Ich darf nicht dran denken, daß ich die Erhöhung der Gefahrenzulage nur diesem Ingenieur verdanke, und deine Mutter war der Preis dafür. Wenn das herauskommt, dann steh ich vor meinen Kollegen da wie der größte Trottel. Alle haben einen Nutzen davon, und ich hab den Schaden und die Schande!»

Ich räumte ein, man könne es zwar auch so sehen, aber ich sei überzeugt, Mutter habe mit ihrer Fürsprache sicherlich nur ihm und seinen Kollegen einen guten Dienst erweisen wollen. Das Gespräch unter dem Apfelbaum zog sich in die Länge. Nach einer Weile ließ Vater den Strick los und setzte sich auf den Hocker. Mutter hatte recht gehabt: Er wollte sich nicht umbringen, er wollte uns nur zeigen, wie unglücklich er war.

Was ich denn an seiner Stelle tun würde, wollte er wissen. Ich sagte, ich würde meine Frau verlassen, wenn ich den Mut zu einer solchen Entscheidung aufbrächte und wenn ich sie nicht mehr liebte oder nicht bereit sei, sie mit einem anderen Mann zu teilen. Andernfalls würde ich gar nichts tun und mich gedulden, in der Hoffnung, die Geschichte gehe irgendwann zu Ende, wie eine Krankheit, eine langwierige zwar, von der man aber geheilt werden könne, früher oder später.

«Und wenn's eine unheilbare Krankheit ist?»

«Auch unheilbar Kranke pflegt man», sagte ich, «man läßt sie nicht einfach im Stich.»

«Ja, du wirst wohl recht haben», seufzte er mit einem Blick auf Mutter, die soeben aus dem Haus trat. «Irgendwann muß sie von dieser Krankheit geheilt werden. Spätestens dann, wenn er wieder wegzieht. Er wird ja wohl nicht wegen ihr seine Frau im Stich lassen.»

Vater schien jetzt überzeugt, daß sich alles wieder einrenken würde, wenn er nur geduldig abwartete, und im Grunde genommen war auch ich davon überzeugt. Irgendwann würde alles wieder in Ordnung kommen, und dann würde das, was unser Leben durcheinandergebracht hatte, nur noch eine vage Erinnerung sein, eine Erinnerung an jene Zeit, als die Brücke entstand.

Und so schlossen meine Eltern eine Art Stillhalteabkommen. Mutter traf sich mit dem Ingenieur, aber von einer Trennung war nie mehr die Rede. Weder sie noch Vater waren bereit, all das aufzugeben, was sie zusammen aufgebaut hatten und was sie miteinander verband, auch wenn das nicht viel mehr war als fünfzehn Jahre eines gemeinsamen Lebens. Im Grunde genommen hingen sie aneinander. Sie waren Leidensgefährten, sie wußten beide, wie schwer das Leben ist, wenn man nicht unter einem Glücksstern geboren wurde, und wie dornig der Weg, wenn man mit nichts anfangen muß und trotzdem irgendwohin kommen will.

Die Beziehung zwischen meiner Mutter und dem Ingenieur dauerte so lange, wie der Bau der Brücke dauerte. Aber sie ging nicht allmählich zu Ende, wie man vielleicht hätte annehmen können, im Gegenteil, sie wurde um so intensiver, je weiter der Bau voranschritt und je näher der Tag der Trennung rückte.

Nachdem die Geschichte publik geworden war, hatte der Ingenieur, aus Rücksicht auf die Familie Daboval, ein Landhaus in der Nähe von Héricourt gemietet; das hatte er eigentlich von Anfang an beabsichtigt, da er die Gastfreundschaft seiner Bekannten nicht über Gebühr in Anspruch nehmen wollte. Madame Daboval mochte sich so ihre Gedanken machen, aber höflich und diskret, wie sie nun einmal war, ging sie kommentarlos über die Sache hinweg. Mutter arbeitete also weiterhin im Gutshaus, allerdings nicht mehr jeden Tag, und die Hausherrin tat, als wisse sie nicht, bei wem sie sonst noch beschäftigt war. Vater tat, als wisse er von nichts, wenn er – was allerdings selten vorkam – dem Ingenieur auf der Baustelle begegnete. Und auch der Ingenieur tat, wie wenn nichts gewesen wäre und es zwischen ihm und Mutter keinerlei Verbindung mehr gäbe seit dem bewußten Tag, als Vater davon erfahren hatte. Alle Beteiligten hüllten sich in Schweigen, alles war in bester Ordnung und genau wie früher, nur daß Vater, aus Gründen der Diskretion, sich jetzt nicht mehr so oft wie früher im Gutshaus blicken ließ.

Und dann, nach drei Jahren, war die Brücke vollendet. Dort, wo der Fluß sich zum Mündungstrichter verbreitert und wo früher mit Amber und Gewürzen beladene Schiffe eingefahren waren, beim Hafenstädtchen Ambreville, das ihr seinen Namen gab, waren die beiden Ufer jetzt miteinander verbunden. Es hieß, daß die Brücke mit ihren anderthalb Kilometern Spannweite die längste in ganz Europa sei, und die Leute kamen von überallher, um das imposante Bauwerk zu fotografieren. Man sah es schon von weitem; wie ein riesiges Schiff tauchte es aus dem Dunst auf, der über der Flußmündung schwebte, und schien allen Gesetzen der Schwerkraft zu trotzen. Aber was einen beeindruckte, war nicht nur die Größe, es war vor allem die Schönheit dieser Brücke. Eine Brücke, die sich von einem Ufer zum anderen spannt, gleicht zwei Händen, die sich berühren, zwei Gesichtern, die einander zulächeln, zwei Körpern, die zueinanderfinden. Und vielleicht liegt darin das Geheimnis des Lebens: in diesem Hinstreben zum anderen, in der Überwindung dessen, was die Menschen voneinander trennt und sie in Einsamkeit verkümmern läßt.

Mutter und ich waren die ersten, die die Brücke von Ambreville überquerten. Eines Nachmittags, kurze Zeit vor der offiziellen Eröffnung, fuhren wir zusammen mit dem Ingenieur auf die andere Seite und wieder zurück.

Sogar Vater, der allen Grund gehabt hätte, den Ingenieur zu hassen, mußte zugeben, daß ein solcher Mann wirklich Respekt verdiente für das, was er geschaffen hatte. Er konnte ihn einfach nicht hassen, trotz allem, was geschehen war; nur manchmal, wenn es eine Meinungsverschiedenheit zwischen Mutter und ihm gab, ließ er eine gehässige Bemerkung fallen. Aber alles in allem hatte er sich mit der Situation abgefunden, sosehr er auch darunter litt. Vater war kein rachsüchtiger Mensch, und der Ingenieur seinerseits war kein Mensch, der Rachegefühle in einem weckte. Ich glaube, Vater hatte diese drei Jahre gewissermaßen zwischen Klammern gesetzt; er spürte, daß Mutter und der Ingenieur keine langfristigen Pläne machten, daß ihre Beziehung nicht von Dauer sein würde. Und Mutter war ihm so dankbar für sein Verständnis, daß sein Eheleben nicht zu kurz kam. Also übte er sich in Geduld, so wie man sich beim Angeln in Geduld üben muß, und wartete darauf, daß die Zeit sie von ihrer Liebe heilen würde. Aber als dann die Zeit um war, mußte er feststellen, daß nichts, auch nicht die Trennung von ihrem Geliebten, sie heilen konnte.

Ich war gerade neunzehn geworden. Lisbeth und ich hatten bereits unser erstes Studienjahr an der Universität Rouen absolviert. Die Brücke war in Betrieb genommen worden, und jetzt wollte Vater seine Frau zurückhaben: Die Brücke hatte sie voneinander getrennt, jetzt, da sie fertig war, würde sie sie wieder zusammenbringen. Er ahnte nicht, daß Mutter sich anschickte, ihn am anderen Ufer zurückzulassen.

Sie war jetzt bereit, den Ingenieur aufzugeben. Sie fand sich damit ab, daß er fortging, um anderswo andere Brücken zu bauen. Schiffe fahren aufs offene Meer hinaus, doch Brücken, sosehr sie auch Schiffen gleichen mögen, bleiben, wo sie sind, das läßt sich nun einmal nicht ändern. Die Arbeit des Ingenieurs war getan, jetzt ging er für vier Jahre nach Australien, mit seiner Frau.

Er wollte trotzdem mit Mutter in Verbindung bleiben, doch sie wollte das nicht; es hätte für sie nichts als ein endloses Warten bedeutet, obgleich sie wußte, daß er nie wieder zu ihr zurückkehren würde. Sie zog es vor, den Schlußstrich unter dieses Kapitel ihres Lebens zu ziehen. Sie war überzeugt, daß es zwischen gestern und morgen keine Verbindung geben konnte als die Erinnerung.

Ich verstehe nicht, wie er es fertigbrachte, sie zu verlassen, dieser Mann, der sie in den Armen gehalten und an sich gepreßt und immer wieder ihren Namen gestammelt hatte, damals, als sie beinahe überfahren worden wäre und er geglaubt hatte, sie zu verlieren. Ich verstehe nicht, wie er das über sich brachte, denn er liebte sie doch. Er hatte die Entscheidung immer wieder hinausgeschoben, Tag um Tag, doch dann, obwohl er sie liebte und trotz der Tränen, die sie niemals vor ihm vergoß und die er dennoch sehen mußte, ging er fort und ließ sie allein zurück.

Ich werde diesen letzten Tag nie vergessen. Es war der 14. Juli, der Tag vor seiner Abreise, und wir waren zum Feuerwerk nach Honfleur gefahren, der Ingenieur, Mutter, Lisbeth und ich, über die Brücke, die kurz zuvor eingeweiht worden war. Auf dem Rückweg hielten wir an einer Stelle an, von wo aus man die Brücke in der Ferne sehen konnte: ein Bogen aus Licht am dunklen Himmel. Die Brücke hatte zwei Menschen zusammengeführt und wieder getrennt. Mutter sagte zu ihm, sie würde nie über diese Brücke fahren können, ohne an ihn zu denken, und darum wolle sie nie mehr hierherkommen.

Er schloß sie in die Arme. «Ich habe sie doch auch für dich gebaut», sagte er. «Es wäre weniger schwer für mich, wenn ich mir vorstellen könnte, daß du von Zeit zu Zeit hierherkommst und an mich denkst.»

Lisbeth und ich waren ein paar Schritte weitergegangen, um die beiden allein zu lassen. Es war ihr letzter gemeinsamer Abend; ich wußte, daß er am nächsten Tag in aller Frühe fortmußte. Sie hatten beschlossen, die Nacht nicht miteinander zu verbringen; sie wollten sich den Abschied nicht noch schwerer machen. Der morgige Tag lag wie eine leere Buchseite vor ihnen, aber auf dieser Seite würde keine neue Geschichte beginnen, sondern alles enden.

Wasser kann nun einmal nicht aufwärts fließen, hatte meine Mutter einmal gesagt. Sie hatte recht behalten. Der Ingenieur ging fort, um ein neues Leben zu beginnen, wir blieben zurück, um unser Leben weiterzuleben. Sie fand sich damit ab, aber tief in mir wehrte sich etwas dagegen. Einerseits war ich froh, wegen Vater, andererseits ahnte ich, daß mit dem Weggang des Ingenieurs das Ganze noch nicht ausgestanden war, auch wenn wir taten, als sei alles wieder wie früher. Ich hatte ein ungutes Gefühl: Nichts, dachte ich, konnte jemals wieder so sein wie früher.

Heute finde ich es unbegreiflich, daß der Ingenieur nicht auch so etwas ahnte, daß er Mutter nicht einfach mit sich nahm, nach Australien oder sonstwohin. Oder hatte er diese Möglichkeit erwogen und dann verworfen? Redete er sich ein, daß er nur eine Art Störenfried gewesen war und alles wieder ins Lot kommen würde, sobald er fort sei? Oder glaubte er, Mutter sei stark genug, um zwischen Vater und mir standzuhalten wie die Trossen seiner Brücke zwischen den Pylonen, tröstete er sich damit, daß sie ja nicht ganz allein zurückblieb? Er war sicher, daß Vater sie nicht verlassen würde – hatte er nicht drei Jahre lang bewiesen, daß er zu ihr stand und alles ertrug, auch eine unerträgliche Situation? Vielleicht war er sich dessen so sicher, daß er eine andere Möglichkeit gar nicht in Betracht zog.

Mutter und ich verbrachten diese letzte Nacht in dem Haus, das der Ingenieur gemietet hatte und das fast drei Jahre lange unser zweites Zuhause gewesen war; er selbst war bei den Dabovals geblieben.

Ich machte mir Sorgen um Mutter, als ich sie nach oben begleitete und ihr gute Nacht sagte. Sie wirkte gelassen, aber ihre Lider waren geschwollen und von der zerlaufenen Wimperntusche dunkel gerändert, und ich hatte den Eindruck, daß sie diese Gelassenheit nicht in sich selbst fand, die Ursache dafür war das hartnäckige Schweigen des Telefons.

Kurz vor Mitternacht läutete es dann doch noch. Ich lief hinunter und nahm den Hörer ab, es war Lisbeth. Ich warf einen Blick über die Schulter und sah Mutter im Nachthemd auf dem Treppenabsatz stehen. Das Läuten hatte sie geweckt. Sie sah mich ängstlich an, und ich spürte, daß sie hoffte, er sei am Apparat, er habe es sich vielleicht doch noch anders überlegt. Als ihr klar wurde, daß ich mit Lisbeth sprach, wandte sie sich mit einer halb resignierten, halb ärgerlichen Geste ab, als schäme sie sich ihrer Schwäche.

Ich wußte, daß Lisbeth im Auftrag des Ingenieurs anrief, obschon sie nichts davon erwähnte. Ich konnte ihn vor mir sehen, im Halbdunkel der Bibliothek, den Blick auf das Telefon geheftet; vielleicht wollte er Mutters Stimme noch ein letztes Mal hören, vielleicht bereute er seinen Entschluß. Aber er wollte nur wissen, ob sie zu Bett gegangen sei, ob sie bereits schlafe.

Ich wiederholte laut, damit Mutter mich hören konnte, Lisbeths Frage. «Warum?» fügte ich hinzu. «Will er mit ihr sprechen?» Lisbeth antwortete nicht sofort. Undeutliches Gemurmel am anderen Ende der Leitung. Mutter lehnte sich an die Wand des Treppenhauses und starrte mich an. Ich wußte, daß jetzt alles von einem einzigen Wort abhing. Er brauchte nur ein einziges Wort zu sagen, und alles würde einen anderen Lauf nehmen. Meine Hand umklammerte den Telefonhörer, ich versuchte mit aller Kraft, dieses Wort heraufzubeschwören, obschon ich bereits ahnte, daß er es nicht aussprechen würde.

Dann durchbrach Lisbeths Stimme das bedrückende Schweigen. «Nein», sagte sie zögernd, «Matthias wollte sich nur erkundigen, ob – ob alles in Ordnung ist.» Ich sah Mutter an und sah, daß sie begriffen hatte, noch bevor ich etwas sagen konnte. Sie stand einen Augenblick unbeweglich da, an die Wand gelehnt. Dann krümmte sie sich zusammen, ihre Finger krallten sich in den dünnen Stoff des Nachthemds, bewegten sich nach oben, preßten sich auf die Lippen. Ein Schauer durchfuhr ihren Körper. Sie stieß einen erstickten Laut aus, der aus ihrem Innersten kam. Es klang, als würde ein Faden abrupt abgeschnitten oder eine tief verwurzelte Pflanze mit einem Ruck aus der Erde gerissen, und da war mir, als könne ich im Bruchteil einer Sekunde die Frau sehen, die sie in einigen Jahren sein würde, wenn dieser Augenblick einer fernen Vergangenheit angehören würde, wenn er nur noch eine vage Erinnerung sein würde an etwas, was vielleicht gar nie Wirklichkeit gewesen war.

Ich sah sie fragend an, versuchte in ihrem Blick die Antwort zu lesen, die ich Lisbeth geben sollte. Und weil sie wollte, daß er ohne Reue fortging, nickte sie mit zusammengepreßten Lippen, und dann, mit dem Gefühl, ein unwiderrufliches Urteil zu verkünden, hörte ich mich sagen, bei uns sei alles in Ordnung, meine Mutter habe ein Beruhigungsmittel genommen, sie schlafe bereits.

19

Für uns brachen nun etwas ruhigere Zeiten an. Vor seiner Abreise hatte der Ingenieur Vater bei verschiedenen Bauunternehmen empfohlen, so daß nun regelmäßig Aufträge hereinkamen. Wem er sie verdankte, hat Vater wohl nie erfahren. Auch zwischen meinen Eltern war wieder Ruhe eingekehrt. Sie gönnten sich jetzt hin und wieder eine Reise. So bekam Mutter zwar nicht jene fernen Länder zu sehen, nach denen sie sich immer gesehnt hatte, das wäre zu teuer gewesen, aber doch einige Städte Europas. Und waren es auch keine abenteuerlichen Expeditionen, sondern vom lokalen Reisebüro organisierte Busfahrten, so boten sie doch Gelegenheit, die Welt etwas besser kennenzulernen und herauszufinden, ob sie tatsächlich so sei wie in den Büchern beschrieben.

Auch sonst gab Vater sich redlich Mühe, Mutter über ihren Kummer hinwegzutrösten. Er ging jeden zweiten Samstag mit ihr ins Kino; er klagte nicht mehr so oft wie früher über die schweren Zeiten, und am Nationalfeiertag ging er mit ihr zum Feuerwerk und führte sie sogar zum Tanzen aus. Mit der Zeit gelangte er zur Überzeugung, sie sei endgültig von ihrer Liebe geheilt. Die Tatsache, daß sie den Ingenieur nie mehr erwähnte, genügte ihm als Beweis. Er war nun einmal ein Mensch, der nur bereits überstandene Gefahren als real empfand und kein Gespür hatte für solche, die noch kommen mochten.

Nachdem ich meinen Abschluß in Literaturwissenschaft gemacht hatte, zog ich nach Paris. Lisbeth kam mit mir. Dank der guten Beziehungen ihres Vaters erhielt sie bald eine Anstellung bei einem Verlag. Ich klapperte alle Zeitungsredaktionen ab in der Hoffnung auf einen Job zu halbwegs akzeptablen Bedingungen. Es stellte sich heraus, daß die Bedingungen inakzeptabel waren für Leute wie mich, die weder Geld noch gute Beziehungen hatten; aber wenn ich bereit sei, als Volontär zu arbeiten, hieß es, könne ich mir mit der Zeit einen Namen machen. Lisbeths Gehalt reichte für die Miete und das Essen, ich erhielt von Mutter regelmäßig einen Zuschuß, denn von Lisbeths Eltern durften wir keine Hilfe erwarten. Sie waren nicht sonderlich erbaut darüber, daß unsere Beziehung sich als dauerhaft erwies, und machten sich Sorgen um die Zukunft ihrer Tochter. Zwar sagten sie es niemals direkt, aber sie erhofften sich für Lisbeth denn doch eine bessere Partie als den Sohn ihrer Hausangestellten, auch wenn dieser eine gute Ausbildung besaß. Aber leider besaß er kein Vermögen, und ein Vermögen ist allemal eine bessere Garantie für die Zukunft als eine gute Ausbildung.

Eines Tages, ich hatte vor kurzem meinen fünfundzwanzigsten Geburtstag gefeiert, teilte Vater mir mit, man habe Mutter ins Krankenhaus eingeliefert. Sie habe in kurzer Zeit rapide abgenommen. Dünn sei sie ja schon immer gewesen, aber in den letzten sechs Monaten sei sie erbärmlich mager geworden, und die Laborbefunde sähen nicht gut aus.

Ich fuhr sofort nach Hause. Seit ich in Paris lebte, hatte ich meine Eltern zwar ziemlich oft besucht, dank der neuen Autobahn war es ja nicht mehr so weit, doch nun wurde mir auf einmal bewußt, daß ich mich in den letzten Jahren doch zuwenig um Mutter gekümmert hatte. Ich hätte erkennen müssen, daß uns nicht mehr viel Zeit blieb. Aber wie die meisten jungen Menschen hatte ich geglaubt, meine Mutter werde immer für mich dasein, wenn ich sie brauchte.

Jetzt gingen mir plötzlich die Augen auf. Ich hatte mich vom optimistischen Ton ihrer Briefe täuschen lassen. Sie schmiedete unentwegt Zukunftspläne für mich, und naiv, wie ich war, konnte ich mir eine Zukunft ohne sie gar nicht vorstellen; ich verließ mich ebensosehr auf sie wie auf die Schecks, die sie mir regelmäßig schickte und in denen ich eine Art Rente auf Lebenszeit sah. Sie sparte sich dieses Geld zusammen, indem sie auf einen Kinobesuch oder ein neues Kleid verzichtete. Wie sie früher im Haushalt gespart hatte, damit es fürs Kino reichte, sparte sie bei der Erfüllung ihrer Wünsche, damit ich mir *meine* Wünsche erfüllen konnte, vielleicht aus einer Ahnung heraus, daß sie sich nicht mehr lange würde abrackern müssen und deshalb bedenkenlos auf ihre Reserven zurückgreifen konnte.

Sie sah sehr blaß und zerbrechlich aus in diesem Krankenhausbett. Ihr Lächeln war dasselbe wie früher, sie war immer noch schön, aber ihre Schönheit war die einer Zeichnung, deren Konturen sich mit der Zeit verwischt haben. Alles schien wie früher, aber alles zerfiel. Sie kam mir vor wie eine Pflanze, deren Blüte verdorrt, weil die Wurzeln in der Erde keine Nahrung finden. Es gibt in der Erde Substanzen, die eine Pflanze wachsen und gedeihen lassen, und andere, die ihr die lebensnotwendigen Elemente entziehen, so daß sie verkümmert. Jetzt gab es nichts mehr, was dem Lebenswillen meiner Mutter Nahrung bot, nicht einmal die Ankündigung, ich hätte ein Buch zu schreiben begonnen. Man hatte mir gesagt, daß die Krankheit, an der sie litt, sieben Jahre lang latent vorhanden sei, ehe man sie diagnostizieren könne. Wenn ich sieben Jahre zurückzählte, dann kam ich auf jenen Zeitpunkt, als die Brücke vollendet worden war, als der Ingenieur meine Mutter verlassen hatte.

Sie ist nicht aus Liebeskummer gestorben, o nein, dafür hat sie das Leben zu sehr geliebt. Ich bin überzeugt, daß sie jeden Tag, der ihr noch blieb, um ihr Leben gekämpft hat. Aber das Leben selbst starb allmählich in ihr dahin, gegen ihren Willen und gegen den Widerstand, den sie diesem Sterben entgegensetzte. Ihr Körper gab schließlich den Kampf auf, er wollte nicht mehr kämpfen. Weil von der Zukunft nichts mehr zu erwarten war, nichts, was wichtig genug gewesen wäre, um am Leben zu bleiben.

Wenn ich sie noch gebraucht hätte, dann hätte sie vielleicht weitergekämpft. Aber auch ich hatte sie verlassen, ich war dem Weg gefolgt, den sie mir gezeigt hatte, und jetzt, wo sie als Frau nicht mehr begehrt und als Mutter nicht mehr gebraucht wurde, nachdem die beiden Männer, die sie über alles liebte, einen Weg eingeschlagen hatten, der ihr verschlossen blieb, jetzt lag nichts mehr vor ihr als das alltägliche Einerlei. Ihr eigener Weg war der falsche gewesen, das hatte sie schon lange gewußt, lange bevor der Ingenieur in ihr Leben getreten war. Aber der Weg, den sie hätte einschlagen müssen, führte ins Unbekannte. Und das Unbekannte ist eine Tür, die sich nur dem Blick nach vorn öffnet, nicht dem Blick in die Vergangenheit. Meine Mutter konnte sich erst jetzt eine Vorstellung davon machen, erst jetzt wurde ihr klar, daß es auch für sie etwas anderes hätte geben können, anderswo, aber sie war daran vorbeigegangen. Und weil sie mit diesem

Wissen nicht leben konnte, weil dieses Wissen sie verzehrte, zog sie sich unauffällig zurück, so wie sie sich früher in irgendeine Ecke zurückgezogen hatte, um zu lesen oder zu träumen.

Aber vielleicht ist das alles nur eine gedankliche Konstruktion. Vielleicht wäre die Krankheit auch dann ausgebrochen, wenn Mutter dem Ingenieur nie begegnet wäre, oder auch dann, wenn sie mit ihm gegangen wäre. Die Krankheit wäre ausgebrochen, weil es die Vorsehung so wollte. Und weil sie das ahnte, weil sie ein Gespür besaß für diese geheimnisvolle Macht, die uns, ohne daß wir es wollen, in eine Richtung lenkt, die wir freiwillig nie einschlagen würden, hatte meine Mutter sich dieses eine Abenteuer gegönnt, als ob der einzige Zweck ihres Leben nur der sei, einen Augenblick des Glücks zu genießen und dann zu sterben. Vielleicht war alles einzig und allein aus diesem Grund geschehen.

Man sagt, ein Leben, das sich nicht so erfüllt hat, wie es vielleicht möglich gewesen wäre, sei sinnlos. Aber manchmal ist es ein einziger Moment, der dem ganzen Leben seinen Sinn verleiht, so wie ein Kunstwerk sich selbst seinen Sinn verleiht. In gewisser Weise hatte das Leben meiner Mutter in dem Moment, als sie dem Ingenieur begegnete, seinen Sinn und seine Erfüllung gefunden. Und vielleicht war es nicht so schlimm, daß ihr Leben zu Ende ging, ehe die Zeit die Farbe und den Duft dieser Erinnerung zerstören konnte. Auch das war eine Weisheit, die meine Mutter mir auf meinen Weg mitgegeben hatte: daß nichts in diesem Leben von Dauer sein kann.

Sie ist bald darauf in Vaters Armen gestorben. Aber ich bin mir nicht sicher, ob ihr letzter Gedanke ihm gegolten hat. Ich saß an ihrem Bett und hielt ihre Hand in der meinen, und ich glaubte in ihren Augen etwas anderes zu lesen. Der Blick, mit dem sie mich zum letzten Mal ansah, war für einen anderen bestimmt, und vielleicht lag darin auch der Wunsch, daß ich ihm sagen sollte, falls ich ihn eines Tages wiedersehen würde, wem ihr letzter Gedanke gegolten hatte. Aber auch das lehrt uns das Leben: Unser wahrer Lebensgefährte ist nicht immer der Mensch, den wir ausgewählt hätten, sondern derjenige, der bis zuletzt bei uns bleibt. Auch der Ingenieur würde bei seiner Frau sein in jener letzten Stunde, oder sie bei ihm, denn man kann nur die Wege gehen, die einem vorgezeichnet worden sind.

Erst nachdem alles vorbei war, schrieb ich an den Ingenieur. Mutter hatte es ausdrücklich so von mir verlangt; sie wollte nicht, daß er womöglich herkam und sie in ihrem elenden Zustand sah; er sollte sie so in Erinnerung behalten, wie sie früher gewesen war. Sie wollte es auch wegen Vater nicht, es hätte ihm nur noch mehr Kummer bereitet.

Ich schickte den Brief an seine Büroadresse in Paris. Dort blieb er dann wohl eine Zeitlang liegen, denn ich hatte vergessen, auf dem Umschlag zu vermerken, daß es sich um eine wichtige persönliche Nachricht handelte. So erhielt der Ingenieur meine Nachricht erst, als er auf Urlaub kam – er arbeitete damals an einem Staudammprojekt irgendwo in Afrika. Inzwischen waren einige Monate vergangen, und die Zeit hatte schon begonnen, die Wunden, die Mutters Tod hinterlassen hatte, allmählich zu heilen.

Er rief mich an, und wir trafen uns in einem Café in der Nähe seines Büros. Es war unser erstes Wiedersehen seit damals. Er sah alt und müde aus, fand ich, aber das lag nicht nur an der traurigen Nachricht, die er gerade bekommen hatte. Es war noch etwas anderes. Sein Blick wirkte irgendwie stumpf, alle Lebensfreude war daraus verschwunden. Er erwähnte zwar nichts dergleichen, aber ich glaubte zu verstehen, wie sehr er es bereute, daß er damals einfach fortgegangen war und sich nie mehr gemeldet hatte. Niemals in all den Jahren seither war das Wort ausgesprochen worden, auf das meine Mutter gehofft hatte bis zuletzt, trotz aller Probleme und Schuldgefühle und obschon sie selbst es niemals von ihm gefordert und sich scheinbar mit seinem Schweigen abgefunden hatte. Er konnte es sich nicht verzeihen, dieses Wort nie ausgesprochen zu haben. Und auch ich konnte es ihm nicht verzeihen, weil meine Mutter eine Frau gewesen war, die es verdient hätte, daß er sein bisheriges Leben aufgab und mit ihr ein neues begann. Und weil man es sich schuldig ist, ein angefangenes Werk auch zu vollenden. Wer dazu nicht bereit ist, sollte lieber gar nicht erst anfangen. Das ist wie mit dem Bau einer neuen Straße: Man darf sich nicht wundern, wenn die Menschen neugierig werden und herausfinden wollen, wohin sie führt. Aber, wie Mutter mir einmal gesagt hatte, niemand kann für einen anderen entscheiden; jeder muß für sich selbst entscheiden, wieviel er auf sich nehmen will und ob er bereit ist, für einen Neubeginn etwas von seinem bisherigen Leben aufs Spiel zu setzen. Und jeder trägt selbst die Verantwortung für das, was er zurückläßt oder mitnimmt.

Der Ingenieur schlug vor, wir sollten uns auch weiterhin sehen. Von da an rief er mich jedesmal an, wenn er in Paris war; wir trafen uns in diesem Café und gingen dann miteinander essen. Wir sprachen von meiner Mutter, von den Dabovals, die er nur noch selten besuchte, von Lisbeth und mir und unserer Beziehung, aus der, wie er befriedigt feststellte, wohl eine Beziehung fürs Leben werden würde. Wir sprachen von damals, von jener Zeit, als die Brücke gebaut wurde, von Héricourt, von «unserem» Kino, von Rouen, wo er seither nie mehr gewesen war und das sich gewaltig verändert hatte. Jedesmal, wenn wir von jenen Orten und Zeiten redeten, wurde mir bewußt, daß auch für ihn dort und damals etwas zu Ende gegangen war, auch wenn es den Anschein machte, als liefe alles weiter auf der Trasse, die er selbst vorgezeichnet hatte. Und mir wurde auch bewußt, daß er meine Mutter immer noch liebte und von ihr redete, weil er sich damit eine Last von der Seele reden konnte. Erst jetzt, wo sie nur noch in seinem Herzen und in seinen Gedanken lebte, war er fähig, ihr zu geben, was er ihr damals verweigert hatte.

Meinem Vater sagte ich nichts von meinen Zusammenkünften mit dem Ingenieur. Er hätte mich nach dem Grund gefragt, er hätte wissen wollen, was wir uns zu sagen hatten und was mich verband mit diesem Mann, der in unser Leben eingedrungen war und uns allen im Grunde mehr Unglück als Glück gebracht hatte, der sich nach allem, was geschehen war, sieben Jahre lang nicht mehr nach uns erkundigt hatte. Er hätte wissen wollen, womit dieser Mann meine Zuneigung verdient hatte, warum er mein Freund war und mir ebensoviel bedeutete wie mein eigener Vater, wenn auch aus anderen Gründen.

Ich hätte ihm nicht erklären können, warum das so war. Dieser Mann und die Zeit, die er, meine Mutter und ich miteinander verbracht hatten, waren für mich mit einer bestimmten Phase meiner Entwicklung verbunden. Die Erinnerung daran gehörte nur uns beiden, sie war wie ein Buch, das man gemeinsam liest, ein gemeinsamer Besitz. Die Trennlinie, die ich damals gezogen hatte, bestand für mich nach wie vor: Bei meinem Vater fand ich meine Mutter wieder, beim Ingenieur fand ich Mina wieder, jene andere Frau in meiner Mutter, die erst durch die Begegnung mit ihm zum Vorschein gekommen war. Jene Frau, die für meinen Vater immer ein Rätsel blieb. Wir redeten fast nur von ihr, wenn ich ihn besuchte. Ich gab vor, dies oder jenes vergessen zu haben, damit er es mir von neuem erzählen konnte, und er hütete sich zu sagen, daß er mir diese Geschichte bestimmt schon in drei verschiedenen Versionen berichtet hatte, nur zu glücklich, sie ein weiteres Mal zum besten zu geben. Wir redeten von der Frau, die gerne Bücher las und tanzte, die Chopin liebte und das Kino und Ingenieure und ferne Länder, die einen zum Träumen bringen. Wenn Vater sich sehr einsam fühlte, nahm er die Schublade hervor, in der Mutter ihren «Papierkram» aufbewahrt hatte. Das tröstete ihn – nicht das gerahmte Hochzeitsbild auf dem Fernseher und nicht das alte Familienalbum, in dem die Fotos kunterbunt durcheinanderlagen wie das Strandgut eines ganzen Lebens. Er fand sie dort wieder, wo sie vielleicht auf ihn wartete: an den Palmenstränden von Guadeloupe, auf den Märkten des Orients und in den Steppen Afrikas, an all den Orten, wo sie beide niemals gewesen waren. Seltsam: Gerade auf den Reisen, die sie niemals miteinander unternommen hatten, war sie ihm so gegenwärtig wie sonst nirgends. Hatte Mutter gewußt, daß sie vor ihm sterben würde und daß der Papierkram, über den er sich so oft geärgert hatte, sich nach ihrem Tod in den Ort verwandeln sollte, wo sie sich endlich fanden?

Eines Tages, als er durch diesen Stapel aus Zeitschriften herausgeschnittener Reklamen blätterte, sehr behutsam, weil das Papier schon alt und brüchig war, sagte er: «Ich wäre gerne in der Welt herumgereist ... wenn ich das Geld dazu gehabt hätte.» Und dann, als sei ihm plötzlich bewußt geworden, daß er diesen Wunsch nur deshalb zu seinem machte, weil es *ihr* Wunsch gewesen war: «Das ist immer der Traum deiner Mutter gewesen.»

Bei seinen Worten mußte ich daran denken, daß unser Leben nichts ist als ein verpaßtes Rendezvous nach dem anderen: Jeder läuft seinen Träumen nach und wartet niemals dort, wo der andere auf ihn wartet. Wie zwei Parallelen, die sich erst im Unendlichen treffen, waren meine Eltern nebeneinander durchs Leben gegangen, ohne je zusammenzukommen. Und das Merkwürdigste daran war, daß sie trotzdem ihr Leben miteinander verbracht hatten, obschon sie nicht füreinander geschaffen waren, obschon sie einander nie wirklich gekannt und wohl auch nie wirklich geliebt hatten.

Wenn ich heute an Mina denke, ist sie eine Frau in der Blüte ihres Lebens, eine Frau, die nicht dafür geschaffen war, alt zu werden. Ich weiß nicht, ob sie überhaupt für das Leben geschaffen war, obwohl ich immer das Gefühl hatte, sie sei das Leben selbst. Vielleicht war das Leben nicht für sie geschaffen. Sie hätte etwas Besseres verdient als das, was das Schicksal ihr zugestand, und vielleicht ist sie deshalb nicht alt geworden. Die Bestimmung mancher Menschen scheint zu sein, daß sie ihren Bestimmungsort niemals erreichen. Das Leben meiner Mutter glich in vielem jenen schönen Vorkriegshäusern meiner Heimatstadt, die der Zerstörung zum Opfer fielen, einfach so, durch einen unglücklichen Zufall. Es hatte keine Bestimmung. Es war nur eine Möglichkeit. Nur der Entwurf eines Werks, das niemals vollendet wurde.